Sans foi ni loi

PATRICIA

POTTER

Sans foi ni loi

Traduit de l'anglais (États-Unis)
par Paul Benita

J'AI LU

POUR elle

Si vous souhaitez être informée en avant-première
de nos parutions et tout savoir sur vos auteures préférées,
retrouvez-nous ici :

www.jailu.com

Abonnez-vous à notre newsletter
et rejoignez-nous sur Facebook !

Titre original
LAWLESS

Published by arrangement by Bantam Books,
a divison of Bantam Doubleday Dell Publishing Group, Inc., N.Y.

1

— *Une femme !*

Malgré sa froideur naturelle, le *pistolero* semblait outré. Il toisait l'homme qui voulait l'employer.

— Vous m'avez fait venir jusqu'ici pour effrayer une femme ?

Il s'exprimait avec calme mais sa colère était évidente. Un muscle de sa joue tressautait. La voix était grave, aussi profonde et menaçante qu'un grondement de tonnerre au loin, et les yeux étincelants ne cillaient pas.

C'étaient les yeux les plus étranges et les plus glacés qu'Alex Newton avait jamais vus, et il s'agita malgré lui dans son fauteuil roulant. Il ne se laissait pourtant pas facilement intimider, mais commençait à se demander s'il n'avait pas commis une grave erreur en faisant appel à ce Lobo. Il chercha un moyen d'apaiser cet inconnu qui, par sa seule présence, dominait tout ce qui l'entourait.

— Elle n'est pas seule. Il y a un homme avec elle…

Lobo s'était mis à arpenter le bureau richement meublé d'un pas de loup, de ce loup dont il avait reçu le nom.

— Parlez-moi d'elle, l'interrompit-il.

Alex se ressaisit. Il était prêt à tout pour détruire son ennemi juré, Gar Morrow.

— Un vieil ami lui a légué son ranch parce qu'elle lui a rendu visite quelques jours avant sa mort. Ce ranch me revenait de droit.

Le *pistolero* fronça les sourcils. Newton lui cachait quelque chose. Il le sentait. Néanmoins, cette explication lui suffit. Il n'avait jamais tenu les femmes en haute estime. Leur cruauté dépassait, et de loin, celle des hommes. Il n'oublierait jamais la vieille Apache à qui il avait servi d'esclave alors qu'il n'était qu'un gamin. Il n'oublierait jamais les nuits où elle le forçait à dormir dehors dans la neige, les coups qu'elle lui donnait dans les côtes, ou encore la corde qu'elle l'obligeait à garder en permanence autour du cou. S'il ne la servait pas assez vite à son goût, elle serrait jusqu'à l'étrangler et rigolait avec les autres femmes en le regardant se débattre frénétiquement. Rien de ce qu'il avait connu depuis n'avait changé son opinion des femmes. Elles n'étaient bonnes qu'à une seule chose.

Les scrupules ne l'étouffaient pas. Mais il était furieux d'avoir accompli une si longue route pour un tel travail. C'était insultant. Une femme !

— Cinq mille dollars si elle vend le ranch, annonça Alex Newton.

— Pour faire peur à une femme ? C'est un peu beaucoup, non ?

— Le problème n'est pas si simple. L'homme qui est chez elle est un ancien shérif nommé Thomas.

Pour la première fois, l'intérêt de Lobo s'éveilla. Il avait été prêt à laisser tomber ; à présent, il hésitait. Ce nom...

Il continuait à braquer sur Newton un regard aussi fixe que celui d'un serpent.

— Quel est son prénom ?

— Brady. Brady Thomas.

— Du Nouveau-Mexique ? gronda Lobo.

— Il y a été, je crois.

— Pourquoi est-il ici ?

Alex s'agita à nouveau. Le remords qui le tenaillait était tout à fait inattendu. Il avait fait chercher cet homme car il était fou de rage. Pour la énième fois, Velma Taylor avait rejeté son offre de rachat du ranch, une offre pourtant plus que généreuse. Mais il commençait à se demander s'il n'était pas allé trop loin...

Avec impatience, Lobo interrompit le fil de ses pensées.

— Je vous ai demandé pourquoi il se trouve au ranch ? Pourquoi n'est-il plus shérif ? La dernière fois que j'ai entendu parler de lui, c'était l'un des meilleurs.

— Pourquoi avez-vous besoin de le savoir ?

— Je veux tout savoir. Je n'accomplis jamais un travail en aveugle. C'est pour cette raison que j'ai toujours réussi. Je connais la réputation de Thomas au Nouveau-Mexique. Il est très fort.

— Maintenant, c'est un ivrogne, dit Alex.

Il n'avait aucune envie que cet homme reste dans sa maison une seconde de plus. Il se souvenait de toutes les histoires qui couraient sur le compte du tueur renégat, l'homme blanc qui avait combattu au côté des Apaches contre les siens, le *pistolero* sans scrupules et sans pitié. Il frissonna intérieurement, luttant pour ne pas montrer sa peur. Alex Newton s'était toujours considéré comme un homme fort, brave et parfaitement capable de se débrouiller tout seul... jusqu'à ce qu'une balle le cloue dans ce fauteuil roulant. Il haïssait son impuissance, surtout en présence de cet animal froid et dangereux. Lobo. Ce nom lui allait bien.

— Depuis quand ?

La question brutale de Lobo ramena Alex sur terre. Il s'intéressait toujours à Brady Thomas.

— À peu près trois ans.

— Pourquoi ?

Alex lui lança un regard noir. À présent, cet homme, cet *employé*, lui faisait subir un interrogatoire.

— Pourquoi ?

Le mot fusa comme une balle.

Alex haussa les épaules, affichant une indifférence qu'il était loin d'éprouver.

— Je ne connais que les bruits qui courent. Il boit, puis il s'arrête un moment avant de recommencer. Finalement, on l'a renvoyé. Il a échoué chez Velma.

Lobo se remit à arpenter la pièce. Il n'aimait pas Newton. Il n'aimait pas ce travail, même si la présence de Brady Thomas lui donnait un côté excitant.

— Parlez-moi encore de cette femme.

— Je veux simplement que vous lui fassiez peur.

— Ce ne sera pas aussi simple de faire peur à Thomas.

— Avant, peut-être. Plus maintenant.

Lobo ne le croyait pas. Il connaissait les hommes comme Brady Thomas : ils ne changent jamais.

— Je ne ferai rien d'illégal, prévint-il. Je n'irai pas en prison pour vous. Je n'enfreindrai pas la loi.

Mais il n'ajouta pas qu'il avait plus d'une fois détourné la loi à son avantage.

— Je veux simplement lui faire peur, répéta Alex.

— Pourquoi moi ?

— Votre réputation, répondit Alex avec franchise. J'espère que votre nom seul suffira à la convaincre de vendre. D'ailleurs, elle n'a aucun droit sur ce ranch. Elle ferait mieux de le quitter. Une femme ne peut pas diriger un domaine toute seule. Et je lui en ai proposé plusieurs fois sa valeur.

— Alors pourquoi refuse-t-elle ?

— Elle croit sans doute pouvoir encore faire monter les prix, dit Newton en évitant son regard. Un autre… rancher le veut aussi. Mais je ne donnerai pas un *cent* de plus, et l'autre ne peut offrir davantage.

Lobo lança un bref juron. Satané bonhomme. Mais maintenant qu'il était venu jusqu'ici… la tâche semblait assez simple. Il n'avait rien de mieux à faire pour le moment et la femme semblait, elle aussi, totalement dépourvue de scrupules, bien décidée à tirer profit d'un vieil homme sur son lit de mort.

— Et s'ils ne se laissent pas effrayer ?

Cette éventualité paraissait peu plausible. Rien qu'à sentir le regard de Lobo posé sur lui, Alex en avait les mains moites. Et personne, jamais, n'avait qualifié Alex Newton de poltron.

— Alors, deux mille dollars pour votre dérangement et on n'en parle plus.

C'était un très mauvais arrangement. Alex le savait. Mais il voulait que Velma s'en aille, et cet homme était sûrement le seul capable de la « convaincre ».

— D'avance.

La voix du *pistolero* avait claqué une nouvelle fois.

Alex fit rouler son fauteuil jusqu'au coffre. Il compta soigneusement les billets avant de les tendre à Lobo.

— Vous pouvez vous installer au baraquement, annonça Alex, mal à l'aise, espérant que l'homme refuserait.

Il avait une fille. Dieu merci, elle ne se trouvait pas au ranch pour l'instant. Marisa était attirée par le danger et cet homme en irradiait. Pendant un instant, il essaya de le regarder avec les yeux d'une femme.

Lobo était grand, mince, mais très musclé. Des cheveux couleur de sable retombaient sur un front haut, faisant ressortir l'éclat glacial des yeux bleu-vert intense. Le nez était droit et bien proportionné, le menton volontaire. Alex supposa que, malgré sa froideur, certains devaient le trouver séduisant. Il n'y avait aucun signe de sang indien chez lui. Pourtant, on disait qu'il avait longtemps vécu parmi les Apaches. Alex avait déjà vu des Indiens captifs, et remarqué l'impassibilité qu'ils affichaient envers le monde extérieur. Lobo arborait cette même indifférence hostile et cette même arrogance. Il était évident qu'il se fichait pas mal de ce qu'Alex ou quiconque pouvait penser.

Lobo attendit la fin de l'examen de Newton avec amusement, avant de contempler avec un mépris évident la vaste pièce richement meublée dans laquelle il se trouvait.

— Non, je camperai quelque part.

Soulagé, Alex haussa les épaules.

Lobo lui adressa un bref signe du menton et sortit, laissant derrière lui une impression de tension et de violence.

LE PISTOLERO !

Toute la ville ne parlait que de lui.

Velma George Taylor n'avait rien entendu d'autre de toute la journée et à présent, même son ami, le Dr Sullivan Barkley, semblait troublé.

— Pas un simple cow-boy, disait-il. Mais un homme de la pire espèce. On l'appelle Lobo.

Velma connaissait ce nom, bien sûr. Qui ne le connaissait pas ? Elle faisait la classe aux enfants, et les garçons avaient la bouche pleine des « exploits » de ces fameux bandits et autres shérifs.

— Mais pourquoi Alex aurait-il... ?

Sullivan la contempla avec affection, mais aussi une pointe d'exaspération. Velma n'en faisait jamais qu'à sa tête ; elle suivait son propre chemin, blessant parfois ses semblables, sans jamais penser aux conséquences. Il n'avait jamais rencontré quelqu'un comme Velma. Et la ville de Newton non plus.

Personne ne savait ce qu'il fallait faire d'elle.

À l'instant où son petit pied avait quitté la diligence pour se poser sur le sol de la ville, il avait provoqué un tremblement de terre. Elle avait commencé par annoncer qu'elle était bien le George Taylor que la ville avait appointé pour diriger l'école. Et depuis, l'onde de choc s'était propagée, secouant les fondations de la petite communauté dont la seule distraction avait été, jusque-là, l'éternelle querelle opposant Alex Newton à Gar Morrow, autrefois amis et cofondateurs de cette bourgade du Colorado.

Et voilà, se disait Sullivan, qu'elle ne semblait pas faire grand cas de cette menace.

— Tu devrais prendre la chose au sérieux cette fois, la prévint-il.

Il avait couru depuis son bureau pour l'attraper à la sortie de la classe. Elle connaissait déjà la nouvelle mais semblait à peine concernée. Elle avait juste un peu hésité avant d'annoncer son intention de rentrer chez elle avec les jumeaux.

Sullivan secoua la tête. Jimmy et Jeremy, dix-huit ans à eux deux, ne pourraient pas faire grand-chose pour la protéger, même s'ils étaient prêts à tout pour elle. Toute la petite bande d'orphelins et de malheureux recueillis par Velma en aurait fait de même, mais aucun d'entre eux n'était de taille à se mesurer à un homme comme Lobo. Un ex-shérif ivrogne qui, quand il était sobre, servait de contremaître au ranch ; Estelle, une ancienne fille de joie qui avait peur de son ombre ; Chad, un gamin de treize ans qui avait enduré plus de malheurs à son âge que la plupart des gens durant une vie entière ; les jumeaux et la petite Sallie Sue... Que pouvaient-ils contre un tueur à gages ?

— Les hommes d'Alex disent que Lobo est arrivé. Pourquoi ne vous installez-vous pas en ville pour un moment ?

Velma se raidit.

— Il n'y a pas d'endroit assez grand pour nous tous.

— Je prendrais les garçons. Tu pourrais rester avec Sallie Sue dans la maison de l'école.

— Et Brady et Estelle ? Je ne peux pas les laisser seuls là-bas. Et il y a les chevaux, le jardin et...

Sullivan soupira. Il n'avait jamais rencontré de femme aussi têtue. Le ranch de Jack lui appartenait depuis un an et elle l'adorait, malgré sa décrépitude. Elle n'avait pas cédé devant la réprobation générale quand elle avait recueilli Chad, puis Estelle ; elle n'avait pas cédé non plus devant une pleine classe de gamins sauvages et indisciplinés, et il savait qu'elle ne céderait pas plus devant Alex Newton.

Ni même devant un inconnu nommé Lobo.

— Je te raccompagne jusqu'au ranch, dit-il avec un sourire résigné.

Velma lui rendit son sourire. En arrivant à Newton, elle avait d'abord pensé qu'elle pourrait tomber amoureuse de Sullivan. Mais, malgré les liens tendres et chaleureux qui les unissaient, leur relation était dépourvue de passion ou de désir, de tous ces sentiments exaltants dont elle avait appris l'existence dans les livres mais qu'elle n'avait jamais éprouvés. D'ailleurs, elle voyait bien comment il couvait du regard Marisa Newton, même s'il ne la courtisait jamais.

— C'est très gentil à toi, le remercia-t-elle doucement.

Derrière son air bravache, une peur insidieuse s'était glissée en elle. Velma prenait en fait cette nouvelle menace très au sérieux.

Sullivan attacha son cheval derrière la carriole avant de l'aider à grimper, tandis que les jumeaux prenaient place à l'arrière. Sullivan la rejoignit sur le siège. D'une minceur qui confinait à la maigreur, il souffrait parfois de crises de malaria qui pouvaient survenir n'importe quand. Velma l'avait soigné plus d'une fois.

Ils s'engagèrent sur la piste en écoutant la conversation des jumeaux. Finalement, Velma demanda d'une voix sourde qu'elle reconnut à peine :

— Que sais-tu de *lui* ?

Sullivan fit la moue. Il devait à la fois la rassurer et lui faire comprendre le danger.

— Tu sais que je n'écoute pas les ragots. Mais *c'est* un *pistolero*.

— Il ne s'en prendra pas aux enfants ? Alex ne le permettrait pas, n'est-ce pas ?

Alex Newton avait perdu tout contrôle de luimême. Sullivan le savait. Il lui avait rendu visite quelques heures plus tôt pour tenter en vain de le raisonner. Velma Taylor, avait braillé Alex le visage congestionné, n'avait aucun droit sur ce ranch. Elle avait ensorcelé le vieux Jake.

— Je ne sais pas, fut la réponse de Sullivan.

— Personne n'oserait, protesta-t-elle.

Et à une femme ? aurait-il voulu demander. Mais ces mots n'auraient eu aucun effet sur elle. Elle voyait le monde d'une façon différente. Elle était intimement persuadée que tout finissait par s'arranger. Et jusqu'à présent, elle avait eu raison de le croire.

La ville avait – à regret, certes – cédé devant Velma Taylor.

Mais Lobo était un problème entièrement différent.

Durant la Guerre de Sécession, Sullivan avait appris à connaître la cruauté des hommes. Plus tard, devenu médecin militaire, il avait vu les villes ravagées par les Indiens et les villages indiens brûlés par les soldats. À la différence de Velma, il avait perdu tout idéalisme. Il savait trop bien ce dont certains humains sont capables. Et Lobo était sans doute pire que le pire d'entre eux.

Du sommet de la colline, Lobo examinait le ranch solitaire. Il avait grand besoin d'un coup de peinture, mais les fleurs plantées tout autour de la maison parvenaient à l'égayer. Un gros cheval traînait dans un corral et un taureau dans un autre. Derrière la maison, il distingua un grand jardin potager qu'on tentait tant bien que mal de cultiver. On aurait dû réparer les barrières depuis longtemps, et la grange ne semblait pas en meilleur état. Le poulailler était près de s'effondrer.

Alex Newton se donnait bien du mal pour un ranch qui ne valait pas grand-chose. Seule richesse : une rivière coulait non loin.

Lobo tourna son cheval vers le soleil. L'après-midi tirait à sa fin et la boule d'or était exactement là où il la préférait : dans son dos. Puis il se remit à observer le ranch.

Il avait reconnu tout le secteur immédiatement après avoir quitté Newton, même si ce travail ne semblait pas nécessiter de trop grandes précautions. Mais il avait tenu à patrouiller partout. C'était une habitude. Il n'écartait jamais de possibles complications.

Il vit trois silhouettes émerger de la maison. L'adulte avec une robe devait être cette fameuse Taylor. Mais elle était accompagnée de deux enfants. Et l'un d'entre eux était presque un bébé.

Enfer !

Alex Newton n'avait pas parlé d'enfants ! La colère saisit Lobo et il envisagea de quitter carrément la région avec l'argent de Newton en poche. Soudain, un cri retentit. On aurait dit le cri d'un lapin attrapé par un renard. Une vague de pitié envahit Lobo. Un cri semblable monta du plus profond de lui comme un écho, un cri venu du passé, aussi acéré qu'une flèche, un cri qui était le sien. Le dernier qu'il avait poussé en entendant les hurlements de désespoir de son frère.

Il éperonna sa monture, tandis qu'un nouveau cri déchirait le vent brûlant. En approchant de la maison, il vit un garçon étalé sur le sol. Au bruit des sabots, le garçon leva des yeux paniqués. La femme était tout près, chose pâle et tremblante, se tordant les mains de désespoir et de terreur.

— Ma… ma sœur, balbutia le gamin. Elle est tombée dans le puits.

Du sol monta un gémissement d'enfant qui se termina par un sanglot.

Se rappelant vaguement qu'il avait été payé pour terroriser les occupants de ce ranch, Lobo sauta à terre, son lasso à la main. Il en noua rapidement une extrémité à la selle de son cheval, puis se dirigea vers ce qui semblait être un puits abandonné. Les cris faiblissaient, comme avaient faibli les cris de son frère qui le hantaient depuis si longtemps.

N'y pense pas, se dit-il. *Tu ne souffriras pas si tu n'y penses pas*. Mais les cris le rongeaient comme des fourmis rouges sur une peau nue. Il essaya de regarder dans le puits mais il y faisait trop sombre. De ses mains gantées, il débarrassa l'orifice des restes de planches pourries qui le recouvraient. Il distingua quelque chose de blanc tout au fond du trou.

Il examina l'ouverture. Le diamètre était à peine assez large pour lui. Les parois donnaient l'impression qu'elles allaient s'écrouler et il perçut comme des bruissements. Il se raidit. Des serpents...

— Quel est ton nom ? demanda-t-il sèchement au petit garçon.

— Ch... Chad.

— Va chercher une autre corde, dit Lobo. Attache-la à cet arbre et laisse-la tomber dans le puits quand je te le dirai.

Chad ne discuta pas. Il se précipita vers la grange. Mais il se retourna en entendant l'homme prononcer des mots inintelligibles. Il s'était attaché la corde autour de la taille et se laissait glisser dans le trou. À chacun de ses ordres, le cheval avançait d'un pas. Fasciné, Chad observa la scène encore quelques secondes avant de courir jusqu'à la grange.

Corde en main, il revint au puits et exécuta rapidement les directives de l'inconnu. Le cheval était à présent parfaitement immobile. La corde nouée au pommeau de la selle était tendue. Il entendit l'étranger proférer un juron. Chad en avait beaucoup entendu au cours de sa vie, mais celui-ci lui était inconnu.

Les gémissements de Sallie Sue avaient cessé. Chad se pencha et chuchota :

— Elle va bien ?

— Je ne sais pas encore, gronda l'homme. Envoie la corde.

Chad obéit si promptement que l'inconnu se fâcha presque :

— Pas si vite, bon sang ! Il y a des serpents juste en dessous. Ta sœur est coincée sur une saillie entre eux et moi. Ils sont à moins d'un mètre d'elle.

Le garçon ralentit considérablement ses gestes.
— Arrête, fit la voix. Je vais me serrer contre la paroi pour qu'elle puisse me dépasser, mais tu vas devoir la tirer de là tout seul. Nous ne pouvons monter ensemble, les murs s'écrouleraient. Je resterai dessous, au cas où elle tomberait.
— Oui, m'sieu.
— Commence à tirer.
Chad lui obéit et crut que ses bras allaient se disloquer. Il entendit des cailloux chuter : les parois du puits commençaient à s'effriter.
— Tout doux, petit. Tu te débrouilles comme un chef.
La fierté envahit Chad. Cette voix lui donnait plus de force qu'il ne croyait en avoir. Puis, deux autres mains agrippèrent la corde derrière lui pour l'aider à tirer. Il devina que c'était Estelle. L'homme commanda au cheval pie de reculer lentement.
Il y eut un autre bruit d'éboulement et Chad se retint à grand-peine de tirer comme un fou sur la corde.
Enfin, Sallie Sue émergea, couverte de poussière et de saletés. Estelle courut la prendre dans ses bras. Quelques secondes plus tard, l'étranger apparut, lui aussi tout maculé.
Chad s'avança pour le remercier, mais s'immobilisa en voyant les yeux de l'homme. Ils n'appelaient pas les remerciements, bien au contraire. Chad était fasciné par ces yeux d'une couleur turquoise insolite. Comme le gel d'hiver recouvrant une mare. Chad frissonna, malgré la chaleur suffocante.
Mais la curiosité fut la plus forte :
— Comment arrivez-vous à faire faire une chose pareille à votre cheval ?
L'étranger ignora la question et se tourna vers Estelle. Elle serrait si fort Sallie Sue dans ses bras

que Chad se demanda si la petite ne courait pas à présent un plus grave danger que dans le puits. Sous le regard fixe, impitoyable de l'étranger, Estelle s'enfuit jusqu'à la maison.

L'homme esquissa un pas dans la même direction avant de se retourner vers Chad :

— Miss Taylor ? demanda-t-il avec étonnement.

— Non, c'est Estelle, dit Chad. Velma n'est pas là. Elle n'est pas encore rentrée de l'école.

Lobo contempla le pauvre ranch autour de lui.

— L'école ?

— C'est l'institutrice, vous l' saviez pas ? Tout le monde le sait.

— Tu es son gamin ?

Chad haussa les épaules.

— J' suis pas le seul, répondit-il.

— Pourquoi n'es-tu pas à l'école ?

— Velma a besoin de moi ici.

Chad avait trop honte d'avouer qu'il avait refusé d'aller en classe parce qu'il était plus vieux que les autres. Velma lui donnait des leçons particulières.

Lobo en avait le vertige. *J' suis pas le seul*, avait dit le gamin.

— Combien d'autres ?

— Deux, dit Chad.

Il vit la surprise glisser brièvement sur la mare gelée des yeux de l'étranger. Chad avait du mal à ne pas fixer sa ceinture de cuir usé et le pistolet plaqué contre sa cuisse. Décidément, cet inconnu était fascinant.

— Nom d'un putois ! jura l'étranger.

— Velma ne va pas tarder, annonça Chad. Elle voudra vous remercier. Sallie Sue est son bébé. Elle poursuivait Brunhilde.

— Brunhilde ?

— Une des poules. La préférée de Sallie Sue, expliqua Chad, avant d'ajouter d'un air dégoûté : Maintenant, c'est moi qui vais devoir la retrouver.

Lobo se surprit à cligner des yeux. Sallie Sue, quel prénom pour une gosse ! Et Brunhilde... Une poule ?

Chad retrouva soudain ses bonnes manières.

— Vous ne voulez pas entrer ? Il y a des cookies.

Des cookies ! Il ne manquait plus que ça !

Lobo grimaça. Il avait été payé pour chasser cette femme de ces terres, et voilà qu'on l'invitait à manger des cookies ! Ignorant le garçon, il enroula rapidement le lasso autour de la selle.

Il bondit sur sa monture en ordonnant :

— Fais réparer ce maudit puits.

Ce fut seulement après avoir prononcé ces mots qu'il se rendit compte de leur ridicule. Bientôt, ces gens ne seraient plus ici. Dans très peu de temps...

Avant que Chad ait pu lui demander son nom, l'homme avait disparu dans un nuage de poussière. Chad se dit que tout ce qui venait de se passer ressemblait aux histoires de Velma : n'avait-il pas tout imaginé ?

Mais le nuage de poussière qui s'éloignait le fit sourire.

Mille poulets poilus ! Pour une fois, c'était lui qui aurait une bonne histoire à raconter.

Parfaitement dégoûté de lui-même, Lobo dressa finalement son campement dans un endroit isolé près de la rivière. Le crépuscule tombait et il se sentait crasseux, après son expédition dans le puits. Il se lava dans la rivière, très basse en raison de la sécheresse, et alluma un feu.

Assis sous un arbre, il contemplait les flammes léchant son pot à café, en proie à un malaise inhabituel. Rien ne se déroulait comme il l'avait prévu, et cette sensation de ne rien maîtriser lui déplaisait souverainement.

Pire encore : Newton lui avait menti en lui cachant délibérément beaucoup de choses.

Il ne s'agissait pas simplement d'une femme, mais aussi d'enfants. Newton ne s'imaginait quand même pas qu'il allait terroriser des gamins ?

Et il était censé croire que cette femme avait séduit et trompé un vieil homme ? Après avoir porté quatre enfants, comment pouvait-elle encore attirer un homme ? Il avait connu bien des femmes prématurément vieillies par leurs grossesses. Quant aux institutrices qu'il avait rencontrées, elles avaient toutes un physique aussi ingrat qu'une vieille outre en cuir tanné.

Maudit Newton !

Lobo ne se connaissait qu'une unique faiblesse : les enfants. Il n'avait aucune tendresse, aucune pitié pour ceux qui étaient en âge de se débrouiller seuls. *Il* avait bien survécu, *lui*. Les autres pouvaient en faire autant.

Mais les enfants… comme cette petite fille…

Quand, rarement, il laissait remonter ses souvenirs, il réalisait que ces sentiments dataient de l'époque où il avait sept ans, quand les Apaches les avaient attaqués. Il se rappelait les hurlements d'agonie des adultes et ceux des enfants, trop jeunes pour voyager, qu'on achevait dans le chariot bâché. Les cris des survivants, des gamins qu'on emmenait comme esclaves, étaient gravés dans son esprit. Ainsi que la longue marche qui avait suivi et les avait tous massacrés, sauf son frère et lui. Et puis son frère, à son tour, avait fini par s'effondrer lui aussi, de peur et d'épuisement. On l'avait abandonné dans le désert pour le laisser mourir. Lobo n'oublierait jamais les appels terrifiés de son frère.

Lobo avait essayé de rester avec lui, mais il avait été empoigné par un guerrier qui lui avait passé une corde autour de la taille, le traînant sur le sol derrière son cheval. Sur plusieurs kilomètres, il avait entendu son frère crier son nom. Et il l'entendait encore parfois, la nuit. Il l'avait entendu aujourd'hui, quand cette enfant était tombée dans le puits.

Maudit Alex Newton ! À la première heure demain, il irait lui dire ce qu'il pouvait faire de son offre de boulot. Et Lobo garderait les deux mille dollars. Pour son dérangement.

Il s'installa sous les couvertures, la tête contre sa selle, et observa le ciel. Le coucher du soleil était une des rares choses qui lui donnaient du plaisir, qui lui procuraient une impression de liberté. Il avait été un enfant puis un adolescent esclave. À présent, il allait où bon lui semblait, n'ayant de comptes à rendre à personne, n'obéissant qu'à ses propres règles.

Il s'étira, jouissant des sensations qui se propageaient dans chacun de ses muscles. Son corps était aussi sec qu'une corde. Chez les Apaches, personne ne possédait une once de graisse en trop, et surtout pas un esclave blanc. Il n'avait besoin de presque rien pour survivre et pouvait tenir plusieurs jours sans boire. Il était capable de courir plus de trente kilomètres sans être essoufflé et pouvait monter n'importe quel cheval. Il savait aussi tuer d'une bonne douzaine de façons, et le faire sans regret.

Et même s'il n'avait pas cherché ni encouragé la réputation qui le précédait, il ne faisait rien non plus pour l'adoucir. Cette réputation tenait les gens à l'écart.

Et c'était précisément ce qu'il désirait.

Le feu dans le ciel commençait à perdre de son intensité et la scène n'intéressa plus Lobo.

Il se retourna, mais le sommeil ne vint pas. Il pensait au gamin et à son offre de manger des cookies avec eux. Seigneur, voilà qui aurait sûrement terrorisé une institutrice !

2

— Et il pouvait faire faire tout ce qu'il voulait à son cheval. Tu aurais dû voir ça !

— Du calme, Chad, dit Velma avec un sourire, tandis que Sullivan soignait les égratignures de Sallie Sue.

Il était évident que Chad s'était trouvé un héros.

Sullivan leva les yeux, annonçant que Sallie Sue allait bien malgré sa pénible aventure. Puis il se tourna vers le garçon.

— À quoi ressemble-t-il ?

— Il est grand... plus grand que vous, Doc, affirma Chad, avant d'en faire un portrait digne des héros des livres de Velma.

Mais le plus éblouissant restait sa façon de faire avancer ou reculer son cheval grâce au seul son de sa voix.

— Vous croyez qu'il m'apprendra à le faire ?

— Comment s'appelle-t-il ? demanda Velma en montrant les premiers signes d'exaspération.

Chad haussa les épaules.

— Il ne l'a pas dit.

Sullivan refit le nœud d'une des nattes de Sallie Sue.

— Je vais recouvrir ce puits avant de partir. Mais où donc était Brady ?

Chad haussa à nouveau les épaules. Velma s'inquiéta : elle avait espéré…

La voix de Sullivan interrompit le cours de ses pensées.

— Chad, parle-nous encore de cet étranger.

— Ben, il avait les cheveux très blonds, les yeux très bleus… ou très verts… et il était très grand.

Velma échangea un regard avec Sullivan. Cet inconnu devait être vraiment formidable car Chad était d'habitude peu impressionnable. Dès l'âge de huit ans, il avait travaillé dans un saloon, et il ne nourrissait guère d'illusions envers le genre humain. En général, il considérait le monde d'un œil sceptique, y compris les héros de l'Antiquité dont Velma racontait souvent les aventures.

Sullivan secoua la tête.

— Je ne vois pas qui c'est. Peut-être un cow-boy de passage qui cherche du travail dans un ranch. Ils savent y faire avec les chevaux.

Chad plissa les lèvres d'un air méprisant. *Son* héros n'était pas un vulgaire cow-boy : il savait parler aux chevaux.

— J'aurais aimé le remercier, murmura Velma.

— Je lui ai demandé de rester… je lui ai même offert des cookies.

— Il n'a pas dit où il se rendait ? Ni ce qu'il comptait faire ? insista Sullivan.

Chad secoua la tête.

Sullivan chercha le regard de Velma, et elle sut à quoi il pensait. Mais c'était impossible. Le seul étranger dont ils avaient entendu parler était le *pistolero*, et il y avait peu de chances pour que cet homme soit leur bon Samaritain. Elle avait plutôt tendance à croire qu'il s'agissait effectivement d'un étranger de passage qui avait eu la bonté de leur porter secours. Et pour quelle raison Brady avait-il disparu ?

— Tu restes dîner avec nous, ce soir ? demanda-t-elle à Sullivan.

— Je dois rentrer, dit-il avant d'esquisser un sourire. Il y a une nouvelle réunion des citoyens.

Nullement émue, Velma lui rendit son sourire. Elle ne lui demanda pas le motif de cette réunion. C'était toujours le même : elle.

Chad se rua vers la porte.

— Je vais raconter aux jumeaux ce qui s'est passé.

Après son départ, Sullivan hocha lentement la tête.

— J'aimerais bien savoir de qui il s'agit.

— En tout cas, il ne nous voulait aucun mal.

— Non, fit Sullivan d'un air sceptique.

Pensif, il considérait Velma. C'était une jolie femme. Pas aussi ravissante que Marisa Newton, mais elle possédait une chaleur, une aura communicatives.

Quelques mèches de cheveux auburn encadraient son visage bronzé par le soleil. Ses yeux bleus étaient toujours en alerte et enjoués, comme s'ils refusaient de voir la noirceur de la vie, le mal ou même l'indifférence. Elle était persuadée que le bien triomphait toujours. Cette attitude effrayait Sullivan car elle n'avait aucune idée de la détermination d'Alex Newton, de sa capacité à déchaîner la violence.

— Sois prudente, Velma, la prévint-il. Alex est obsédé. Honnêtement, je crois qu'il est capable de tout. Il tient Gar pour responsable de la mort de Mary, et sa haine le ronge depuis des années. Tu permets à Gar d'utiliser la rivière. Pour Alex, tu es une ennemie.

— Mais Jake en faisait autant.

— Jake a sauvé la vie d'Alex, autrefois.

— Ce qui prouve qu'Alex possède le sens de l'honneur.

— Plus maintenant, murmura Sullivan.

Velma fronça les sourcils.

— Il doit bien y avoir un moyen d'arranger les choses entre eux.

Sullivan soupira. Quel optimisme ! Pour que ces deux-là se réconcilient il faudrait un miracle, et lui-même n'y croyait plus depuis que la mort lui avait arraché toute sa famille.

— Ulysse le pourrait, lui dit-il avec un sourire sans joie.

Les enfants lui avaient parlé des histoires que Velma leur racontait : Ulysse, le guerrier habile, sage et brave. On aurait bien besoin de lui à présent, songea Sullivan. La guerre allait ravager la vallée si Alex persistait dans son intention de ruiner Gar Morrow.

— Pourquoi pas ? répondit Velma d'un air facétieux, car elle pensait au héros de Chad.

Par la grâce de Chad, l'étranger devint quasiment un dieu au cours du dîner.

C'était le repas que Velma préférait... même quand Estelle faisait la cuisine. C'était un moment de chaleur et de sécurité. Et elle ne voulait pas y renoncer. Elle garderait le ranch. Sécheresse ou pas. Tueur ou pas.

Ici, elle était chez elle. Elle n'avait jamais connu de véritable foyer. À Boston, son père était enseignant, et ils avaient vécu dans deux petites pièces situées au bout d'un immense dortoir où séjournaient les pensionnaires de l'orphelinat. À présent, elle possédait ce ranch et avait une famille, cette grande famille qu'elle avait toujours tant désirée.

Finalement, ils s'entendaient très bien. Même avec Chad qui, à treize ans, se montrait le plus réservé et le plus difficile de tous. Trop mûr pour son âge, Chad était devenu, petit à petit, son confident, son bras droit au ranch. Il permettait même qu'elle lui prodigue quelques gestes d'affection. Au début, il n'acceptait pas que quiconque le touche.

Toucher était naturel pour Velma. Son père avait été un homme affectueux et lui avait appris à montrer ouvertement sa tendresse. Mais elle avait vite compris que Chad n'avait connu que la brutalité. Il se raidissait dès qu'on l'approchait de trop près, même après la mort de son père, poignardé au cours d'une rixe entre ivrognes.

Chad avait dix ans à l'époque. Il n'avait jamais été à l'école et gagnait à peine de quoi manger en nettoyant le saloon... quand son père ne lui volait pas ses maigres gains.

Le shérif avait voulu envoyer Chad dans un orphelinat, à Denver, mais Velma s'y était opposée. Elle connaissait bien les orphelinats, et elle savait que Chad y perdrait le peu d'humanité qui lui restait. Elle l'avait alors adopté.

Il avait été le premier d'une longue liste. La petite maison de Velma, allouée par la ville à sa maîtresse d'école, avait commencé à se remplir. Deux garçons, des jumeaux, suivirent. Ils avaient été confiés au shérif par le conducteur d'une diligence, leurs parents étant morts du choléra pendant le trajet.

Puis il y avait eu Sallie Sue, à peine plus qu'un bébé quand sa mère était décédée en essayant de donner naissance à un prématuré, mort lui aussi. Le père, lui, avait disparu.

Quant à Estelle, ce n'était plus une enfant, mais elle avait tout autant besoin de Velma.. Elle travaillait comme prostituée dans un saloon quand un client l'avait presque battue à mort, la rendant aveugle d'un œil. Depuis, elle ne pouvait plus supporter le contact d'un homme. Elle ne possédait aucun autre talent, aucune connaissance qui lui aurait permis de survivre. Malgré la désapprobation de la ville entière, Velma l'avait prise sous son aile.

Brady avait été le dernier. C'était l'un des ivrognes de la ville, un ex-shérif qui s'était battu une fois de trop et noyait ses fantômes dans l'alcool. Velma l'avait trouvé à moitié mort dans une ruelle et avait appelé Sullivan. Seul et sans abri, Brady avait besoin d'un endroit pour récupérer. À l'époque, Velma avait le ranch et Brady s'était temporairement installé dans la grange, effectuant quelques travaux en échange du gîte et du couvert. Il était toujours là.

Velma souriait en entendant l'histoire de Chad se transformer en légende. Au moins, cela évitait à chacun de penser à la cuisine d'Estelle.

La malheureuse, rejetée toute sa vie, désirait si ardemment se faire accepter par sa nouvelle famille qu'elle avait pris les repas en charge. Personne n'avait eu la cruauté de lui expliquer à quel point c'était mauvais, et tous se forçaient à manger.

Avec ce sens de l'humour qui la rendait si populaire auprès de ses élèves et de leurs parents, Velma se dit qu'elle devrait défier le tueur à gages de Newton d'avaler un des plats d'Estelle.

Mais elle se sentit immédiatement honteuse en apercevant le visage anxieux de la jeune fille.

— Ça vous plaît vraiment ? demanda-t-elle comme chaque fois.

Les têtes opinèrent. Il est plus facile de mentir sans parler.

Sallie Sue fut la plus loquace, surtout à propos de la tarte.

— C'est comme les miennes, dit-elle.

À trois ans, elle était très fière de ses tartes de boue. Un rire étouffé échappa à Chad et les jumeaux semblèrent pris de démangeaisons.

— Une histoire ? demanda Sallie Sue quand Chad eut fini de raconter pour la quatrième fois les événements de l'après-midi.

Velma se força à avaler un morceau de bœuf avant d'acquiescer, les yeux brillants. En général, les histoires étaient réservées aux vendredis et samedis soir, car dans la semaine elle aidait Chad à faire ses devoirs. Mais Sallie Sue savait être irrésistible.

— Après dîner, concéda-t-elle. Quelqu'un se souvient où nous nous sommes arrêtés ?

— Le cheval de bois, fit aussitôt Jeremy que les histoires de guerre et les exploits d'Ulysse fascinaient.

Fille d'un maître d'école, Velma avait grandi au rythme des voyages du héros grec. Puis, tout comme son père, elle les avait à son tour enseignés dans cette pension prestigieuse de Boston. Enfant, la mythologie lui avait été une source d'évasion ; enseignante, elle avait su faire partager cette passion ; en tant que mère adoptive, ce don était une bénédiction.

Après dîner, Sallie Sue prit place comme d'habitude sur ses genoux. Les autres enfants s'assirent par terre autour d'elle. Velma jeta un regard vers le coin où d'ordinaire s'installait Brady, sa pipe à la main. Il lui manquait et elle se faisait du souci pour lui.

— Il était une fois...

Sallie Sue ne supportait pas qu'elle commence ses histoires autrement.

— Dans un vieux pays très lointain, il y avait un jeune prince nommé Ulysse. Il était brave et sage et bon et...

— Il y avait une ville méchante qu'on appelait Troie, intervint vivement Jeremy.

Velma espérait qu'Homère lui pardonnait les libertés qu'elle prenait avec son récit.

— Et Ulysse savait que jamais ses soldats ne pourraient franchir les murailles de la ville. Il fit donc construire un énorme cheval de bois. C'était un présent, un cadeau, vous comprenez...

Le révérend Cecil Mooney ouvrit la réunion des citoyens par une prière. Le maire, August Stillwater, prit ensuite la parole devant les quatre-vingts personnes qui s'agitaient nerveusement sur les bancs de bois de l'église.

Il n'y avait pas eu beaucoup de réunions avant l'arrivée de Velma George Taylor.

En fait, la première avait eu lieu quatre ans auparavant pour décider de la création d'une école. La population de la vallée avait augmenté. La civilisation arrivait à Newton. On avait besoin d'une école.

On lança donc une souscription pour construire le bâtiment et passer une annonce dans les journaux de l'Est pour recruter un maître d'école.

Le soulagement fut général quand un certain Abner Goodbody y répondit. Le nom sonnait bien, comme celui d'un honnête homme. La ville envoya cinquante dollars pour les frais de voyage.

Abner Goodbody vint, mais repartit trois mois plus tard pour les mines d'or.

Le deuxième candidat possédait lui aussi un nom respectable : Samuel T. Morgan. De plus, il était diplômé de Harvard. Personne ne se demanda pourquoi un homme aussi qualifié avait choisi une petite ville perdue de trois cents habitants. Mais, deux semaines après son arrivée, on commença à se poser des questions. Le bonhomme ne se souvenait plus de son alphabet, il était incapable de calculer le prix d'un troupeau de cent têtes de bétail à deux dollars la tête. Un mois après, il partit lui aussi... pour les mines d'argent.

Puis arriva la candidature de V. George Taylor, qui avait enseigné durant trois années dans une prestigieuse école de garçons à Boston. On envoya encore cinquante dollars, mais les fonds baissaient sérieusement.

Pratiquement toute la ville vint accueillir la diligence amenant le nouveau maître d'école. L'espoir se mua en horreur quand une jeune femme en descendit et se présenta : Velma George Taylor était arrivée.

Une vraie panique s'ensuivit. Selon le maire, l'annonce était claire : c'était d'un homme que la ville avait besoin. Qui d'autre pouvait mater des gamins à moitié sauvages ? Ils avaient été trompés, et voulaient qu'elle leur rende leur argent.

— Pas question, avait rétorqué Miss Taylor.

Elle leur avait donné son nom légal et possédait les qualifications nécessaires. Elle était une enseignante compétente. S'ils voulaient qu'elle parte, elle partirait, mais l'argent partirait avec elle. Mieux valait donc lui donner une chance.

Après une longue réunion mouvementée, les citoyens décidèrent d'opter pour cette solution. Ce n'était ni tolérance ni gentillesse de leur part : ils n'avaient tout simplement plus d'argent à envoyer à un nouveau candidat.

À la stupéfaction générale, la nouvelle maîtresse d'école savait calculer le prix d'une centaine de têtes de bétail. Plus important encore, les élèves se mirent aussitôt à l'adorer, à adorer ses histoires et à avoir envie d'apprendre car, avec elle, apprendre devenait drôle. Des garçons qui n'allaient jamais à l'école auparavant se levaient à la première heure pour ne pas rater une journée avec Miss Taylor. Arrivé à terme, son contrat fut renouvelé. Non sans quelque réticence : certains lui en voulaient toujours de les avoir roulés.

Puis il y eut une autre réunion quand elle décida d'adopter Chad. Une femme célibataire ne pouvait quand même pas adopter un garçon, même jeune. Ce n'était pas convenable.

Sullivan Barkley se leva pour demander si quelqu'un d'autre était prêt à prendre le gamin. Dans le silence qui suivit, il regarda l'une après l'autre toutes les femmes présentes jusqu'à ce qu'elles baissent les yeux.

La réunion fut bien plus longue quand Velma prit Estelle. Quel exemple donnait-elle aux enfants ? Recueillir une fille souillée – et ce fut la description la plus aimable d'Estelle faite ce soir-là.

— Qui jettera la première pierre ? demanda alors le docteur en fixant les visages rougissants de tous les hommes présents.

Puis le vieux Jake lui laissa son ranch, et une nouvelle réunion s'ensuivit. Qu'avait-elle fait pour mériter un tel cadeau ? Alex Newton était furieux de voir le ranch lui échapper, et faisait pression sur la ville pour la chasser.

Là, le docteur Sullivan commença à perdre patience. Si Velma Taylor s'en allait, il partirait lui aussi. Et il n'y avait aucun autre médecin à deux cents kilomètres à la ronde. Les bons citoyens de Newton firent contre mauvaise fortune bon cœur, et acceptèrent de garder leur institutrice.

Et voilà qu'une nouvelle crise s'annonçait. D'après l'employé du télégraphe, le terrible Lobo était en route pour la ville. À cause de Velma Taylor...

— Nous allons accueillir un tueur à gages notoire, déclara le maire Stillwater, qui maniait bien la langue. Vous savez tous ce que cela signifie. Il n'y aura plus de sécurité nulle part. Nos épouses ne pourront plus sortir de chez elles.

Sullivan se dressa.

— Nous savions tous que cela arriverait à l'instant où Jake est mort. Il était le seul à pouvoir empêcher que Newton et Morrow s'entre-tuent ou nous entraînent dans leur guerre. Par son testament, il a voulu que Velma continue son œuvre.

— Une femme ? se plaignit quelqu'un au fond de la salle. Comment peut-elle diriger un ranch ? Elle devrait uniquement s'occuper de l'école.

Sullivan s'adossa au mur.

— Qui a à se plaindre dans ce domaine ?

La femme du propriétaire du magasin général se leva.

— Mon Robert vient juste d'obtenir une bourse d'études dans l'Est grâce à Miss Velma. Elle est la meilleure chose qui soit jamais arrivée à cette ville.

— Et la plus dangereuse, grommela un homme qui n'avait pas d'enfant.

Un autre homme se leva.

— Nous sommes tous prêts à admettre que c'est une bonne institutrice. Mais pourquoi tient-elle tant à garder ce sacré ranch, surtout si Alex le veut ? Proposons-lui de vendre.

— Et tu crois qu'elle nous écoutera ? Elle ne l'a jamais fait jusqu'ici.

Sullivan intervint à nouveau.

— Et que croyez-vous qu'il arrivera si elle vend à Alex, et si Gar Morrow n'a plus accès à la rivière ? Ce ne sera pas un mais cent tueurs qui débarqueront. Toute la vallée sera en flammes. Il y aura plus de *pistoleros* que de citoyens dans cette ville.

Le maire se tourna vers le shérif, un homme paisible qui n'avait jamais grand-chose à faire sinon enfermer un ivrogne pour la nuit.

— Vous ne pouvez pas arrêter ce *Lobo* ?

— Il n'est recherché nulle part, annonça le shérif. J'ai vérifié. On dirait qu'il se débrouille toujours pour que l'autre dégaine le premier. Ou alors, il n'y a pas de témoin.

— Vous pourriez lui dire qu'il est indésirable ici, suggéra le maire.

Le shérif baissa les yeux vers son badge.

— Je préfère vous rendre mon insigne plutôt que de m'opposer à un type pareil. On dit qu'il a vécu parmi les Apaches, et qu'il est plus féroce que le pire d'entre eux.

Il y eut un silence. Dans la situation présente, personne ne tenait à prendre sa place. La ville avait toujours été relativement tranquille, mis à part l'attaque de la banque quatre ans plus tôt, quand Brady Thomas était encore shérif. Quant à la querelle entre Alex et Gar, elle n'avait jamais pris une aussi vilaine tournure.

L'histoire était bien connue. Trois amis, Alex, Jake et Gar, étaient arrivés ici quelque vingt ans plus tôt. Alex et Jake avaient choisi des terres près de la rivière, mais Gar avait préféré de magnifiques collines plus à l'ouest. Sur ses terres se trouvait une source dont Gar pensait qu'elle lui fournirait assez d'eau. Mais la source s'était tarie au cours d'une sécheresse, et Gar était devenu totalement dépendant de la rivière. Pendant des années il n'y eut aucun problème, car ces trois-là étaient les meilleurs amis du monde. C'est alors que Mary Newton avait été tuée…

Le maire s'éclaircit la gorge.

— Peut-être qu'il n'y a qu'à attendre. Peut-être que cet homme ne viendra même pas. On pourrait essayer de raisonner Alex…

— Et si on ne le peut pas ? demanda Sullivan.

— Elle pourrait vendre.

— Vous savez très bien qu'elle ne le fera pas, contra Sullivan. Elle aime ce ranch. Et elle a besoin de place.

— Nous ne lui avons pas demandé de recueillir tous ces...

— En fait, on lui a même conseillé le contraire.

Sullivan toisa l'auditoire :

— Si quoi que ce soit lui arrive, vous en serez responsables.

Cela conclut la réunion.

Lobo ralentit le pas de son cheval, se forçant à se décontracter tandis qu'il approchait du ranch de Newton. L'aube se levait à peine.

Sa décision était prise. Il laissait tomber ce boulot. Et il gardait l'argent pour le dérangement. Que Newton s'étrangle avec ça.

En arrivant, il pénétra dans la maison sans même se donner la peine de frapper. Ses yeux glacés et ses mâchoires contractées trahissaient la colère. Il s'attendait plus ou moins à trouver son employeur au lit, mais celui-ci prenait déjà son petit déjeuner.

Cette subite intrusion impressionna Alex. La réputation de Lobo n'était vraiment pas usurpée, se dit-il. Il avait déjà convaincu la femme de vendre.

— Bon Dieu, pourquoi ne m'avez-vous pas dit qu'elle avait des gosses ? Et quatre, en plus ! Que m'avez-vous caché d'autre ?

Alex eut soudain l'air perdu.

— Je... ne croyais pas que cela comptait pour vous. On m'a dit...

— Que je m'en prenais aux enfants ? s'enquit Lobo avec une fureur froide.

— Non, je n'en veux qu'à la femme. L'avez-vous vue ?

— Non, répliqua Lobo avec une certaine satisfaction. Mais j'ai sauvé la petite fille qui était tombée dans un vieux puits.

— Vous avez quoi ?

Lobo grimaça un sourire qui fit passer un frisson dans le dos d'Alex.

— Vous allez devoir vous trouver un autre croque-mitaine, dit Lobo. Je suis devenu leur héros.

— Qui d'autre était là ?

— Un garçon d'à peu près douze ans. Et une femme maigre qui semblait terrorisée.

— Ah, Estelle...

— Qui est Estelle ?

— Elle travaillait au *Golden Slipper Saloon*. Une fille de salle.

— C'était une putain ?

En songeant à sa maigreur, à sa terreur et à sa chevelure défaite, Lobo avait du mal à le croire.

Alex hocha la tête.

— Seigneur ! et puis quoi encore ? demanda Lobo. Une putain, une ribambelle de gosses...

— Je vous ai dit que cet endroit n'était pas fait pour elle. Elle ne peut pas s'en occuper décemment. C'est un service à lui rendre que de la convaincre de vendre.

— Mon travail n'est pas de rendre ce genre de service.

Alex ne put retenir un léger sourire.

— Sans doute pas. Et leur avez-vous dit qui vous étiez ?

— Non. Quelle importance ?

— Alors, remarqua Alex, tout n'est pas perdu.

— Vous ne m'avez pas écouté, Newton. Je laisse tomber.

— On m'avait dit que vous n'abandonniez jamais un travail.

— Seulement quand on me dit tout. Absolument tout ! Vous avez oublié pas mal de détails, cher monsieur.

La façon dont il avait prononcé ces derniers mots fit frissonner Alex.

— Elle a trompé Jake. Le ranch aurait dû me revenir.

— Désolé, Newton.

— Les gosses ne sont pas les siens, fit Alex au hasard.

Il ne voulait pas renoncer : il avait placé tous ses espoirs dans cet homme. Sans parler des deux mille dollars.

Lobo avait déjà atteint la porte, mais il se retourna.

— Pas les siens ? Que voulez-vous dire ?

— Elle utilise ces gosses pour tenir le ranch.

— Même la petite fille ?

Lobo essayait de comprendre Velma Taylor. Une mère qui n'était pas une vraie mère. Une maîtresse d'école qui utilisait des enfants comme des esclaves, et qui abritait une putain. Une séductrice et une tricheuse : Newton l'avait plus ou moins accusée d'être tout cela. Mais cela ne cadrait avec ce qu'il savait. En tout cas, pas avec l'empressement avec lequel le petit garçon l'avait invité à manger des gâteaux, ni avec les jolies rondeurs de la petite Sallie Sue.

Soudain, Lobo comprit tout : Newton ne lui avait rien dit parce qu'il voulait qu'il fasse peur aux enfants d'abord !

Lobo entra dans une fureur sans pareille. Il avait accompli des tas de choses dont il ne se vanterait jamais, mais ne s'était encore jamais attaqué à un enfant.

— Vous vouliez que je terrorise des gamins, dit-il d'une voix basse et incroyablement douce. Vous n'êtes pas un homme. Vous êtes un lâche.

Alex tressaillit. Vingt ans plus tôt, il l'aurait tué pour cette insulte. À présent, il était impuissant. Et il se haïssait autant qu'il haïssait Lobo. Mais il avait besoin de ce tueur.

— J'augmente mon offre. Dix mille dollars si elle vend. Pas de violence. Faites-lui simplement savoir que vous n'êtes que l'un de ceux que j'engagerai si elle refuse.

— Je laisse tomber.

Alex joua sa dernière carte.

— Si vous partez, je prends Canton. Je crois savoir qu'il est libre en ce moment.

Lobo darda un long regard menaçant sur Newton. Il savait exactement à quoi il pensait, et il pensait juste. Canton et lui étaient des concurrents mais également de véritables professionnels. Lobo respectait Canton car, tout comme lui, il ne laissait jamais ses émotions prendre le dessus. Leurs préférences personnelles ne comptaient pas. La tension était palpable entre eux chaque fois qu'ils se rencontraient, car ils se craignaient l'un l'autre. Mais ils craignaient encore plus les foules qui se rassemblaient autour d'eux, dans l'attente du duel sanglant qui sonnerait la mort d'un de ces célèbres tueurs. Cependant Canton et lui ne s'étaient encore jamais retrouvés dans des camps opposés. Jusqu'à présent.

— Je vais y songer, annonça Lobo, affichant ouvertement son mépris.

— Combien de temps ?

Les yeux de Lobo n'étaient plus que deux minces fentes.

— Je vous le ferai savoir, Newton.

Il se détourna et quitta la pièce à longues enjambées. À cet instant, une belle jeune fille dévala les escaliers. Du coin de l'œil, il vit qu'elle s'arrêtait pour l'observer mais il l'ignora et quitta la maison. Il en avait plus qu'assez des Newton.

Marisa pénétra dans le bureau de son père.

— Qui était-ce ?

Alex cilla.

— Un type de passage. Ne l'approche pas.

Mais Marisa se précipita vers la porte. Elle l'ouvrit juste à temps pour voir l'inconnu sauter sur un magnifique cheval pie.

De son bureau, Alex contemplait le dos de sa fille. Il avait la désagréable impression d'avoir fait entrer le loup dans la bergerie.

Lobo retourna à son campement. Un coup d'œil vers le ciel lui apprit qu'il était encore très tôt. Cette Taylor ne devait pas encore être rentrée de l'école. S'il allait la guetter sur la piste ?

Il se montrait rarement curieux de ce qui ne le concernait pas, et il avait plus ou moins décidé que cette femme n'était plus son problème. Rien de ce qu'avait dit Alex ne l'avait fait changer d'avis. Il allait partir. Mais quelque chose le tracassait.

Velma Taylor était une maîtresse d'école qui essayait de tenir un ranch. Une femme qui poussait un personnage aussi puissant que Newton à louer les services d'un homme tel que lui. Une femme qui abritait une putain, un ivrogne et une bande d'orphelins. Qui donc était-elle vraiment ?

Va-t'en, lui ordonnait une voix au fond de lui.

Reste, lui enjoignait une autre voix tout aussi puissante.

Il opta pour une troisième solution : il la regarderait une seule fois puis s'en irait. Que Newton aille au diable !

Il trouva l'endroit qu'il cherchait. Là, dissimulé dans ces hautes herbes, on ne pourrait l'apercevoir.

Lobo n'eut pas à attendre longtemps avant de voir une carriole approcher. Une femme mince en tenait les rênes. Deux jeunes garçons l'accompagnaient.

Il fut surpris de constater qu'elle ne portait pas de bonnet pour se protéger le visage. Elle avait la peau légèrement hâlée par le soleil et des mèches de cheveux auburn flottaient autour d'elle, échappées de son ruban bleu. Soudain elle sourit aux garçons, avant de rejeter la tête en arrière et d'éclater de rire. Un souffle de vent brûlant porta le son de ce rire jusqu'à Lobo. Il n'avait jamais rien entendu de pareil. C'était doux comme une pluie de printemps. Les mains de Lobo se crispèrent sur la bride, et il fit reculer sa monture lentement parmi les hautes herbes à bisons. Il n'avait pas vu ses yeux. Ils devaient être bleus, à en juger par la couleur de ses cheveux. Elle menait son attelage avec savoir-faire, et son corps était droit et fier.

Le chariot disparut derrière un virage et Lobo ne bougea pas. Le rire de la femme résonnait encore dans ses oreilles. Une impression de beauté se gravait dans son esprit. Son cœur battait comme jamais. Quelque chose venait enfin de le toucher.

Mais il savait que c'était quelque chose qu'il n'aurait jamais.

3

Lobo galopait sur la crête de la montagne. La nuit tombait quand il s'arrêta enfin. Il fuyait.

Il n'avait jamais fui de sa vie. Ni rien ni personne. Quand le soleil plongea derrière la montagne, il permit enfin à son cheval de reprendre son souffle. À la différence de la veille, le crépuscule n'était pas flamboyant. L'horizon ruisselait de rose et d'or doux.

Doux comme le rire de la femme.

Pour chasser ce rire de son esprit, il se concentra sur un autre coucher de soleil, aussi doux et calme que celui-ci, mais qui s'était mué en explosion de feu, de sang et de hurlements. Cela s'était passé il y avait bien longtemps.

Le chariot dans lequel il se trouvait s'était arrêté à la tombée du jour. Le ciel était doré, rempli de cannelle, avait-il même dit à Timothy, ajoutant que c'était signe de beau temps pour le lendemain. Cela avait fait sourire son frère et il en avait été heureux, car Timothy souriait rarement.

Les Apaches avaient choisi cet instant pour déferler sur le convoi pauvrement gardé. Lobo et son frère aîné avaient vu leur père et leur mère se faire tuer, ainsi que tous les autres adultes. Seuls cinq enfants avaient été épargnés et emmenés comme esclaves.

Le petit Lobo avait alors éprouvé une terreur sans nom. Son frère et lui avaient été régulièrement battus par leur père, un fanatique religieux. Jamais leurs parents ne leur avaient prodigué la moindre tendresse. Lobo était grand et fort pour son âge, et il essayait – autant que possible – de protéger et d'aider Timothy, accomplissant certaines de ses tâches et subissant souvent les punitions à sa place.

Plus tard, il s'était rendu compte que son enfance dure avait été un bon entraînement pour la suite. Il avait appris à se protéger des coups, à ne pas montrer ses émotions, à ne pas flancher sous une besogne démentielle, à affronter la cruauté. Grâce à cela, il avait survécu... à la différence des autres enfants. Et il en éprouvait du remords : le fait même d'avoir trop protégé Timothy avait signé son arrêt de mort : il n'avait pu surmonter la cadence et les privations imposées par les Apaches. Ils l'avaient donc abandonné dans le désert.

Depuis, Lobo ne s'était plus jamais autorisé le moindre sentiment à l'égard de quiconque.

Et, finalement, il avait gagné cette liberté à laquelle il tenait tant et cela lui suffisait amplement. Il n'y avait ni rire, ni joie, ni paix en lui, et il n'avait jamais ressenti le besoin d'émotions aussi illusoires. Au mieux, il les trouvait dangereuses, car elles l'empêchaient de se concentrer sur l'essentiel : survivre.

Lobo hésitait à poursuivre sa route vers Denver. Il palpa à travers le cuir de ses sacoches les deux mille dollars, en se demandant quelle allait être la réaction de Newton.

Il avait souvent rencontré des hommes comme lui, obsédés par une idée fixe. Lobo avait appris à se montrer prudent avec de tels individus. Ils étaient imprévisibles.

Embaucherait-il Canton si Lobo partait ?

Marsh Canton était très rapide avec un pistolet, peut-être même plus rapide que lui. Éprouverait-il, lui aussi, des scrupules à s'attaquer à des enfants ? La femme ne comptait pas. Lobo s'interdisait de penser à elle.

Il songea un instant au garçon qu'il avait rencontré au ranch Taylor. Il avait la même tignasse que son frère, couleur de paille, et...

Bon sang ! ce n'était pas son problème.

Installe-toi pour la nuit, se dit-il. *Oublie ce qui s'est passé aujourd'hui, et trouve-toi un autre travail.*

Voilà la sagesse.

Tu n'as jamais laissé un travail inachevé.

Au diable Newton et son satané travail !

Et Canton ?

Qu'il s'occupe de cette sale besogne. Ce n'est plus ton affaire.

Tu peux encore les faire partir. Sans effusion de sang.

Possible.

Et gagner dix mille dollars.

Quelque chose lui noua le ventre. Il se fichait pas mal de l'argent, mais il refusait de croire que son choix pût être motivé par autre chose.

Il soupira. Mais sa décision était prise. Demain, il rendrait une nouvelle visite – après l'école – à Miss Taylor. Il lui expliquerait de façon très claire qu'elle ferait mieux de déguerpir, et il comptait bien la convaincre.

Une fois encore, Lobo surveillait le ranch délabré. Il était tard et la femme devait être rentrée.

Une mince volute de fumée s'échappait de la cheminée. Le dîner, sans doute.

Quelque chose l'avait ramené ici. Et, à présent, il essayait de trouver ce qu'il faudrait dire, et n'y arrivait pas. Il n'avait jamais été à l'aise avec les mots. Bon sang, il n'en avait jamais eu besoin. Un regard, un geste suffisaient, normalement.

D'ailleurs, il n'avait pas énormément de mots à sa disposition. Chez les Apaches il n'avait jamais entendu parler anglais, et il discutait rarement avec les autres membres de la tribu, même après qu'on l'eut – à regret – nommé guerrier. Il avait eu encore moins de choses à dire à ceux qui l'avaient méprisé quand il avait réintégré le monde des Blancs. Il s'était alors mis à parler avec son pistolet et son couteau.

Mais, à présent, il avait besoin de mots. De mots convaincants et menaçants. Même s'il ne comprenait pas pourquoi, il ne voulait pas que la femme au rire si léger soit blessée, pas plus que le gamin aux cheveux de paille ou la petite fille toute ronde nommée Sallie Sue. Et il ne se faisait aucune illusion : Alex Newton était prêt à tout pour atteindre son but.

C'était donc à lui de les effrayer suffisamment et la meilleure solution pour tout le monde : la femme aurait de l'argent, Alex son terrain, lui ses dix mille dollars, et il pourrait enfin ficher le camp d'ici.

Il se massa le cou en se demandant pourquoi la femme tenait tant à ces légumes qui pourrissaient sur pied, à ces murs délabrés. Une femme normale aurait depuis longtemps pris l'argent et le large.

D'ailleurs, ses raisons ne comptaient pas.

Décidé à conclure cette affaire au plus vite, Lobo éperonna sa monture et se lança au trot vers le ranch.

Il entendit alors le rugissement d'un taureau et le cri terrifié d'un enfant. Bon sang, que se passait-il encore ?

Ses genoux s'enfoncèrent dans les flancs du cheval pie qui partit au galop, tandis qu'un nouveau hurlement de terreur s'élevait. Les mains de Lobo se crispèrent sur les rênes quand il vit que le taureau était parvenu à s'échapper du corral et, tête et cornes baissées, fonçait sur le gamin.

Celui-ci plongea au dernier moment, et la bête furieuse le rata d'un cheveu. Elle fit volte-face et chargea de nouveau. Lobo aurait pu essayer de l'abattre mais, même s'il parvenait à atteindre le minuscule point vital en tirant depuis son cheval au galop, la balle n'aurait sûrement pas arrêté l'animal furieux lancé à toute allure.

Il n'y avait qu'une seule solution et Lobo agit sans se poser de questions. Il fit galoper sa monture à côté du taureau et se libéra de ses étriers. Puis il bondit sur le dos de la bête, la saisissant par les cornes. De tout son poids, il lui tordit la tête pour la déséquilibrer. Le taureau tomba. Lobo se rétablit une fraction de seconde avant que l'énorme corps ne l'écrase, tout en maintenant sa prise. Il n'avait qu'une seconde avant que la bête ne se redresse.

— À la barrière ! hurla Lobo à l'adresse du garçon, se débattant pour garder encore un peu le taureau au sol.

Il sentit les muscles puissants frémir sous lui. Le taureau allait se redresser. Du coin de l'œil, il vit le gamin grimper sur la barrière.

Lobo siffla et le cheval pie vint se porter à sa hauteur. Avec une rapidité qui stupéfia le taureau et Chad, Lobo bondit. Il agrippa le pommeau de sa selle. Ses pieds fouettèrent le sol tandis que le cheval partait au galop. Puis il sauta en selle et sa monture s'élança, se mettant hors de portée du taureau enragé.

Celui-ci, dépité, se mit à courir vers la colline. Lobo immobilisa son cheval avant de revenir lentement au corral.

Blême, le garçon tremblait encore.

— Je n'ai jamais vu personne faire un truc pareil, murmura-t-il, encore sous le choc.

— Tu vas bien, petit ?

Chad baissa les yeux comme pour s'examiner.

— Je... crois.

Il avait visiblement du mal à y croire, mais s'efforçait de se maîtriser.

— Ce vieux Jupiter doit regretter Brady.

Le regard de Lobo retrouva sa froideur. Brady Thomas, se rappela-t-il. L'ancien shérif. Il détailla les alentours. Une femme – Estelle – était à mi-chemin du corral quand les yeux de l'étranger la clouèrent sur place. Elle jeta un bref regard vers Chad pour s'assurer qu'il allait bien, avant de faire demi-tour. Lobo se retourna vers le garçon :

— Vous êtes seuls ici, elle et toi ?

Chad haussa le menton.

— Je... peux veiller sur elle.

— J'ai vu, fit sèchement Lobo.

Le garçon rougit et baissa la tête.

— ... J'ai une nouvelle dette envers vous, dit-il finalement. Mais Velma va être toute malheureuse à cause de Jupiter.

— Jupiter ?

— Le taureau.

— Qu'est-ce que c'est que ce nom ?

Cette critique accabla Chad.

Jupiter ! pensait Lobo. Cela valait bien Sallie Sue et Brunhilde... et tout le reste.

— Vous pouvez... je veux dire, vous voulez bien m'aider à aller chercher Jupiter ?

Lobo leva un sourcil incrédule. Le gamin était sérieux.

— Non. Il est dangereux. Laisse-le tranquille.

— Mais il est vieux et on l'aime bien, et Velma...

Lobo serra les dents. S'il possédait encore la moindre once de bon sens, il ferait bien de partir pour ne plus jamais revenir ici. Il se tourna vers la colline aride pour voir le taureau qui s'était immobilisé et regardait autour de lui, comme s'il ne comprenait pas ce qui lui arrivait.

Chad, quant à lui, sauta à bas de la barrière d'un air décidé. Avec ou sans l'aide de Lobo, il allait récupérer l'animal.

Lobo savait parfaitement ce qu'il aurait dû faire. Il aurait dû galoper jusque là-bas et tuer ce maudit taureau, avant d'annoncer à Chad que c'était le sort qui les attendait tous s'ils ne quittaient pas le ranch.

Il en était incapable. Quelque chose dans ce gosse lui rappelait le gamin qu'il avait été. Chad aussi avait connu sa part de malheur. Dès l'instant où il avait posé les yeux sur lui, Lobo en avait été certain.

Comme malgré lui, Lobo se dirigea vers le taureau et lança son lasso autour de son cou. L'animal se laissa paisiblement reconduire dans le corral.

Le gamin essaya d'expliquer la détresse de Jupiter :

— Parfois, il doit se souvenir du bon vieux temps... et Brady lui manque. Il ne voulait pas vraiment faire du mal.

— Où est... Miss Taylor ?

Le gamin haussa les épaules.

— En général, elle est rentrée à cette heure-ci. Mais ça lui arrive aussi de rester tard à l'école. Elle va être rudement contente que vous ayez ramené Jupiter.

Bon Dieu ! Lobo sentit ses tripes se nouer.

— Vous restez dîner avec nous ? demanda Chad d'une voix maladroite, comme si les invitations n'étaient pas son fort. Velma sera très heureuse.

Malédiction !

— Ne t'approche pas de cette sale bête, fit méchamment Lobo, espèce de petit imbécile !

— Chad.

Lobo haussa un sourcil interrogateur.

— Je m'appelle Chad.

Il attendait un nom en réponse. Lui jetant un regard mauvais, Lobo rassembla ses rênes et le cheval se mit à reculer à petits pas dansants. Quand il fut assez loin de la barrière, Lobo pressa les genoux et sa monture fila dans un tourbillon de poussière.

Lobo n'avait pas franchi un kilomètre qu'une peur soudaine le saisit. Pourquoi cette Velma n'était-elle pas encore rentrée ? Newton avait-il embauché quelqu'un d'autre pour lui tendre une embuscade ?

Il revenait au galop vers la colline quand il entendit le bruit des sabots et des roues. Le chariot apparut. Elle était là, aussi fraîche que la veille, avec les deux garçons jouant sur la plate-forme arrière.

Aussi fraîche, aussi innocente et aussi jolie.

Avec un soulagement qu'il ne comprenait pas, il l'observa quelques instants avant de repartir, espérant qu'on ne l'avait pas vu.

Il reviendrait samedi, quand il serait sûr de la trouver chez elle. Il n'aurait pas besoin de la menacer. Il lui suffirait d'énumérer les événements de ces derniers jours pour la convaincre qu'elle ne pouvait s'occuper d'un ranch toute seule.

Il retourna à son campement, l'esprit hanté par la vision de la jeune femme.

Velma avait aperçu la silhouette du cavalier, à peine visible dans le globe enflammé du soleil couchant.

Elle ne connaissait pas ce cheval, elle en était certaine. Sa robe blanche constellée de taches noires était magnifique. Quant au cavalier, elle n'avait pu distinguer ses traits.

Elle pensa brièvement au *pistolero*, mais cet homme n'avait pas paru nourrir d'intentions hostiles. Un étranger ?

Chad n'avait pas décrit le cheval de l'inconnu qui avait secouru Sallie Sue.

Une coïncidence, se dit-elle. Juste une coïncidence. Pourtant, on aurait dit... un gardien. Vigilant et immobile, comme l'antique statue d'un dieu bienveillant.

Comme elle arrivait à la maison, Chad se rua sur elle.

— Il est revenu ! cria-t-il, les yeux brillants. Attends de savoir ce qu'il a fait !

Velma ne put chasser l'homme de son esprit cette nuit-là, ni le jour suivant.

Même quand elle faisait la classe, quand elle aidait les jumeaux dans leurs multiplications, quand elle racontait comment Coronado avait traversé le Nouveau-Mexique, ou quand elle corrigeait la version latine de Robert, son meilleur élève.

Comment était l'étranger ?

Elle avait essayé de soutirer des renseignements plus précis à Chad. Il était blond, avait-il dit, d'un blond bizarre, comme du sable. Et ses yeux... eh bien, il n'en avait jamais vu de pareils. Ni bleus ni verts...

Et qu'avait-il dit ?

Pas grand-chose, d'après Chad.

C'était bizarre cette façon qu'il avait d'apparaître juste au moment où on avait besoin de lui, puis de disparaître. Elle aurait souhaité qu'il l'attende ou bien qu'il laisse son nom, afin de pouvoir le remercier. Apparemment, il comptait rester dans les parages un certain temps, puisque cela faisait déjà plusieurs jours qu'il rôdait par ici. Mais – elle s'en était assurée – personne en ville ne le connaissait.

Parfois, elle se demandait même s'il existait. Alors, elle revoyait la silhouette immobile sur son cheval au sommet de la colline, dans le soleil couchant, et son cœur s'emballait.

Velma était accoutumée à l'attention des hommes. Surtout depuis qu'elle était ici, dans l'Ouest. Les femmes à la fois attirantes et célibataires étaient rares et, sans être d'une beauté saisissante, Velma demeurait tout à fait désirable. D'ailleurs, ici, n'importe quelle femme possédant une seule tête l'était.

Une horde d'hommes empressés s'abattit sur elle – depuis le plus crasseux des cow-boys jusqu'au banquier veuf – dès qu'elle eut posé le pied à Newton. Il fallut plusieurs mois avant que la rumeur ne s'installe : l'institutrice était une excentrique dotée d'une nature froide, qui ne s'intéressait ni aux hommes ni au mariage.

Ce qui, en réalité, était faux. Velma aurait beaucoup aimé se marier et avoir des enfants. Mais pas avec n'importe qui. Au fond d'elle-même, elle savait que ce n'était qu'un rêve. Elle avait trop longtemps vécu avec les dieux romains et grecs, partageant leurs aventures pleines de bravoure, et même leurs excès. Comparés à Achille ou à Ulysse, M. Folley, le banquier au ventre rond, ou les cow-boys crasseux n'avaient aucune chance.

Velma n'était pas disposée à accepter le moindre compromis : il lui fallait le prince charmant ou rien. Elle commençait à croire que ce serait rien.

Et puis, il y avait sa situation sociale. En tant qu'institutrice, elle devait être un exemple à la réputation sans tache. Elle n'avait pas toujours connu un grand succès dans ce domaine, surtout depuis l'adoption d'Estelle, mais au moins sa vie sexuelle n'avait nourri aucune rumeur.

Voilà comment, à vingt-cinq ans, elle se résignait à demeurer vieille fille, et offrait son amour presque inépuisable à ceux qui en avaient le plus besoin. Elle ne se sentait ni frustrée, ni lésée. Elle était bien décidée à vivre et à prendre plaisir aux choses les plus simples : la caresse de la brise de printemps sur sa peau, l'odeur de l'automne, la beauté d'un lever de soleil ou le sourire d'un enfant. Elle aimait jardiner, entendre les hennissements de contentement des chevaux quand elle les nourrissait, et se réjouissait même secrètement de s'opposer aux gens bien-pensants.

Cela lui avait suffi… jusqu'à présent. Pour la première fois de sa vie, elle désirait ardemment rencontrer un homme. Le cavalier solitaire.

Le paladin.

Le protecteur.

Le prince charmant.

Le soleil était déjà haut dans le ciel quand Lobo entendit les sabots d'un cheval.

Il était debout depuis l'aube. Il avait soigné et nourri sa monture, fait du café, cuit du bacon, et se demandait comment il allait occuper sa journée. Son cœur s'arrêta quand il vit une femme, puis retrouva son rythme normal en la reconnaissant. Lobo se renfrogna.

Quand elle arriva, il ne leva même pas les yeux vers elle et se servit une tasse de café. Enfin, il haussa un sourcil interrogateur.

Marisa Newton rougit.

— Papa pensait que vous étiez peut-être parti.

Il l'étudia lentement, depuis le chapeau posé insolemment de travers sur sa chevelure foncée jusqu'aux bottes de cuir impeccables.

— Il vous a envoyée vous en assurer ?

Son visage prit une teinte encore plus sombre.

— Non.

Il avala une gorgée de café sans lui en offrir et sentit sa stupéfaction. Elle devait avoir l'habitude qu'on la traite avec plus d'égards.

— Je peux avoir un peu de café ? demanda-t-elle finalement.

— Il n'en reste plus, dit-il en portant le gobelet à ses lèvres.

Il voulait qu'elle s'en aille. Cette fille allait lui attirer des ennuis. Et il en avait bien assez comme cela.

Elle descendit de son cheval.

— Vous êtes Lobo, n'est-ce pas ?

Assis sur les talons, il ne broncha pas.

— Vous restez, alors ? essaya-t-elle à nouveau.

Il leva les yeux. Elle était assez jolie. Des cheveux couleur de vieux chêne et de grands yeux sombres, mais elle ne l'intéressait pas. Elle était trop jeune et trop sûre d'elle. Une enfant gâtée. Il en avait beaucoup connu comme elle et, chaque fois, ça s'était mal passé.

Lobo la fixa avec une insolence étudiée.

— Que voulez-vous, ma petite dame ?

Elle vira à l'écarlate.

— Vous rencontrer, dit-elle. Je n'ai jamais connu de tueur à gages.

— Vous n'avez pas peur ?

— Si, admit-elle.

— Vous êtes donc intelligente. Soyez-le encore plus : montez sur votre cheval et allez-vous-en.

— Pourquoi ?

— Parce que les petites filles comme vous, je les mange au petit déjeuner.

Elle regarda l'assiette sale.

— Vous avez déjà pris votre petit déjeuner.

— Il était très insuffisant.

Elle sourit, mais ses lèvres tremblaient un peu.

— Je ne savais pas que les tueurs possédaient le sens de l'humour.

— Ils ne l'ont pas, répliqua-t-il.

Elle resta plantée là, à l'examiner.

— Il y a un bal, demain soir. Samedi. En ville.

— Je n'ai pas de temps pour les bals.

— Je vais dire à Papa que vous êtes encore là.

Il haussa les épaules.

— Il est contrarié.

— C'est son problème.

— Avez-vous déjà rencontré Velma Taylor ?

Lobo se raidit. Ses yeux se firent encore plus glacés.

La fille hésita.

— ... Je l'aime beaucoup. C'est mon amie. Vous... n'allez pas lui faire de mal, n'est-ce pas ?

— C'est pour ça que vous êtes venue ?

La fille se mordit la lèvre et hocha lentement la tête.

Lobo se massa le cou. C'était le boulot le plus insensé qu'il ait jamais accepté.

— Dites-moi, insista-t-elle.

— Rentrez chez vous et parlez-en avec votre père. Pas avec moi.

— S'il vous plaît.

— Rentrez chez vous, répéta-t-il en se redressant, renversant le café resté sur le feu.

Sans lui accorder la moindre attention, il sella son cheval. Si elle ne se décidait pas à partir, alors c'était à lui de le faire. Il ne jeta pas un regard en arrière tandis qu'il s'éloignait.

Bien plus tard ce jour-là, Lobo retourna sur la colline dominant le ranch. Il rampa dans les herbes pour ne pas être vu. Il ne tarda pas à apercevoir la charrette mais, cette fois-ci, un cheval de monte était attaché à l'arrière et un homme était assis aux côtés de la femme. Il tenait les rênes.

Lobo se tordit dans l'herbe comme si on venait de le brûler.

Brady avait rejoint Velma sur la route. D'abord elle en avait été grandement soulagée, mais cela n'avait pas duré. Il n'avait pas prononcé un mot de tout le trajet. Quand il était ainsi, elle savait qu'il valait mieux le laisser tranquille, même si cela lui déchirait le cœur.

En arrivant, il avait sauté du chariot pour rentrer son cheval dans la grange. Elle l'avait suivi du regard. Il avait les épaules voûtées, comme accablé par un fardeau invisible. Il ne vint même pas dîner.

Brady alluma la lampe à pétrole dans la sellerie. Il dut s'y reprendre à plusieurs fois car ses mains tremblaient.

Il avait entendu parler du tueur, et il savait être le seul à pouvoir protéger Velma et les enfants. Il était donc parti s'entraîner dans les montagnes avec son Colt. Autrefois, il avait été rapide et précis. À présent, il parvenait à peine à dégainer et, sur six tirs, cinq passaient très loin de leur cible.

Le pistolet était comme un serpent dans sa main maladroite. Il le haïssait.

Il ne l'avait pas utilisé depuis quatre ans, depuis qu'il avait tué le dernier des assassins de sa femme et de son fils. Il avait assassiné de sang-froid un homme qui le suppliait de l'épargner. Il croyait ainsi trouver la paix. Il s'était trompé. Il avait alors découvert qu'il ne valait pas mieux que les hommes qu'il avait traqués.

Une soif irrépressible le gagna tandis qu'il continuait à fixer ses mains. Il était devenu inutile. Il se détestait.

Il ouvrit la fenêtre de la remise pour respirer un peu d'air frais. Mais cela ne servit à rien. Presque sans y penser, il alla jusqu'à une caisse où il rangeait ses maigres effets, et y chercha la forme douce d'une bouteille. Elle était restée là, intacte, pendant des mois. Il hésita, puis la prit. Pourquoi pas ? Il n'était plus bon à rien, de toute façon. Il but alors une longue rasade, puis une autre.

Une cigarette. Il avait besoin d'une cigarette. Il ne fumait jamais dans la grange mais… pourquoi pas ? Il en roula une. L'alcool aidant, ses mains avaient cessé de trembler. Il épousseta les grains de tabac qui étaient tombés sur son pantalon et but encore.

Il enleva le verre de la lampe à pétrole et alluma sa cigarette à la flamme. Il ne remit pas le verre. Ensuite, il écrasa soigneusement le mégot et avala de longues gorgées d'alcool, jusqu'à ce que la bouteille soit vide. Il la reposa à regret sur la table à côté de la lampe.

C'était tout ce dont il avait besoin. Boire un peu. Ses yeux se fermèrent, et des ronflements ne tardèrent pas à emplir la pièce éclairée par la flamme nue.

Quelques heures plus tard, la brise se leva, écartant les rideaux de coton qu'elle poussa vers la flamme. La petite langue de feu lécha le tissu. Il s'enflamma tout doucement. Le bois sec de la grange ne tarda pas à s'embraser.

4

Lobo se leva avant l'aube. C'était samedi, et il avait bien l'intention d'aller lui parler avant qu'elle ne s'en aille.

Il décida de ne pas se raser. Plus il aurait l'air intimidant, plus grandes seraient ses chances de succès. Et il savait à quel point il pouvait aussi paraître menaçant : plus d'une fois, on l'avait fui plutôt que de se battre avec lui.

Sans prendre le temps de se faire un café, il sella son cheval et le lança au galop.

Il atteignit la petite colline familière et examina une fois de plus le ranch. Le jour ne s'était pas encore levé. Il régnait une lumière grise et un vent chaud accompagnait l'aurore.

Lobo vit alors la fumée.

Elle ne provenait pas de la maison mais de la grange. Ses genoux s'enfoncèrent dans les flancs de son cheval et il se rua vers le ranch en hurlant.

— Au feu !

Velma s'habillait quand elle entendit le cri. Oubliant les derniers boutons de sa robe, elle se précipita à la fenêtre.

Elle vit la grange, les rubans de fumée qui s'en échappaient, et elle se précipita dans le couloir en criant à pleins poumons pour réveiller tout le monde.

Chad apparut aussitôt, suivi d'Estelle et des jumeaux.

— Occupez-vous de Sallie Sue ! cria-t-elle en s'élançant dehors.

Elle courut jusqu'à la grange, sans réellement voir l'homme ni son cheval nerveux qui faisait des écarts. L'inconnu sauta à terre, la dépassa sans un mot et pénétra dans la grange. Velma le suivit, terrorisée. Il ouvrit les stalles pour faire sortir les chevaux, tandis qu'elle courait jusqu'à la sellerie située au fond de la grange. Elle savait que Brady s'y trouvait.

La porte était fermée et de la fumée s'échappait par les interstices. Elle essaya d'ouvrir, mais c'était coincé. Elle se jeta de tout son poids contre le panneau de bois. En vain.

C'est alors qu'elle se sentit écartée sans ménagement, et vit l'étranger défoncer la porte. Des flammes aussi hautes que lui jaillirent, et il disparut dans l'enfer de feu et de fumée.

Cela parut durer des heures, mais il ne mit que quelques secondes avant de réapparaître, portant Brady, inconscient, sur ses épaules.

— Fichez le camp d'ici ! rugit Lobo.

— Jupiter ! cria-t-elle.

— Je m'en occupe. Fichez le camp avant de nous faire tuer tous les trois.

Velma jeta un regard autour d'elle. La paille avait pris feu. Des cendres incandescentes volaient un peu partout. Des sifflements et des craquements sinistres retentissaient à ses oreilles, et la chaleur devenait infernale. Elle perçut aussi les beuglements frénétiques de Jupiter.

— Sortez, dit-elle. Je vais chercher Jupiter.

L'homme ne perdit pas de temps à argumenter avec elle. Il la saisit brutalement et la traîna avec lui. Une fois dehors, elle se sentit propulsée dans les bras de Chad, qui venait de sortir les deux vaches et s'apprêtait à retourner dans la grange.

— Jupiter ! hurla le garçon.

Velma vit l'homme faire un geste impatient.

— Mets tout le monde à l'abri. Ce vieux taureau va être fou de rage en sortant.

Puis, nouant son bandana sur sa bouche, Lobo retourna dans la fournaise.

Velma et Chad crièrent aux autres de s'éloigner, tout en essayant de traîner Brady jusqu'à la barrière. La grange n'était plus qu'une immense torche, et Velma éprouva une peur comme elle n'en avait jamais connu. L'homme ne sortirait jamais vivant de ce brasier, c'était impossible. Elle courut jusqu'à l'entrée pour lui dire d'oublier Jupiter. Elle entendit alors un cri, puis le martèlement de lourds sabots sur le sol. Il y eut un bruit de bois brisé quand Jupiter chargea dans la porte à moitié ouverte, les yeux rouges, le poil fumant et couvert de cendres grises. L'homme titubait derrière lui, la chemise déchirée et calcinée. Ses gants avaient entièrement brûlé.

— Éloignez-vous de la grange ! s'écria-t-il. Elle va s'effondrer !

Mais Velma était incapable de bouger.

— Vous êtes... blessé.

— Fichez le camp, bon Dieu ! rugit l'étranger tout en se penchant pour ramasser le corps inanimé de Brady.

Ils coururent vers les autres. Soudain, un formidable fracas retentit derrière eux. Velma se retourna. La toiture de la grange s'écroulait dans une gigantesque gerbe de flammes qui se dressèrent dans le ciel encore pâle.

Estelle se cramponnait à Sallie Sue, Chad essayait tant bien que mal de retenir deux chevaux effrayés ; le troisième avait disparu. Jupiter, quant à lui, courait sur la colline comme s'il venait de retrouver sa jeunesse.

L'étranger posa Brady au sol sans trop de ménagement. Velma courut jusqu'à lui.

— Il est... ?

— Saoul, fit l'inconnu avec dégoût. Le feu a pris à cause de lui.

— Alors... c'était un accident ?

Elle semblait presque soulagée.

— Il pue l'alcool comme un saloon, dit l'homme. Le feu a commencé dans sa chambre. Qu'est-ce que vous croyez ?

Mais elle ne l'écoutait plus. Elle s'agenouilla auprès de Brady, et lui prit la main pour le rassurer quand il commença à bafouiller des propos incohérents. Elle entendit à peine l'exclamation écœurée de l'étranger. Mais elle remarqua ses bottes poussiéreuses quand il s'éloigna. Et elle ne l'avait même pas remercié ! Il avait rejoint son cheval.

— Non ! cria-t-elle, assez fort pour l'arrêter.

Il se retourna. Son visage impassible était un masque de cendre.

— S'il vous plaît, ne partez pas.

Elle se releva. Cet homme les avait déjà secourus à deux reprises, et il avait l'intention de disparaître comme les fois précédentes. Son intuition hurlait à Velma que s'il partait maintenant, elle ne le reverrait plus.

Leurs regards se croisèrent. Chad avait eu raison sur un point : cet homme était grand, plus grand que Sullivan ou même que n'importe qui en ville. Ses cheveux, malgré la cendre qui les recouvrait, brillaient dans les premiers rayons du soleil et ses yeux brûlaient d'un feu intérieur, tels deux joyaux enfoncés dans un masque noirci.

Son visage dur et anguleux était mal rasé. Il semblait indécis, comme s'il ne comprenait pas vraiment ce qu'il faisait ici. Cette indécision lui donnait un air vulnérable.

— S'il vous plaît, aidez-moi à le porter à l'intérieur.

Elle utilisait le seul prétexte qui pouvait le convaincre de rester un peu plus longtemps.

Il lança d'ailleurs comme un regard de regret vers son cheval et l'horizon, avant de baisser les yeux dans un geste de défaite.

— Il ne vaut pas la peine que vous vous donnez pour lui, dit-il durement.

— Bien sûr qu'il la vaut, répliqua-t-elle. C'est mon ami.

— Un ami pareil, c'est pire qu'un ennemi.

Il avait une voix râpeuse et hostile, pourtant Velma éprouvait une inexplicable attirance envers lui.

Le silence se referma autour de Lobo. Il était incapable de bouger. Il ferma les yeux pour ne pas sentir le désir soudain qui le dévorait. Le temps semblait suspendu. Il avait l'impression d'être un acteur dans une pièce, une marionnette dont on tirait les ficelles. Pourtant, il n'avait aucune envie de briser ce charme. De toute façon, il n'aurait pas su comment faire.

Il rouvrit les yeux et rencontra son regard. Elle *avait* les yeux bleus. Mais il n'avait pas imaginé ce bleu-là. Ils étaient comme un ciel de montagne par une belle fin d'après-midi, juste avant le crépuscule. Une couleur qui lui faisait mal tellement elle était pure.

Elle le dévisageait toujours. Pour la première fois de sa vie, Lobo ne sentait ni peur ni répulsion dans un regard. Quelque chose qu'il ne connaissait pas s'insinuait en lui. Sa main se posa sur son pistolet, comme toujours dans les moments de confusion. Son arme était la seule chose dont il soit sûr, son unique alliée.

Il vit ses yeux suivre son geste, mais ils n'étaient pas remplis de terreur ; seulement de compréhension, comme si elle sentait qu'il n'avait pas l'intention de faire du mal. Sa main retomba.

— S'il vous plaît.

Sa douce prière brisa le silence et il se souvint alors de sa requête. Ce satané ivrogne, bon sang ! Elle voulait qu'il aide un ancien shérif qui n'aurait pas hésité à le jeter hors de la ville quelques années plus tôt.

Il jeta un regard autour de lui. Les jumeaux le considéraient avec de grands yeux. La petite Sallie Sue se démenait pour s'échapper des bras de la fille maigre. Celle-ci la déposa sur le sol, et la petite fille courut jusqu'à lui.

Haute comme trois pommes, elle le toisa.

— Merci pour Zupiter.

Elle fit volte-face, et courut se réfugier dans les bras de la fille qui repartit vers la maison.

La maîtresse d'école attendait patiemment aux côtés de l'homme étendu. Il n'aurait jamais cru une femme capable d'une telle patience. Avec un pareil sang-froid et cette obstination tranquille, elle aurait fait un bon combattant. Elle attendait qu'il se décide, sans le presser, comme si elle se rendait compte que le seul fait d'insister le ferait fuir.

Ses mains se crispèrent. Il avait à peine conscience des brûlures qui lui mordaient la chair. Il ne songeait qu'au désespoir qui avait soudain envahi les yeux bleus.

Il s'agenouilla à ses côtés, et massa rudement le front de Brady Thomas pour le ranimer. Thomas gémit et ouvrit les yeux, ébloui par le soleil.

Lobo passa un bras sous ses épaules et l'aida à se lever.

— Marchez, bon sang, ordonna-t-il.

Brady posa tant bien que mal un pied devant l'autre, perdant souvent l'équilibre. Lobo savait qu'il lui aurait été plus facile de le porter, mais il n'avait aucune envie de lui faciliter les choses. Thomas avait failli tuer des animaux utiles, il avait détruit la grange. Lobo n'avait aucune sympathie pour lui... même si la disparition de la grange rendait la vie impossible désormais sur ce ranch. Brady Thomas avait accompli la besogne à sa place, et il éprouvait une fureur sourde à son égard.

Il ne comprenait pas pourquoi la femme ne lui en tenait pas rigueur. Il lui jeta un regard en coin, et ne vit dans ses yeux que de l'inquiétude pour Thomas.

Dans la maison, elle lui indiqua une pièce avec un grand lit et deux plus petits. Lobo se déchargea de son fardeau sur le grand lit, puis se dirigea vers la porte de la maison, prêt à partir. À présent, ses mains et ses bras le faisaient réellement souffrir.

Ses gants brûlés adhéraient à sa peau. Sa chemise en lambeaux laissait voir ses bras rougis. La douleur ne comptait pas : il suffisait de se concentrer. Mais Lobo devait faire quelque chose avant que ces plaies ne s'infectent.

La femme aussi regardait les blessures.

— Ce sont de graves brûlures.

Il haussa les épaules.

— C'est rien.

Les yeux bleus étaient remplis d'inquiétude. Gêné, il gagna la porte.

— Non, ordonna-t-elle de sa voix de maîtresse d'école. Il faut vous soigner.

Lobo ne comprit pas pourquoi, mais il s'arrêta.

La voix de la femme s'adoucit.

— Et je veux aussi vous dire que vous êtes notre ange gardien.

Un ange gardien, bonté divine !

— Chad m'a tout raconté, poursuivit-elle. Et je tenais à vous remercier. Je m'appelle Velma. Velma George Taylor.

Elle attendit qu'il décline son identité, mais seul le silence lui répondit.

Elle ne parut nullement troublée. Elle s'approcha de lui et lui prit doucement les mains pour les examiner. Lobo réprima un frisson.

Elle leva des yeux souriants.

— Je ne vous laisserai pas quitter cette maison sans avoir soigné ces brûlures.

Lobo hésita. Il n'avait pas envie de partir, de perdre ce sourire.

Il déglutit, sachant qu'il ferait mieux de décamper sur-le-champ, de quitter cette ville, et même cet État.

— J'ai de l'onguent pour les brûlures, et je vais vous donner une des chemises de Jake.

— Jake ?

Soulagée qu'il ait enfin prononcé un mot, elle sourit à nouveau.

— Il m'a laissé ce ranch. Il est mort il y a dix-huit mois.

— Ce n'est pas un cadeau qu'il vous a fait, dit Lobo. Cet endroit est une calamité.

Elle parut soudain espiègle et incroyablement attirante. Brûlures ou pas, il mourait d'envie de la prendre dans ses bras. Comment réagirait-elle si elle découvrait ce qu'il était ? Un tueur à gages. Un homme que les gens respectables évitaient. Il se traita d'imbécile.

— Je sais, admit-elle paisiblement. Mais, jusqu'ici, nous nous sommes bien débrouillés.

Lobo haussa les sourcils. Le moment était venu de lui faire entendre raison.

— Sans moi, deux gosses et un ivrogne seraient morts.

— Mais vous étiez là, répondit-elle avec une irritante justesse.

Il lui lança un regard en coin. Il y avait une foi tellement innocente dans ces yeux ! Il n'avait jamais rien vu de semblable.

— Madame...

— Velma.

— Miss Taylor...

— Velma.

Il serra les poings.

— Il y a des gens qui ne vous veulent pas que du bien par ici.

Le sourire de Velma trembla à peine.

— Vous en avez entendu parler vous aussi ? Je n'arrive pas à croire qu'Alex Newton me veuille du mal.

Il avait envie de la secouer, de lui dire qu'il avait été embauché précisément pour la chasser. Mais les mots restaient coincés dans sa gorge. Ce serait comme de tordre les bras à un bébé, se dit-il. Avant qu'il ne puisse ajouter quoi que ce soit, elle l'emmena dans la cuisine.

— Estelle, l'entendit-il dire de sa voix la plus gentille, peux-tu m'apporter de l'eau et du savon ? Et la boîte à pharmacie.

Les jumeaux arrivèrent.

— Chad s'occupe de vot' cheval, m'sieu.

— J' me demande si on r'trouv'ra l' vieux Jupiter, dit l'autre.

— Ça, il courait ! renchérit le premier. Je suis Jeremy. Et lui, c'est Jimmy. On est jumeaux, annonça-t-il fièrement. On croyait que Chad mentait en parlant de vous.

— Comment vous appelez-vous, m'sieu ?

— Ne posez pas autant de questions, les garçons, intervint Velma.

— Mais tu nous dis toujours de poser des questions. Tu dis que c'est comme ça qu'on apprend.

— On peut aussi apprendre en restant tranquille et en écoutant. Jeremy, va chercher une chemise dans le coffre de Jake.

La fille maigre avec les yeux bizarres revint et posa une boîte sur la grande table ronde de la cuisine.

— Vous ne voulez pas enlever votre chemise et vos gants, et vous asseoir ? demanda Velma.

Il hésita. Pourtant, les brûlures devaient être soignées, et il ne voulait pas voir de docteur. Ni aller en ville. Pas question non plus de demander de l'aide à Newton.

— Bon sang, maugréa-t-il.

Son regard quitta ses mains pour dévisager la jeune femme. Visiblement, elle faisait de son mieux pour ne pas sourire. Il essaya d'enlever ses gants, mais ils étaient collés à la peau. Il se débarrassa plus facilement de sa chemise, révélant un bras zébré de rouge.

— Bon sang ! répéta Jimmy qui reçut un regard réprobateur de la part des deux femmes. Il l'a bien dit, protesta-t-il.

— Eh bien, les petits garçons ne doivent pas, affirma Estelle.

— Pourquoi ?

Lobo lui adressa un regard noir, et cela suffit pour clouer le bec au gamin.

— Vous pourrez m'apprendre à faire ça ? demanda gaiement Velma.

Elle se mordait les joues pour ne pas éclater de rire. Puis son regard descendit, et il sut qu'elle découvrait les cicatrices sur son torse. Il grimaça. Elles étaient trop laides pour elle. Il se sentait complètement nu. Il allait se lever pour partir quand on plaça une bassine et du savon devant lui. Il essaya à nouveau d'enlever ses gants, serrant les mâchoires quand la douleur devint atroce.

Des mains douces s'emparèrent des siennes pour les plonger dans l'eau. Des doigts fins séparèrent délicatement le cuir brûlé de sa chair. Elle le lava avec précaution, avec tendresse, avant de le masser avec l'onguent. Quand elle eut terminé, ses lèvres tremblaient et des larmes brillaient dans ses yeux. Émerveillé, Lobo était prêt à croire qu'elle souffrait plus que lui.

— Vous ne devriez pas monter à cheval, dit-elle. Restez quelques jours.

— Vous avez quelque chose pour les bander ?

— Oui, répondit-elle à regret, mais il vaudrait mieux les laisser à l'air.

— Je pars. Avec ou sans bandage.

Elle hocha la tête, et lui banda les mains et le bras. Chaque contact devait être horriblement douloureux, elle le savait, mais il ne bronchait pas, aussi stoïque qu'une statue.

Jimmy revint avec la chemise. Lobo l'enfila maladroitement et ne protesta pas quand elle l'aida à la boutonner. Cette proximité le mettait mal à l'aise. Il n'avait jamais connu quelque chose comme ça : la chaleur qui emplissait cette cuisine, la gentillesse, l'humour, les contacts tendres et doux.

Il n'avait non plus jamais dit merci, cela ne lui vint pas. Il se contenta de hocher la tête et, sans un mot, quitta la maison.

Par la fenêtre, Velma le regarda monter en selle. À la façon dont il utilisait ses mains, on n'aurait jamais cru qu'il était blessé.

Son corps ne faisait qu'un avec celui de sa monture. Le dos droit et fier, il ne se retourna pas une seule fois alors qu'elle priait pour qu'il le fasse.

Elle tremblait encore de l'avoir touché. Il avait les épaules larges, le torse puissant et couvert de petits poils blonds. Un corps parfait en dehors de ces terribles cicatrices, probablement des coups de couteau. Elle avait eu mal en les voyant, tout comme elle avait eu mal quand elle l'avait fait souffrir pour le soigner.

Ce corps semblait receler tant de force. Et tant de souffrance. Si les cicatrices physiques étaient visibles, il savait parfaitement dissimuler les blessures morales. Elle s'en était rendu compte à sa colère, à son hésitation à accepter son aide.

Velma avait souvent rencontré des animaux ou des gens blessés. Elle les avait toujours soignés. Elle avait rassuré des enfants effrayés. Elle savait qu'il fallait du temps pour retrouver leur confiance.

Autrefois, Chad se montrait aussi méfiant que cet homme. Elle avait lentement gagné sa confiance.

Elle y arriverait aussi pour cet inconnu.

Dès le premier regard, elle avait su qu'il ne fallait pas le brusquer.

Car il reviendrait.

De cela aussi, elle était certaine.

5

Velma eut d'autres visiteurs cet après-midi-là.

Elle déblayait avec Chad les restes calcinés de la grange quand trois cavaliers arrivèrent.

Gar Morrow, un homme grand, puissamment bâti, descendit de selle et observa la scène en serrant les dents.

— Newton ?

Velma secoua la tête.

— Un accident.

— Vous en êtes sûre ?

— Oui.

Elle voyait rarement Gar Morrow, sauf quand il avait besoin d'abreuver son bétail à la rivière ou qu'ils se rencontraient par hasard en ville. Une fois, il avait fait une brève apparition à un pique-nique de bienfaisance pour l'école. Il était resté juste le temps nécessaire pour faire un don substantiel.

Gar enleva son chapeau. Ses deux hommes l'imitèrent. Tous trois portaient une arme.

— Je voudrais vous parler. Seul à seule.

Un peu réticente, Velma acquiesça néanmoins. D'un signe de tête, elle demanda à Chad de s'éloigner.

Gar hésitait. Il attendit encore un moment avant de reprendre la parole.

— Je ne voulais pas effrayer le garçon.

— Qu'y a-t-il, Gar ?

— J'ai appris qu'Alex a embauché un *pistolero*. Vous allez vendre ?

Velma releva le menton.

— J'ai déjà dit que je ne le ferais pas.

Les traits de Gar s'adoucirent.

— J'ai entendu parler de cet homme… Lobo. Il se fichera pas mal que vous soyez une femme.

Velma s'essuya les mains à son tablier.

— Peut-être pas, dit-elle.

— Bon sang, Velma, écoutez-moi.

— Je vous écoute.

— J'ai embauché quelqu'un, moi aussi. Un dénommé Canton. Je veux qu'il vous protège.

— Non. Je ne veux pas d'un tueur chez moi.

— Velma…

— J'ai Brady et Chad.

— Un ivrogne et… un gamin.

— Et j'ai mon bon droit.

— Bon sang, Velma, votre bon droit ne vous servira à rien face à Lobo.

— Alors que votre tueur me servira à quelque chose ?

— Oui.

— Je ne veux pas que le ranch de Jake devienne un champ de bataille, s'obstina-t-elle. Jake ne le voulait pas non plus. C'est pourquoi il me l'a légué.

— Jake était un vieux fou. Il ne se rendait pas compte à quel point Alex avait changé.

— Pourquoi ?

Gar prit un air égaré.

— Pourquoi quoi ?

— Pourquoi a-t-il tellement changé ? Pourquoi vous hait-il à ce point ? Que s'est-il passé de si terrible ? Peut-être que si vous parliez...

— Ne vous mêlez pas de ça, Miss Taylor.

Il ne l'avait pas appelée ainsi depuis des mois.

— Impossible. C'est à cause de vous deux, ce qui arrive...

Gar Morrow baissa la tête. Il avait dû être autrefois très séduisant. Son visage était à présent ridé et fatigué. Pourtant, une lueur déterminée brillait encore dans ses yeux.

— Il n'y a rien de plus désolant qu'une amitié brisée, concéda-t-il. Et je suis navré que les enfants et vous soyez mêlés à ça. Mais reconsidérez votre position à propos de Canton.

— Non, cela ne ferait qu'empirer les choses.

Il la fixa.

— Dans son télégramme, Canton annonce son arrivée pour ce soir. Mais je voulais d'abord vous en parler. Accepterez-vous au moins de le rencontrer ?

Elle secoua la tête.

— Je ne veux rien avoir à faire avec un *pistolero*. Les garçons parlent déjà beaucoup trop de revolvers et de violence. Je refuse qu'ils fréquentent un homme qui tue pour de l'argent. Je ne veux pas qu'ils en fassent un héros.

— Velma...

— Mais je vous remercie, Gar, d'y avoir pensé.

Elle le congédiait, purement et simplement.

Gar secoua la tête.

— Si vous avez besoin d'aide, n'importe quoi...

— Je sais, dit-elle doucement.

Elle aurait aimé en dire davantage. Elle aurait aimé dire qu'elle avait déjà un chevalier servant, un homme qui l'aidait. Pas pour de l'argent : simplement parce qu'il était bon. Mais les images de l'étranger étaient trop neuves et trop précieuses pour les partager. Elle ignorait qui il était, d'où il venait. Mais elle savait qu'il reviendrait.

Gar Morrow lui adressa un dernier regard.

— N'oubliez pas...

Elle hocha la tête.

Si seulement elle n'avait pas promis à Sullivan de l'accompagner au bal !

Ils assistaient parfois ensemble à de tels événements, chacun servant en quelque sorte de chaperon à l'autre.

Après la catastrophe de ce matin, elle avait pourtant une bonne excuse pour décliner son invitation. Mais elle avait promis, et Sullivan ne demandait pas grand-chose en échange de tout ce qu'il faisait pour eux. D'ailleurs, elle se doutait que Sullivan avait une autre raison d'assister à ce bal : Marisa y serait certainement. Et peut-être qu'elle aussi en avait une : l'étranger.

Son cœur se mit à battre plus vite, même si elle doutait fortement de sa présence. Ce n'était pas son genre...

En attendant Sullivan, elle travailla au jardin. Il était dans un état pitoyable : la terre était brûlée, les plantes et les légumes, qui poussaient si bien, se desséchaient sur pied.

Elle poussa un profond soupir. Mis à part la rencontre avec son chevalier errant, cette journée avait été désastreuse.

Qu'allaient-ils faire à présent, sans la grange ? Il n'y avait plus de foin. Toute la sellerie était partie en fumée. Ils avaient toujours le chariot mais aucun harnais pour l'atteler. Ils n'avaient plus d'abri pour les animaux.

Velma céda brièvement à la panique. Elle songea même à abandonner. Mais elle se reprit très vite : Jake avait placé sa confiance en elle. Les enfants dépendaient d'elle.

Et Estelle.

Et Brady.

Elle souffrait pour Brady. Depuis qu'il avait enfin repris ses esprits après son orgie de whisky, et avait réalisé ce qui s'était passé, il était tenaillé par la honte et le remords.

Velma avait tenté de le réconforter : personne n'avait été blessé.

Les yeux rouges, les traits ravagés, il n'avait pas voulu l'écouter. Il avait annoncé qu'il allait en ville chercher une selle, et qu'ensuite il retrouverait Jupiter. Après cela, il quitterait le ranch, et sans doute la région. Il avait causé assez d'ennuis comme cela.

— Mais nous avons besoin de vous, avait protesté Velma.

Brady avait ri amèrement. Il se souvenait d'une voix disant : *Un ami pareil, c'est pire qu'un ennemi.* Les mots s'étaient frayé un chemin à travers son esprit inconscient. Il ne les oublierait jamais.

— S'il vous plaît, Brady, l'avait-elle imploré.

— Vous avez assez de problèmes sans moi, Velma.

— Mais...

— D'ailleurs, il semble que vous ayez maintenant quelqu'un pour vous aider.

Brady ne se souvenait guère des événements de la matinée, sinon de bras l'aidant à se lever et de ces quelques mots. Mais Chad avait rempli les blancs. Le garçon brûlait d'admiration pour l'héroïque étranger qui apparaissait chaque fois au moment opportun. Brady aurait bien voulu le rencontrer.

D'après ce que disait Chad, il n'y avait pas de doute que l'homme leur voulait du bien. C'était probablement un cow-boy errant venu à la ferme pour demander de l'eau, et qui était repassé pour voir si tout allait bien. Dans l'Ouest, on aidait volontiers les femmes et les enfants. C'était une sorte de règle.

L'homme accepterait peut-être d'aider Velma contre Lobo. Sans doute valait-il mieux qu'elle reparte en ville se mettre sous la protection de Sullivan. En tout cas, une chose était certaine : Brady était convaincu qu'il n'était plus bon à rien, ni pour elle, ni pour lui-même. Il était temps pour lui de partir.

— Je retrouve Jupiter, avait-il dit d'un ton sans réplique, et je m'en vais.

— Mais où irez-vous ?

Il haussa les épaules.

— Pour un ivrogne, cela n'a aucune importance.

Il s'accusait avec une telle rage, une telle haine, que Velma eut envie de pleurer. Mais elle se retint. La pitié ne résoudrait rien.

— D'abord, je ramène Jupiter, promit-il.

Velma hocha la tête, son esprit fonctionnant à toute allure. Elle trouverait un moyen de le faire rester. Il commençait pourtant à s'en sortir. Il avait même été presque heureux. Sallie Sue l'adorait. Les jumeaux le suivaient dès qu'ils en avaient l'occasion. Seul Chad, qui avait trop connu son ivrogne de père, l'évitait.

Le docteur arriva peu avant le crépuscule, et fut immédiatement accaparé par Chad qui lui raconta la dernière catastrophe. Les traits de Sullivan se creusèrent d'inquiétude.

— Que vas-tu faire, Velma ?

— Je ne sais pas. Je trouverai bien quelque chose.

— Es-tu certaine que Newton n'est pas derrière ça ?

— Oui, dit-elle lentement, mais j'aurais presque préféré que ce soit de sa faute. Brady ne se le pardonnera jamais.

Sullivan soupira.

— Je croyais qu'il avait surmonté son envie de boire.

— C'est à cause de cette histoire de tueur.

— Et ton chevalier servant ? plaisanta-t-il se souvenant du nom qu'elle lui avait donné.

— Il a été assez gravement brûlé, expliqua Velma, mais il ne voulait pas qu'on l'aide.

Le médecin redevint sérieux : il ne fallait pas laisser des brûlures sans soins.

— J'essaierai de le trouver demain. Tu ne sais pas d'où il vient, ni qui il est ?

Elle secoua la tête.

Sullivan semblait soucieux.

— J'ai demandé un peu partout. Personne ne le connaît. Ce soir, nous en apprendrons peut-être un peu plus sur lui.

— Je crois que je ferais mieux de ne pas aller à ce bal.

— Pas question, fit Sullivan avec fermeté. Tu as besoin de te distraire un peu.

— Mais Brady n'est toujours pas rentré, et je me fais beaucoup de souci pour lui.

— Si Brady et Jupiter ne sont pas de retour demain matin, j'irai les chercher. Et, ce soir, je vais demander qu'on t'aide à bâtir une nouvelle grange.

Velma leva les yeux vers lui.

— Tu crois...

— On peut toujours leur demander, affirma-t-il.

Il ne lui avouait pas ses craintes. Alex ne voulait pas qu'on l'aide, et les gens du coin n'avaient aucune envie de contrarier Alex.

Velma prit donc son châle et accepta la main qu'il lui tendait pour monter dans son buggy.

Il y avait quelque chose de rassurant à voir tous ces gens rassemblés, à entendre la musique et les rires qui emplissaient la grande salle à manger de l'hôtel, entièrement vidée pour l'occasion. Velma essaya d'ignorer l'arrêt soudain des conversations au moment où elle fit son entrée en compagnie de Sullivan. Des yeux curieux se tournèrent vers elle, mais les bavardages reprirent aussitôt.

Même si elle savait qu'il avait fort peu de chances d'être là, Velma fouilla la salle du regard à la recherche de l'étranger. Tous les visages lui étaient connus. Sauf un.

L'homme se tenait seul, un peu à l'écart, entièrement vêtu de noir. Il n'avait pas pris la peine d'enlever son chapeau. Son arrogance et la façon dont ses yeux ne perdaient rien de ce qui l'entourait attirèrent l'attention de Velma. Il avait les cheveux noirs et des yeux d'obsidienne glacée.

Était-ce Lobo ?

Mais elle vit Gar Morrow le rejoindre et lui parler tranquillement. Les deux hommes se tournèrent vers Sullivan et elle.

C'était donc l'homme de Gar. Voici donc à quoi ressemblait un tueur à gages. Elle songea brièvement aux magazines bon marché qu'elle trouvait parfois entre les mains de ses élèves, et se demanda si l'homme s'habillait délibérément ainsi pour correspondre à l'image de tueur qu'ils en donnaient. Elle frissonna légèrement en voyant les deux hommes se diriger droit sur elle.

Sentant son trouble, Sullivan lui pressa discrètement le bras pour la rassurer.

Gar hocha poliment la tête.

— Miss Taylor, voici Canton. Il est à votre service.

L'homme en noir sourit, mais seules ses lèvres se plissèrent.

— Miss Taylor.

Velma affronta son regard.

— Monsieur Canton, comme je l'ai déjà dit à M. Morrow, je n'ai pas besoin d'aide.

— Oh, je suis persuadé du contraire, fit-il d'une voix douce. Si ce qu'on m'a dit est vrai.

— Et que vous a-t-on dit ?

— Que Lobo avait été engagé pour vous faire décamper.

Sullivan intervint.

— Connaissez-vous ce Lobo ?

— Oui.

— À quoi ressemble-t-il ?

— Vous le reconnaîtrez à l'instant où vous le verrez. Ses yeux... ils sont d'un bleu étrange. Mais, de toute manière, il s'annoncera. Il ne perd pas son temps en préliminaires inutiles.

Canton sourit encore, de ce sourire glacé et distant.

Bleus. Cela ne l'aidait pas beaucoup. La moitié de l'humanité avait les yeux bleus, se dit Velma. Elle avait les yeux bleus. Son courageux étranger aussi. Plutôt bleu-vert, en fait. Mais si le regard de Canton était froid et impassible, celui du paladin était furieux et sauvage.

— Vous ne l'avez pas encore vu ? insista Canton.

Elle secoua la tête.

Gar semblait interloqué.

— D'après ce que je sais, personne ne l'a vu. Pourtant un des hommes de Newton nous a assuré qu'il campait quelque part dans les parages.

— Cela ne ressemble pas à Lobo, remarqua Canton.

Il y avait dans sa voix quelque chose comme de l'admiration professionnelle.

— J'ai entendu dire que vous avez eu un problème au ranch, fit une autre voix.

Velma se retourna. Le maire, August Stillwater, venait de les rejoindre.

Canton haussa les sourcils.

— Un problème ?

— Un accident. Une lampe s'est renversée dans la grange, mais nous avons pu sauver les animaux, Dieu merci.

— Vous savez que je suis prêt à vous acheter le ranch, annonça Gar.

Il ne pouvait faire une offre comparable à celle d'Alex, mais il était disposé à mettre un prix décent.

— Je ne vendrai pas, pas plus à vous qu'à Alex, affirma Velma d'une voix douce mais décidée.

— Vous n'aurez peut-être pas le choix. Sans grange…

— Je vais demander qu'on l'aide à en rebâtir une autre, intervint posément Sullivan.

Canton le dévisagea d'un air inquisiteur. Le regard de Gar passa de l'un à l'autre. Il régna soudain une réelle tension.

— J'enverrai mes hommes vous aider, offrit Gar.

— Je ne pense pas que ce soit une bonne idée, fit remarquer Sullivan. Alex n'appréciera pas.

— D'accord, Sully. Mais n'oubliez pas, Velma… si je peux faire quoi que ce soit pour vous aider… contactez-moi. Ou Canton. Il restera dans le coin.

Il tourna les talons.

Canton ne le suivit pas immédiatement. Il toucha le rebord de son chapeau.

— Miss Taylor, fit-il avec ce sourire qui la mettait si mal à l'aise.

Il rejoignit son employeur. Tout le monde s'écartait devant lui.

Malgré le son joyeux d'un violon qui jouait tout près, Sullivan arborait son air des mauvais jours.

— J'ai l'impression que l'enfer va se déchaîner.

— Si seulement Alex et Gar…

— Je sais, dit Sullivan qui essayait visiblement de se détendre. Je souhaite que tu t'amuses ce soir. Tu veux bien danser avec moi ?

Elle lui rendit son sourire avec une révérence.

— J'en serais très honorée, docteur.

Sullivan se révéla bon danseur, quoiqu'un peu raide. Cela obligea Velma à se concentrer sur ses pas, et elle en fut soulagée. Elle n'avait aucune envie de penser à Canton, à Gar Morrow ou à Alex Newton. Elle voulait oublier les nuages sombres qui s'amoncelaient au-dessus de leurs têtes. Mais, tout comme elle ne cessait de surveiller la foule à la recherche d'un grand cow-boy blond, elle ne tarda pas à remarquer que Sullivan cherchait lui aussi quelqu'un. Sans doute la belle Marisa…

À la fin du morceau, elle s'excusa et rejoignit Betty MacIntyre, épouse du propriétaire du magasin général et mère de son meilleur élève, Robert.

Elle était déjà au courant de la destruction de la grange.

— Mon mari vous aidera à la reconstruire, lui annonça-t-elle.

— Je ne veux pas qu'il ait des ennuis avec Alex à cause de moi.

— Il vous aidera, insista Betty.

Mais Velma savait que son époux ne se montrerait pas aussi enthousiaste qu'elle, pas plus qu'il n'était ravi de voir son fils partir faire ses études à l'autre bout du pays.

À cet instant on entendit du remue-ménage, et toutes les têtes se tournèrent vers Marisa et les hommes du ranch Newton qui faisaient leur entrée. Un individu à la mine patibulaire, que Velma n'avait encore jamais vu, les accompagnait.

Velma se tourna instinctivement vers Sullivan dont les yeux gris ne quittaient pas Marisa Newton. C'était une très jolie fille, mince et gracieuse, aux longs cheveux noirs et aux grands yeux marron. Elle portait une robe bleue, très simple mais d'excellente facture, qui soulignait ses courbes délicates. Il y avait quelque chose d'excitant en elle, une vitalité qui attirait les regards.

Velma la vit trouver le regard de Sullivan, et une lueur dorée s'alluma dans ses yeux sombres. Il y avait quelque chose entre ces deux-là, Velma était prête à le jurer, même si Sullivan n'en parlait jamais.

Immédiatement, Marisa se retrouva entourée par une foule de jeunes gens empressés, et Velma retourna auprès de Sullivan. Le regard habituellement tranquille de son ami brillait d'un morne désespoir, et elle eut mal pour lui. Elle aussi venait de connaître la magie de l'attirance, du désir.

Marisa avait six ans de moins qu'elle, et Velma l'avait eue dans sa classe lors de sa première année à Newton. À l'époque âgée de dix-sept ans, Marisa était une jeune fille brillante et vive, tellement bouillonnante d'énergie qu'elle ne cessait d'être embringuée dans des situations extravagantes. Son père l'adorait, et c'était là le problème : Marisa était bien trop intelligente pour ne rien faire, or c'était tout ce que son père lui permettait de faire : rien.

Velma lui sourit. La jeune femme parut embarrassée et surprise. Puis elle lui rendit timidement son sourire, et traversa la foule d'un pas décidé.

— Je dois te parler, murmura-t-elle à l'oreille de Velma tout en fixant Sullivan.

— Maintenant ?

— En privé, dit-elle en esquissant un geste vers le contremaître de son père qui ne la quittait pas des yeux. Tout à l'heure... on se retrouve dehors. D'accord ?

Velma hocha la tête. Alors Sullivan s'inclina.

— Puis-je avoir cette danse ?

La lueur dorée revint dans le regard de Marisa, et elle se laissa entraîner vers la piste.

Velma nota avec intérêt que Sullivan dansait nettement mieux avec Marisa. Ils semblaient s'accorder instinctivement. Velma se demanda quel effet cela lui ferait de danser avec son étranger, et elle éprouva soudain une terrible sensation de vide en regardant Marisa et Sullivan évoluer dans une totale harmonie.

Velma se doutait des raisons pour lesquelles Sullivan se refusait à faire ouvertement la cour à Marisa. Il souffrait d'une maladie chronique et, de plus, il gagnait à peine de quoi vivre alors que Marisa était une des jeunes filles les plus riches du Colorado. La fierté, se dit Velma, est parfois une terrible maladie.

Quant au père de Marisa, qui considérait autrefois Sullivan comme un ami, il le traitait à présent en ennemi. Quiconque ne se rangeait pas totalement de son côté, dans sa querelle avec Gar Morrow, n'était pas le bienvenu au ranch Newton.

Velma connaissait Sullivan, sa fierté et son obstination. Elle l'avait vu souffrir d'une attaque de malaria, tour à tour frissonnant de froid et brûlant de fièvre. Elle avait vu sa gêne, une fois la crise passée, et elle savait qu'il était décidé à ne jamais imposer cela à Marisa.

Et pourtant, en les observant, elle se disait que jamais deux personnes n'avaient été aussi bien ensemble. L'humanité rassurante de Sullivan et la vivacité de Marisa se complétaient merveilleusement.

Le banquier invita Velma à danser, puis ce fut au tour de M. MacIntyre, sans doute à l'instigation de sa femme. Canton restait auprès de Gar Morrow, mais il ne cessait d'étudier chaque nouvel arrivant. L'esprit de Velma se mit à vagabonder et, comme par hasard, vers celui qu'elle ne pouvait pas nommer autrement que « l'inconnu ».

— Ouch !

Le petit cri de Bob MacIntyre la ramena sur terre, et elle rougit en se rendant compte qu'elle venait de lui marcher sur le pied.

— Reposons-nous, dit-elle, et il lui sourit avant de rejoindre sa femme, visiblement soulagé.

N'ayant aucune envie de continuer à danser, Velma préféra sortir prendre l'air. Elle venait à peine de franchir les portes qu'elle s'entendit appeler.

— Velma ?

Elle se retourna et reconnut Marisa.

— Tu es ravissante ce soir, dit chaleureusement Velma.

Nerveuse, la jeune fille ne sourit pas.

— Merci... mais je suis venue t'avertir.

— Tu veux parler de ce Lobo ? Ne te donne pas cette peine. Tout le monde en ville s'en est déjà chargé.

— Mais... je l'ai rencontré, et il est pire que tout ce qu'on dit. J'ai essayé de le convaincre de s'en aller mais il a refusé. Papa... eh bien... je ne sais pas... mais il est...

— Obsédé, conclut Velma avec tristesse. Avant toute cette histoire, je le croyais mon ami.

— Il ne l'est plus, désormais. Je t'en prie, vends le ranch.

— Je ne peux pas, Marisa, tu le sais.

— Mais cet homme est...

— Oui ? demanda gentiment Velma.

— Effrayant.

— Tu crois qu'il s'en prendrait aux enfants ?

— Je n'en sais rien. Tout ce que je sais, c'est qu'il a accepté l'argent de Papa et ne veut pas partir.

— Merci de me dire tout cela.

— Je suis désolée, Velma. Mais Papa ressent tellement de haine pour M. Morrow.

— Je sais.

Une larme brilla dans le regard de Marisa.

— Tout va de travers.

— Tu veux parler de Sullivan ?

Surprise, Marisa leva les yeux.

— Miss Newton.

La voix était dure, et les deux jeunes femmes se retournèrent vers le cow-boy à la mine patibulaire qui était arrivé avec le contremaître et Marisa.

— Vous m'espionnez ? s'emporta la jeune fille.

— Votre père serait pas très content d'apprendre que vous parlez avec elle.

Marisa eut un geste de colère avant de se retourner, impuissante, vers son amie.

— Rentre, lui conseilla celle-ci. Nous parlerons une autre fois.

Velma la suivit du regard. Marisa avait beaucoup grandi ces deux dernières années. Si seulement elle pouvait, maintenant, échapper à ce père aigri !

Elle attendit encore un peu, prenant le temps de chercher dans le ciel ses constellations préférées :

le Scorpion, le Lion, la Grande Ourse. Toutes avaient une signification particulière.

Elle se demanda si l'étranger, tel Ulysse, aimait lui aussi contempler les étoiles.

Ulysse, le héros aux deux visages, en qui certains voyaient un voyageur solitaire jamais en paix, toujours attiré par de nouvelles aventures, et en qui d'autres voyaient un homme rusé, peu respectueux du code de l'honneur, qui maniait aussi bien les flèches empoisonnées que les mensonges.

Quelle sorte d'homme était son héros ? Un homme bon, certainement. Courageux, sans aucun doute. Un voyageur, probablement. La tristesse envahit Velma. Tout s'embrouillait. Elle sentait cependant un désir indéfinissable monter en elle.

Le silence à l'intérieur de la salle de bal interrompit sa rêverie.

Inquiète, elle rentra, et s'immobilisa sur le seuil.

Canton tenait la main de Marisa, comme s'il venait de l'inviter à danser. Le cow-boy de Newton leur faisait face, la main posée sur son arme. Tous les autres s'étaient écartés. Il n'y avait plus de musique. Il régnait un silence oppressant.

Seul Sullivan bougea. Il vint prendre Marisa par le bras pour l'emmener à l'écart.

— Elle ne danse pas avec la pourriture, dit le cow-boy.

Un sourire effleura les lèvres de Canton.

— Tu voudrais être plus précis ?

Sa voix était douce, les mots légèrement traînants. Il y avait quelque chose de retenu, de meurtrier dans son regard. On aurait dit, pensa Velma, un serpent prêt à mordre.

Les hommes avaient poussé leurs femmes et leurs filles dehors, loin de la ligne de tir. Velma savait qu'elle aurait dû partir, mais elle en était incapable.

Ses jambes refusaient d'avancer. Comme, apparemment, celles de Marisa, malgré les efforts de Sullivan.

— Oui, ricana le cow-boy. Je te connais de réputation mais ça m'impressionne pas. Et le patron n'a sûrement aucune envie qu'une charogne comme toi danse avec sa petite.

Le contremaître d'Alex s'avança, les sourcils froncés.

— Yates, pas ici !

— Si, ici, justement. Que tout le monde voie qui est le plus rapide.

— Newton ne veut pas de ça.

— Mais moi, oui, répliqua l'homme. Et toi, Canton ? À moins que tu ne sois une lavette ?

L'homme en noir se contenta de sourire.

Yates tira son arme. Avant même qu'il ne l'ait entièrement sortie de son holster, une détonation claqua, du sang jaillit de la poitrine de Yates qui s'effondra sans un mot. Marisa, blême, se blottit contre Sullivan qui la serra contre lui.

Canton regarda autour de lui.

— Il a dégainé le premier.

Quelques hochements de tête lui répondirent, comme s'il venait de poser une question.

— Je suis désolé d'interrompre votre bal. Je n'en avais pas l'intention, ajouta Canton avant de quitter la pièce.

Le contremaître rejoignit Marisa.

— Je crois que nous ferions mieux de rentrer.

Sullivan la lui confia avant de s'agenouiller près de la forme allongée. Il vérifia le pouls et secoua lentement la tête. Il lança un regard effaré à Velma. Elle entendait presque ce qu'il pensait.

Tu vois maintenant ce que tu vas devoir affronter.

Quelqu'un derrière elle proféra alors des paroles qui emplirent la salle :

— Ça y est, ça commence. Les tueurs, la guerre. Nous ne sommes plus en sécurité.

Elle vit deux hommes emporter le cadavre. Tout le monde s'en allait. Tout le monde l'évitait.

6

Les yeux de la vieille Apache étaient remplis de haine, et un sourire cruel crispa ses lèvres quand elle noua la corde autour du cou du jeune garçon. Une corde que Lobo allait porter pendant six ans.

Jess Martin. Autrefois, cela avait été son nom. Étrange comme il l'avait presque oublié.

Après sa capture, les officiers de l'armée le lui avaient demandé, mais il ne leur avait pas répondu. Jess. Son frère avait été le dernier à l'appeler ainsi, juste avant de mourir. Lobo n'avait aucune envie de réentendre ce nom.

Il était Lobo, guerrier apache, Blanc renégat. Un loup qui en possédait toutes les caractéristiques, à l'exception d'une seule : les loups vivent en bande. Lui n'avait besoin de personne.

Il avait été soulagé, bien des années plus tôt, quand les Apaches qui l'avaient capturé étaient enfin arrivés à leur village. Il avait les pieds en sang, le corps douloureux, la gorge en feu. La faim lui tordait le ventre.

Puis on l'avait poussé dans le tipi d'une vieille femme en lui faisant comprendre que, désormais, il lui appartenait. Alors, elle lui avait attaché cette corde autour du cou et avait tiré dessus, pour lui montrer avec quelle facilité elle pourrait l'étrangler.

Cette nuit-là – on ne lui avait toujours rien donné à manger – on l'avait attaché à un piquet devant la tente et fouetté comme un chien. C'était d'ailleurs le nom que lui avaient donné ses nouveaux maîtres : Petit Chien.

Il était moins que cela. Le mari et le fils de la vieille avaient été tués par les soldats blancs, et elle haïssait les Blancs avec toute la ténacité de son vieux corps durci par les ans et le désert.

Le nœud autour de sa gorge était astucieux : c'était un nœud coulant qui ne pouvait que se resserrer. La corde faisait à peine deux mètres de long, et la vieille Apache ne la lâchait pratiquement pas de toute la journée. La nuit, elle l'attachait au piquet. Sans jamais le moindre répit, il travaillait aux champs, ou bien effectuait des travaux réservés aux femmes : le nettoyage, le tannage des peaux, et toutes les tâches dont elles ne voulaient plus. On le nourrissait suffisamment pour qu'il ne meure pas de faim, mais jamais assez pour arrêter la douleur qui lui tenaillait le ventre.

La corde restait la chose la plus dégradante. Après quelques mois, ils cessèrent de lui lier les mains et les pieds chaque nuit, se contentant d'attacher la corde au piquet. Bien sûr, il aurait pu l'enlever et s'enfuir, mais il ne le faisait pas, et c'était la pire des humiliations. Il avait vu ce qui était arrivé à une autre esclave, une Mexicaine qui avait essayé de s'enfuir. Au fil des années, il avait assisté à cette torture suffisamment souvent pour ne plus en avoir la nausée. Mais il n'avait que huit ans la première fois, et il n'avait pas eu le courage de tenter l'impossible. Il n'avait pas tardé à découvrir qu'il fallait parfois plus de courage pour survivre.

Ses souvenirs ne le lâcheraient pas. Lobo abandonna tout espoir de dormir. Ses mains et son bras le faisaient atrocement souffrir. C'était peut-être cette douleur, qu'il connaissait si bien, qui faisait resurgir les images bannies depuis des années.

Il se leva et marcha jusqu'à la rivière. Il avait haï les Apaches, et pourtant il était devenu l'un des leurs. Il s'était montré aussi féroce que le pire d'entre eux, et avait failli mourir avec eux. Il serait mort à présent si un jeune lieutenant de l'armée n'avait vu ses cheveux blonds ce matin-là, quand l'armée avait rasé le village.

Il gisait sur le sol, deux balles dans le corps, l'épaule droite fracassée. Deux soldats s'étaient approchés de lui. Ils achevaient les blessés. Il avait entendu le déclic du chien d'un pistolet. Impuissant, il avait lancé un regard de défi à son exécuteur.

— Par le Christ ! C'est un Blanc, avait dit un des soldats.

— Et alors ? avait répondu celui qui était prêt à tirer. C'est un sauvage, maintenant.

— Tu connais les ordres. Il faut sauver les prisonniers.

— Il ne me fait pas l'effet d'un prisonnier.

La haine brillait dans ses yeux, et faisait trembler la main qui tenait l'arme.

— Que se passe-t-il ?

Lobo se tourna vers le nouvel arrivant. L'aube se levait derrière son uniforme poussiéreux. Les premiers rayons du soleil transperçaient le ciel d'Arizona. La mort était partout, mais soudain les narines exercées de Lobo sentirent la vie. Et il n'eut plus envie de mourir. Pourtant, il ne broncha pas. Son visage resta impassible. Il ne supplierait pas. Il ne l'avait jamais fait.

— Un Blanc, chef, dit le soldat qui avait retenu l'autre.

— Il se battait avec eux, mon lieutenant, argumenta celui qui pointait toujours son arme.

L'officier baissa les yeux vers Lobo.

— Tu parles notre langue ?

Le regard de Lobo affronta le soleil. L'Apache en lui ne voulait pas répondre. Une autre part de lui voulait vivre.

Il trouva un compromis. Il hocha la tête de façon à peine perceptible.

L'officier hésita. Lobo savait à quoi il pensait. Des Indiens blessés avaient souvent tué des soldats. Et lui, habillé en Apache, les traits durs et fiers, ne devait pas sembler très différent d'un Indien. Lobo fut surpris quand le lieutenant donna un ordre :

— Attachez-le solidement, et mettez-le dans un chariot.

C'est ainsi que Lobo revint chez les Blancs, après des années passées chez les Peaux-Rouges. Les deux mondes lui étaient hostiles. Il n'appartenait ni à l'un ni à l'autre.

Jusque-là, rien n'avait compté pour lui. Mais maintenant qu'il avait connu le doux contact de ces mains sur ses brûlures, pour la première fois il se mit à regretter la vie qu'il avait choisie.

Le lundi, Lobo se rendit à Newton. Passant devant un petit bâtiment blanc agrémenté d'une cloche, il sut que c'était l'école. Il serra les dents et continua sa route.

Il portait une chemise marron et des jeans très usés. Sans savoir exactement pourquoi, il avait pris soin d'enlever sa ceinture et son pistolet, qu'il avait rangés dans ses fontes.

Ses mains bandées étaient encore raides. Il s'était décidé à rendre visite au docteur pour obtenir de l'onguent. Il avait aussi besoin d'une nouvelle chemise et de gants.

Le docteur n'était pas chez lui. Il alla au magasin général.

Plusieurs hommes se tenaient au comptoir, tous en train d'acheter des munitions. Les conversations allaient bon train.

— Tu aurais dû être là. Je n'ai jamais vu quelqu'un d'aussi rapide. Yates n'a même pas eu le temps de sortir son arme.

— Tu dis qu'il s'appelle Canton ?

— Ouais. C'est le vieux Gar qui le paye. J'aurais jamais cru ça de lui.

— C'est Newton qui a commencé, en faisant venir l'Indien.

— Qu'ils aillent au diable, tous les deux ! C'était une ville tranquille. Maintenant...

L'un des hommes remarqua Lobo, ses amis suivirent son regard. Un par un, ils l'examinèrent, leurs yeux venant immanquablement s'arrêter à sa taille. Un soupir de soulagement collectif se fit entendre quand ils virent qu'il ne portait pas d'arme. Les regards hostiles devinrent presque amicaux.

Le propriétaire du magasin vint vers lui.

— Je peux faire quelque chose pour vous, monsieur ?

— Je cherchais le docteur.

— Il fait un accouchement. On ne sait pas quand il rentrera.

Lobo ignorait les regards appuyés qui l'examinaient.

— Vous n'auriez pas un produit contre les brûlures ?

Six paires d'yeux se fixèrent sur ses mains.

— Dites, vous seriez pas ce type qui a aidé Velma Taylor, par hasard ? demanda l'un d'entre eux.

Les nouvelles circulaient vite à Newton. Ils avaient tous entendu parler de l'incendie : le Dr Barkley faisait son possible pour les convaincre de venir monter une nouvelle grange le samedi suivant.

Lobo commençait à regretter d'être venu.

— Je me suis brûlé en faisant du café, mentit-il. Vous n'auriez pas de l'onguent ? Et des gants et une chemise ?

L'intérêt se dissipa. L'étranger, en dehors de son regard froid, ressemblait à l'un de ces cow-boys vagabonds qui cherchent du travail au hasard de leur route. Et il ne portait même pas d'arme.

La transaction fut rapidement menée. Lobo tendit ses pièces une à une, comme un homme qui n'en possède pas beaucoup. Il ramassa ses achats, s'éloigna de quelques pas avant de se retourner.

— J' vous ai entendus parler d'un certain Canton. Marsh Canton ?

Un des hommes se fit soudain plus attentif.

— Vous le connaissez ? demanda-t-il avec prudence.

— J'en ai entendu parler. Que fait-il ici ?

— Il a tué un homme samedi soir. À ce qu'on dit, il est ici pour affronter un autre tueur, un nommé Lobo ?

— Entendu parler.

— Eh bien, vaudrait mieux qu'il soit très bon. J'ai jamais vu quelqu'un comme ce Canton, reprit l'homme. Ça devrait valoir le détour de les voir face à face, ces deux-là.

— Vous restez en ville, monsieur ? s'enquit un autre.

Lobo haussa les épaules d'un air indifférent.

— Où est Canton maintenant ?

— Chez Gar Morrow, j'suppose.

Lobo hocha la tête et s'en alla. Il entendit un premier commentaire derrière lui.

— Pas causant, hein ?

— J' me demande pourquoi il s'intéressait à Canton. Vous croyez pas... ?

— Bon Dieu, non. Il portait même pas d'arme. D'ailleurs, Lobo est à moitié indien, à c' qu'on dit. Celui-là, pour sûr, n'a pas une goutte de sang indien dans les veines.

Les lèvres de Lobo esquissèrent un mince sourire en remontant en selle. Les rumeurs avaient parfois du bon. Mais que faisait Canton ici ?

La classe était surexcitée, et les enfants à peine contrôlables.

La tension était aussi palpable en ville. Depuis la fusillade de samedi soir, chacun attendait anxieusement la suite des événements. Des yeux curieux ou accusateurs suivaient Velma, comme si elle était la cause de la tempête.

Toute la journée, elle avait éprouvé un sentiment pénible. En surface, tout paraissait tranquille, mais la menace grondait. D'ailleurs, sur la quarantaine de ses élèves, près du tiers n'étaient pas venus à l'école aujourd'hui.

Elle avait dû batailler ferme pour en avoir autant. À son arrivée en ville, une quinzaine d'enfants à peine allaient en classe. Elle s'était d'abord étonnée de l'absence totale de filles. Betty MacIntyre lui avait expliqué que la plupart des fermiers et des ranchers estimaient que les études n'étaient pas nécessaires pour leurs filles. Tout ce qu'elles avaient besoin de savoir, leurs mères pouvaient très bien le leur apprendre.

Velma avait alors passé ses week-ends sur un vieux cheval qu'elle louait, à trotter d'une ferme à un ranch, afin de convaincre les parents d'envoyer leurs filles à l'école.

C'est ainsi qu'elle rencontra Jake.

Elle était arrivée chez lui un samedi matin, alors qu'il abreuvait Jupiter. Elle était en nage, fourbue.

Quand elle lui avait expliqué le motif de sa visite, il l'avait considérée avec intérêt et lui avait proposé d'entrer. Il n'avait pas d'enfant, mais il se demandait si...

Il n'avait pas continué mais Velma avait souvent vu ce mélange de honte et d'envie qui brillait dans ses yeux. Elle savait ce qu'il signifiait. Nombreux étaient les adultes qui ne savaient ni lire ni écrire. Les écoles étaient rares dans l'Ouest : l'instruction n'aidait pas à soigner le bétail.

Jake s'était montré bourru, presque grossier, mais elle savait qu'il cherchait à la jauger. Quand il lui demanda de revenir le voir, elle sut qu'elle avait passé le test avec succès. Il avait fallu encore plusieurs semaines avant qu'il n'accepte de reconnaître ses lacunes. Dès lors, elle était venue plusieurs soirs par semaine pour lui apprendre à lire et à écrire.

C'était pour sa femme, disait-il. Elle lui lisait souvent des passages de la Bible, le seul livre qu'ils possédaient. À présent qu'elle était partie, il avait besoin du réconfort de ces textes. Ainsi, pensait-il, il serait plus proche de sa femme maintenant qu'il se faisait vieux et que la mort approchait.

Velma se souvenait de sa fierté quand il était enfin parvenu à lire sa première phrase. Rien que cela valait tout le temps qu'elle avait passé avec lui. C'est alors que la santé de Jake avait commencé à décliner, et qu'il s'était mis à parler de plus en plus souvent de ses deux amis, Alex et Gar, qui à présent se haïssaient. Il redoutait de mourir, craignant ce qui risquait de se passer entre eux mais, en même temps, il se languissait de rejoindre sa femme.

Velma, marmonnait-il parfois, pouvait les aider à combler ce fossé qui les séparait.

Velma était loin d'en être aussi certaine. Pourtant, tandis qu'il agonisait, elle fut incapable de lui refuser son dernier souhait. Tout comme Jake, elle pensait alors qu'il était possible de maintenir la paix dans la vallée.

Mais à présent, après ce qui s'était passé samedi soir, sa confiance s'effilochait. Son ange gardien n'avait plus reparu ; Brady et Jupiter n'étaient pas revenus ; il ne pleuvait toujours pas, et son potager était en train de mourir.

Et aujourd'hui, lundi, c'était encore pire. La ville semblait au bord de l'explosion.

En voulant le bien, était-elle en train de faire le mal ?

Elle ne savait plus que penser.

En rentrant chez elle en compagnie des jumeaux, elle scruta les alentours, cherchant désespérément celui en qui elle voyait désormais son unique chance de salut. Elle ne voulait pas croire qu'il fût parti. Un sentiment de vide, nouveau pour elle, la tenaillait. Luttant contre le soleil couchant, elle scruta chaque colline à s'en brûler les yeux.

Mais elle ne le vit pas. Elle était seule.

Après avoir quitté la ville, Lobo s'était soigné les mains avant de remettre sa ceinture et son arme. Il s'était forcé à quitter la piste pour ne pas *la* voir. Il n'avait rien d'un adolescent amoureux et il était temps qu'il arrête de se conduire comme un idiot.

De retour à son campement, il s'entraîna à dégainer, sachant qu'il ne fallait pas laisser ses mains se rouiller. La douleur était tolérable, et il n'avait rien perdu de sa rapidité.

Canton était ici ! Le jeu devenait risqué.

Il avait vu Canton pour la dernière fois à Detroit, plusieurs mois auparavant. À la différence de Lobo, Canton cultivait son image. Il s'habillait toujours en noir, polissait soigneusement son arme, et les entailles sur la crosse – une pour chacune de ses victimes – étaient nettement visibles.

Si Canton ne cherchait pas les duels, il ne les évitait pas non plus. Sa présence était ostensible ; c'était comme une provocation pour les imbéciles et, une fois défié, Canton ne leur laissait plus le choix. C'était bon pour sa réputation, avait-il un jour expliqué à Lobo. Plus sa réputation était terrible, plus on le payait cher.

Et plus le danger était grand. Mais Canton ne semblait guère s'en soucier. C'était un homme qui aimait vivre sur un fil.

Lobo était différent. Jamais il n'attirait l'attention sur lui, se contentant d'effectuer son travail. Il s'habillait normalement – comme n'importe quel cow-boy – car il n'avait aucune envie qu'on le défie chaque fois qu'il arrivait quelque part. Son activité était un métier. Il ne voyait pas pourquoi il exercerait ses talents gratis.

Il laissait se développer la légende qui l'entourait, car il en tirait bénéfice. Un homme qui a peur est un homme dont les mains tremblent. La terreur était son alliée.

En raison de son passé chez les Apaches, tout le monde voulait croire qu'il avait la peau sombre et les cheveux noirs, et il ne faisait rien pour les dissuader. Seules ses victimes avaient aperçu les yeux turquoise, les cheveux de sable. Certaines avaient fui, ne parlant jamais de lui. Les autres étaient mortes.

C'était une existence extraordinairement vide et solitaire, mais elle lui avait suffi. N'ayant jamais reçu d'affection, il n'avait jamais vraiment cru que cela pouvait arriver ; pas à lui, en tout cas. Il n'avait besoin de personne, ne désirait personne. Telle était sa philosophie. La liberté était son unique but. Son arme lui avait donné cette liberté, en même temps que cette solitude qu'il chérissait.

Ses pensées furent interrompues par deux hommes à cheval qui approchaient très prudemment.

— M. Newton veut vous voir.

Lobo les dévisagea froidement.

— Je viendrai.

— Il a dit maintenant, insista le deuxième homme avec nervosité.

— J'ai dit que je viendrais, répliqua Lobo, une main posée sur son holster.

Les deux hommes se regardèrent, décidant que leur emploi ne valait pas leur vie.

— Oui, m'sieu... Lobo.

Lobo haussa un sourcil ironique pour accueillir cette marque de déférence. Il leur tourna le dos. L'entretien était terminé. Il les entendit s'éloigner. Il décida de laisser Newton mijoter dans son jus. Il n'avait aucune sympathie pour cet homme. Ce ne fut qu'en fin d'après-midi qu'il consentit enfin à se rendre au ranch Newton.

Ses nouveaux gants cachaient ses mains brûlées, et sa chemise les marques rougeâtres sur ses bras. Ses yeux brillaient dangereusement quand il pénétra dans le bureau de son employeur.

Newton remarqua aussitôt le changement. Il avait tremblé devant la froideur de ce regard.

À présent, il avait l'impression de contempler les yeux du diable. Mais, se rassura-t-il, cet homme était *son* diable.

Lobo vit avec amusement la peur s'inscrire sur son visage.

— Je m'attendais à des résultats plus rapides, commença Newton.

— Je vous ai dit que je m'occuperais de cette affaire à mon idée, répliqua paresseusement Lobo. Si vous voulez que je me retire...

— Pouvez-vous réussir ?

— Si je travaille à mon idée.

— Suis-je autorisé à savoir ce qu'est cette grande idée ? fit Newton, sarcastique.

— Non.

Newton rougit de fureur, mais n'osa pas répondre. À présent que Gar Morrow avait Canton, il avait plus que jamais besoin de Lobo. Il avait entrepris quelque chose dont il ne voyait plus le bout.

— J'ai engagé d'autres hommes, annonça-t-il.

Indifférent, Lobo haussa les épaules.

— Morrow a Canton.

— Je l'ai entendu dire.

— Je veux que vous le tuiez.

Lobo pinça les lèvres.

— Je n'ai pas été recruté pour ça.

— Je vous donnerai dix mille dollars de plus. Il a insulté ma fille.

— Est-ce une raison suffisante pour tuer un homme ?

— Auriez-vous peur ?

Newton regretta immédiatement ses paroles.

— Je ne vous aime pas, Newton, répondit Lobo après un long silence. Je n'ai aucune envie de tuer un homme pour vous. J'ai accepté un certain travail et je l'accomplirai, mais c'est tout. Je ne ferai rien de plus pour vous.

Lobo tourna les talons et quitta la pièce, abandonnant Newton tremblant de rage et de peur.

7

Chad grimaça en regardant le soleil, puis se remit au travail.

Si Brady retrouvait effectivement Jupiter, le corral ne pourrait jamais retenir le vieux taureau : les barrières avaient été à moitié brûlées par les braises de la grange.

Toute la journée, il avait essayé de les réparer tant bien que mal, en traînant derrière le cheval quelques poutres de la barrière du ranch. Mais il ne pouvait les mettre en place tout seul, et Estelle était incapable de l'aider.

Il avait eu alors l'idée de hisser les poutres avec des cordes sur les piquets, et de les attacher avant de les clouer. Il voulait absolument terminer avant le retour de Velma. Il voulait lui prouver sa valeur, maintenant que Brady avait disparu.

Chad ne voulait pas quitter le ranch. C'était le seul foyer qu'il ait jamais connu, et Velma, sa seule famille.

Il donnerait sa vie pour la protéger.

Chad savait ce qui se passait, même si Velma ne leur en parlait jamais. Car les nouvelles allaient vite. L'autre jour, les jumeaux, revenus tout excités de l'école, lui avaient raconté que les *pistoleros* étaient de plus en plus nombreux en ville.

Il avait aussi surpris des conversations entre le docteur Sullivan et Velma, et savait à quel point Alex Newton voulait s'approprier le ranch. Il savait aussi, après toutes ces années passées au saloon, qu'Alex Newton obtenait toujours ce qu'il voulait.

Eh bien, pas cette fois-ci. Il n'aurait pas le ranch. En tout cas, pas tant que Chad pourrait l'en empêcher.

Il transpirait sous le chaud soleil de juillet. Il leva encore les yeux vers la grosse boule de feu dans le ciel, et s'essuya le front avec le revers de sa manche. Sûr qu'il aurait bien besoin d'aide. Oui, il aurait bien aimé que l'étranger soit là.

Avant lui, Chad n'avait jamais éprouvé d'admiration pour aucun homme. Son père était un ivrogne, comme Brady. Et si Brady ne l'avait jamais frappé, le jeu préféré de son père était de lui cogner dessus. Chad le haïssait, tout comme les guenilles qu'il lui faisait porter et le misérable taudis puant où ils vivaient. Il haïssait le saloon où son père l'avait obligé à travailler, plutôt que de l'envoyer à l'école comme les autres gosses. On le bousculait, on lui crachait dessus, on le giflait et on se moquait de lui. Puis son père était mort, et le shérif avait voulu l'envoyer dans un orphelinat.

Chad avait entendu parler de ces prisons pour enfants et il avait décidé qu'il s'enfuirait avant. C'était précisément ce qu'il faisait, quand Velma l'avait surpris dans sa cuisine en train de chaparder de la nourriture. Il la croyait à l'école, mais elle était rentrée plus tôt pour s'occuper d'un enfant malade.

Au lieu de se mettre en colère et de le ramener chez le shérif, elle lui avait dit de s'asseoir et lui avait préparé un bon repas chaud. Elle ne l'avait pas grondé. Elle lui avait simplement demandé où il comptait aller, et comment il espérait s'en sortir sans éducation.

— Je peux être cow-boy. Y z'ont pas besoin d'connaître les livres pour ça.

— Alors, comment savent-ils si on les paye comme il faut, si on ne les trompe pas, ou bien s'ils ont perdu du bétail ?

Chad réfléchit à la question avant de répondre :

— J'suis trop vieux pour aller à l'école et j'irai pas à l'orphelinat.

Velma, qu'il appelait Miss Velma à l'époque, l'examina longuement. Il avait dix ans, était petit et maigre pour son âge.

— Je parie que tu peux apprendre plus vite qu'eux.

— J'irai pas à l'école.

— Si je te donne des leçons ici, en privé,... tu voudras bien essayer d'être plus malin qu'eux ?

Ce fut le défi qui le décida. Il voulait se venger de tous ces snobs, de tous ceux qui s'étaient toujours moqués de lui et de son père. Voilà comment il était venu s'installer chez Miss Velma. En échange de l'amour et de la compréhension qu'elle lui donnait, il avait travaillé comme un damné, aussi bien sur les livres qu'à l'écurie de la ville où elle lui avait trouvé un emploi. Il adorait les chevaux et tous les animaux, même s'il n'en avait jamais eu à lui. La seule fois où il avait ramené un chat perdu à la maison, son père l'avait tué.

Un peu plus tard, Miss Velma avait recueilli Sallie Sue, puis les jumeaux. Sa petite maison débordait. Elle avait alors hérité du ranch.

Dès leur installation, Chad avait adoré cet endroit. Désormais, il avait quatre chevaux dont il devait s'occuper, sans compter Jupiter, et il espérait bien qu'un jour ils auraient un vrai troupeau. Il avait appris à lire et à écrire, et Velma disait qu'il avait presque rattrapé le niveau des garçons de son âge. L'an prochain, il irait à l'école.

Mais les choses avaient changé. L'incendie avait été une véritable catastrophe. Le potager, sur lequel comptait tant Velma, était en train de dépérir, et le vieux Newton engageait des tueurs pour les chasser de leur ranch.

Soudain, la poutre qu'il manipulait lui glissa des mains. Chad essaya de la retenir, mais le lourd morceau de bois lui écrasa les doigts contre le piquet. Du sang gicla, la poutre tomba, soulevant un nuage de poussière sous une pluie rouge.

Malgré lui, Chad hurla. Le cri fit sortir Estelle et Sallie Sue. À la vue de tant de sang, Sallie Sue se mit à gémir, tandis qu'Estelle se précipitait vers le garçon.

Se tenant la main, Chad tournait sur place. La douleur lui cisaillait la chair et le sang continuait à couler à flots. Il tomba à genoux.

— Ça va aller, p'tit.

La voix était profonde et forte, la main sur son épaule, immense. Il n'avait pas entendu les sabots, et il se demanda vaguement d'où l'homme sortait. Bizarrement, la douleur paraissait s'estomper tandis que la force de l'étranger coulait en lui.

Rassemblant son courage, il se releva pour lui faire face, tenant sa main blessée. Deux de ses doigts formaient un angle anormal, et il sut qu'ils étaient cassés. La plaie était béante.

L'homme s'agenouilla, enleva son bandana et le déchira en plusieurs morceaux. Il attacha solidement les deux doigts ensemble.

— Tiens-toi, dit-il avant de soulever Chad dans ses bras comme s'il n'était pas plus lourd qu'une poupée. Est-ce que… Miss Taylor est ici ?

Se mordant les lèvres pour refouler ses larmes, Chad secoua la tête.

— Je vais t'emmener en ville. Il faut te faire soigner.

— Je… je voulais aider, expliqua-t-il, pendant que l'homme l'installait sur son cheval surgi de nulle part.

Les yeux à l'étrange couleur turquoise s'adoucirent.

— Je sais. Tout ira bien.

— Mais les bêtes…

— Je m'en occuperai à mon retour.

Il sauta en selle derrière le garçon.

Chad ne protesta pas davantage. Il se sentait faible mais en sécurité. Malgré la douleur, il savait que tout allait bien se passer. Alors, il se détendit.

Le chariot franchissait à peine le portail délabré du ranch quand ils le croisèrent. Lobo immobilisa son cheval et la femme aperçut le garçon.

— Chad ! s'exclama-t-elle, surprise et effrayée par la pâleur de son visage.

Son regard passa à l'homme.

— Il essayait de réparer le corral, expliqua Lobo, laconique. Je l'emmène en ville… voir le docteur.

Sa main se fit plus solide sur l'épaule du garçon qui oscillait à présent. Il n'allait pas tarder à s'évanouir.

— Il n'est pas là, répondit la femme en se tordant les mains d'angoisse. Est-ce que c'est…

— Je crois qu'il a deux doigts cassés, et la blessure est profonde.

Il l'observa tandis qu'elle réfléchissait. Une chose à porter à son crédit : elle ne se laissait pas facilement aller à l'hystérie, ainsi que tant d'autres femmes. Elle pesait la situation, se maîtrisant parfaitement comme lors de l'incendie.

Sa décision prise, elle leva vers lui un regard à la fois déterminé et implorant.

— Pourriez-vous... le ramener à la maison et galoper en ville chez le docteur Sullivan ?

Il ne broncha pas. Il y avait en lui quelque chose d'animal, se dit une nouvelle fois Velma. Mais aussi de très humain dans la façon dont ses bras tenaient le jeune garçon.

Chad pâlissait à vue d'œil. Il serrait les dents. Le tissu bleu autour de ses doigts ruisselait de sang. Velma, le ventre noué, attendait la réponse de l'étranger.

Cette attente ne dura que quelques secondes, mais elle eut l'impression qu'une vie entière s'écoulait, tandis qu'elle soutenait son regard. Un flux d'émotions inexplicables se déversa entre eux. Elle vit ses mâchoires se raidir, comme pour nier ce que tous deux comprenaient et ressentaient.

En réponse à sa question, il hocha sèchement la tête et reprit la route de la maison. Elle le suivit, l'esprit en ébullition. Malgré le souci qu'elle se faisait pour Chad, son cœur chavirait de revoir enfin l'étranger. Jamais elle n'avait rencontré d'homme dont la présence dégageait une telle intensité.

Estelle et Sallie Sue, toutes deux le visage barbouillé de larmes, attendaient sous la véranda. L'homme sauta à terre avant de soulever délicatement le garçon dans ses bras. Velma le rejoignit, laissant les jumeaux dételer le chariot.

Sallie courut jusqu'à elle.

— Chad, il est encore mal ?

— Il va se remettre, ma chérie, dit-elle avec douceur.

En passant devant Estelle, elle lui pressa le bras en signe de réconfort. Elle emboîta le pas à l'étranger, qui portait Chad dans la chambre où il avait conduit Brady quelques jours plus tôt. Alors qu'il s'était montré rude et presque violent envers Brady, il fit preuve de gentillesse avec le garçon, le contemplant encore quelques instants après l'avoir couché.

Quand il se retourna, son visage était à nouveau dur, ses yeux glacés.

— Combien d'accidents vous faudra-t-il encore ?

Velma se mordit la lèvre, comprenant trop bien à quoi il faisait allusion. Lui aussi pensait qu'elle ferait mieux de partir.

— Qui êtes-vous ? murmura-t-elle.

Le moment est enfin arrivé, se dit Lobo. Il devait lui flanquer une sainte peur... mais il vit alors le désespoir caché sous les larmes qui perlaient. Elle se tenait malgré tout bien droite. Oui, elle était forte, et il en faudrait beaucoup pour la faire plier. Il ne pouvait lui avouer son nom. Il ne voulait pas la briser. Il en était incapable.

— Jess, dit-il sourdement, sans savoir d'où ce nom avait surgi.

Cela faisait tant d'années...

— Jess, répéta-t-elle doucement.

Le ventre de Lobo se noua. Entre ses lèvres, c'était si beau.

— Je vais chez le docteur et je reviendrai arranger la barrière.

Velma sentit sa gorge se serrer. Il avait déjà tant fait pour eux et elle ne savait pratiquement rien de lui, sinon cette moitié de nom.

— Vous... n'êtes pas...

— J'ai dit au petit que je le ferais, la coupa-t-il. Bon sang, ce ranch est une vraie ruine.

Ignorant cette dernière remarque, elle tendit la main et la posa sur son poignet. Un instant, elle sentit la chaleur de sa peau. Un instant seulement, car il recula brusquement, comme s'il venait de se faire brûler.

— Merci, fit-elle dans un souffle. Il semble qu'en ce moment ce soit la seule chose que je vous dise.

Elle aussi avait été surprise par l'intensité du contact. Soudain, son geste était devenu bien plus important qu'elle ne l'avait prévu. Elle essaya de sourire.

— Partez d'ici, madame, allez dans un endroit où vous serez en sécurité, dit-il, mais son regard avait perdu un peu de sa férocité.

— Je ne peux pas, répondit-elle d'une voix douce.

— Pourquoi ?

C'était la question qui le tourmentait. Pourquoi tenait-elle tellement à ce bout de terre calciné par le soleil ?

— J'ai fait des promesses.

— Aucune promesse ne vaut votre vie... ou la leur.

D'un geste, il avait englobé Chad et les autres enfants.

— Je ne peux pas, répéta-t-elle avec calme et désespoir.

Il avait envie de la rassurer, alors qu'il était là pour la terroriser.

— Pourquoi ?

— Restez à souper ce soir et je vous le dirai, fit-elle en s'approchant de Chad.

Elle baissa les yeux vers son bandage de fortune qu'elle dénoua avec précaution. À la vue de la blessure, elle ne put retenir une grimace.

L'hémorragie avait cessé, et elle caressa doucement le bras du garçon.

— Ça fait très mal ?

Chad secoua bravement la tête, tandis qu'elle plaçait un coussin sous son bras.

— J'espère que Sullivan ne tardera pas.

— Sullivan ?

— Le docteur.

Lobo éprouva un sentiment nouveau pour lui. De la jalousie ! C'était bien cette chose sombre et furieuse qui grondait en lui, simplement parce qu'elle avait mentionné un autre homme.

— Je vais le chercher, fit-il, abrupt.

— Et vous resterez pour dîner ?

Elle soutint son regard avec cette tendre insistance qui lui allait si bien.

Lobo hésitait. C'était peut-être l'occasion de la convaincre de certains faits. Il se vit assis à table face à elle, attendant un repas qu'elle aurait cuisiné pour lui. Personne ne lui avait jamais préparé un repas.

— Jess ?

Il lui fallut un moment avant de réaliser qu'elle s'adressait à lui.

— Comment vont vos mains ? demanda-t-elle.

Il ne répondit rien.

Il baissa les yeux. Ses poings étaient serrés. Il haussa les épaules, sa réponse habituelle quand on le questionnait.

Chad gémit, et le son de sa voix brisa le lien ténu qui unissait les deux adultes.

— J'y vais, maintenant, annonça Lobo. Vous feriez peut-être mieux d'écrire un mot, au cas où il ne serait pas là. Il viendra plus vite en reconnaissant votre écriture.

Il restait impénétrable, malgré la sensation humiliante qui l'envahissait. Il ne voulait pas, ne pouvait pas lui avouer qu'il ne savait ni lire ni écrire.

Elle parut ne rien remarquer, et l'abandonna un instant en compagnie de Chad et de Sallie Sue qui le contemplait depuis le seuil. La petite fille s'approcha en se dandinant et le tira timidement par la manche.

Il baissa les yeux vers le petit visage tout à la fois effrayé et grave.

— Tu es zentil, dit-elle avant de baisser promptement les yeux.

Tant d'innocence et de douceur lui firent mal.

Lobo s'accroupit, sentant combien il devait sembler immense aux yeux de la petite fille. Il voulut poser la main sur son épaule mais se ravisa, comme s'il en était incapable.

— Tu m'as enlevée du trou. Z'avais peur.

Il sourit à peine.

— Moi aussi, confia-t-il.

Elle le dévisagea avec incrédulité, avant de trotter hors de la pièce sur ses petites jambes potelées.

Il leva les yeux et vit Velma Taylor qui l'observait, l'air amusé.

— Elle est un peu farouche, s'excusa-t-elle.

Il haussa les épaules et tendit la main pour prendre le papier qu'elle avait ramené. Même à travers les gants, il ressentit un choc électrique quand leurs doigts se touchèrent. Aussitôt, il salua Chad d'un bref hochement de tête et il sortit.

Le trajet jusqu'à Newton lui parut interminable. Le mot dans la poche de sa chemise le brûlait. Un désespoir indicible le submergea. Car il était bien conscient de tout ce qui le séparait de ces gens qui vivaient dans cette maison remplie d'amour. Il ne savait même pas lire, bon sang !

S'il était intelligent, il laisserait le mot et partirait le plus loin possible. Vers de nouvelles aventures, continuant à jouir de cette liberté et de cette solitude qu'il préférait à tout.

Tu as promis au gamin de revenir, se rappela-t-il.

Mais tu n'apporteras que de la souffrance, à eux comme à toi.

Pourquoi me soucierais-je d'eux ?

Pourquoi ?

Il essayait de se convaincre que c'était à cause de Chad, à cause de ce qu'il avait lu dans ses yeux : ce garçon savait déjà ce que souffrir veut dire. Il essayait de ne pas penser à la femme.

Jess. Pourquoi lui avait-il dit ça ? Parce que, admit-il, il n'avait pas eu le courage de lui révéler son vrai nom. Il n'avait pas voulu voir la peur et le dégoût s'inscrire sur son visage.

La ville était en vue. Quelques lumières tremblotaient aux fenêtres, tandis que l'obscurité enveloppait les maisons. Le cabinet du docteur était éclairé. Son ventre se noua.

Lobo descendit de selle et frappa à la porte. Visiblement, le médecin travaillait et vivait ici.

La porte s'ouvrit et Lobo se retrouva face à un homme maigre, vêtu d'un pantalon de ville et d'une chemise blanche aux manches retroussées. Le docteur était grand, mais pas comme lui. Il semblait harassé. Pourtant le regard était vif et curieux.

— Oui ?

Pendant un instant, Lobo ne sut que répondre. Comme ceux de Velma, les yeux qui le fixaient étaient emplis de bienveillance, le sourire, bien qu'interrogateur, était sincère, les manières courtoises. Lobo serra les mâchoires en se disant que ces deux-là allaient bien ensemble. Toujours muet, il tendit le mot.

L'homme s'en empara et le lut rapidement. Aussitôt, il prit sa veste et sa trousse.

— C'est sérieux ?

— Assez, répondit Lobo.

Le docteur l'examinait attentivement.

— Je vais monter. Nous irons plus vite qu'avec mon buggy, annonça Sullivan en fermant la porte. Vous y retournez ?

Soudain, le docteur aperçut les mains gantées et reprit la parole.

— C'est vous qui les avez aidés.

Ce n'était pas une question mais une constatation, et Lobo s'abstint de répondre. En fait, il ne voyait pas de raison pour s'attarder ici. La rue était très animée, et il n'avait aucune envie d'être vu ou reconnu. Ignorant le regard inquisiteur du docteur, il tourna les talons et sauta en selle.

La nuit tombait et il faisait trop sombre pour arranger la barrière ce soir. Pas question de retourner au ranch. Lobo ne voulait pas voir Velma Taylor et le docteur ensemble, être témoin d'une relation qui lui serait à jamais étrangère.

Il tiendrait sa promesse envers Chad demain matin, après le départ de Velma et du docteur. Il pensa à l'invitation à dîner, à la chaleur dans les yeux de Velma.

Mais il se doutait que Sullivan Barkley ne se satisferait pas aussi facilement que Velma de ses réponses laconiques. Le docteur n'aurait aucun mal à reconnaître l'odeur de mort qui l'entourait. Et il ne supportait pas l'idée que Velma Taylor apprenne qui il était en réalité...

Avec un juron étouffé, il se lança au galop dans la nuit, vers son campement.

Velma attendit l'homme nommé Jess. Elle avait elle-même préparé le dîner, ne voulant pas le faire fuir à jamais en lui faisant goûter la cuisine d'Estelle.

Sullivan était venu. Il avait recousu la blessure de Chad et fixé une petite attelle sur les deux doigts brisés. Il avait plaisanté quelques minutes avec le garçon avant de lui donner une dose de laudanum. Mais, plus tard, dans la cuisine, il faisait grise mine.

— Il est possible que ses doigts ne guérissent pas normalement.

La gorge de Velma se serra.

— On devrait peut-être revenir vivre en ville.

Sullivan grimaça. Il avait envie d'approuver, mais il savait comme Velma détestait céder devant un obstacle et, surtout, à quel point elle aimait cette maison.

Elle alla jusqu'à la fenêtre contempler l'obscurité au-dehors.

— Je ne pense pas qu'il viendra, dit gentiment Sullivan.

— Il a dit qu'il... réparerait la barrière.

— Il fait un peu trop sombre pour ça.

Velma lui tournait le dos.

— C'est si étrange... il apparaît toujours quand on a besoin de lui.

Sullivan acquiesça en silence. Il y avait quelque chose, chez ce mystérieux visiteur, qui le troublait mais il n'aurait su dire exactement quoi. Il ne savait de lui que ce que Velma lui en avait dit et elle était loin d'être objective à son sujet. Il s'inquiétait de l'indéniable attirance que cet étranger exerçait sur elle.

Tous les autres étaient également tombés sous le charme. Sans parler de Chad qui en avait fait son héros, Sallie Sue souriait dès qu'on faisait allusion à lui, les jumeaux n'arrêtaient pas de s'extasier sur la façon dont il avait sauvé Jupiter et... même Estelle ne semblait pas avoir peur de lui. Dieu sait pourtant qu'elle avait de bonnes raisons de craindre tout ce qui portait un pantalon.

Sullivan n'aimait pas ça. Ses visites étaient trop bien réglées. Il s'insinuait dans leur vie d'une façon irrésistible. Et puis le visage de l'homme était trop dur, ses yeux trop impassibles. En tout cas, il ne correspondait pas du tout à l'idée que Sullivan se faisait d'un chevalier servant. Il y avait quelque chose de faux là-dedans, mais quoi ?

Jess. Velma disait qu'il s'appelait ainsi. C'était au moins un début. Il devait maintenant essayer d'en apprendre un peu plus.

— Mon offre reste valable, dit-il enfin. Je prendrai les garçons si tu veux revenir en ville.

Pour la première fois, Velma considéra sérieusement la proposition. Il y avait eu trop d'accidents, et elle se rendait compte qu'ils avaient bénéficié d'une chance exceptionnelle. Ils ne pourraient pas toujours compter sur l'étranger. Et les bêtes ? Elle devrait s'en débarrasser. Vendre Jupiter, si jamais Brady le retrouvait, et aussi les poulets, les chevaux.

— J'en parlerai avec les autres, concéda-t-elle.

Sullivan hésita. Il n'avait guère envie de la laisser seule. Brady était parti, Chad réduit à l'impuissance. Mais elle n'accepterait pas qu'il reste, il le savait. Il décida de revenir le lendemain prendre des nouvelles de Chad.

Ayant déjà mangé, il avait refusé de dîner avec eux. Il la prit par les épaules.

— Si tu as besoin de quoi que ce soit…

— Je sais, conclut-elle pour lui, tu seras là.

Après son départ, elle dîna avec les enfants mais son esprit était ailleurs. Elle avait toujours cru que si elle voulait quelque chose avec assez de force, elle finirait par l'avoir. À présent, elle n'en était plus aussi certaine.

Quand tous les enfants furent enfin couchés, elle sortit. Jess se trouvait là, quelque part. Elle le sentait. Elle en était aussi sûre que de sa visite, le lendemain, pour arranger le corral.

Elle lui proposerait un emploi. Bien sûr, elle n'avait pas grand-chose à lui offrir, mais il semblait se satisfaire de peu.

Avec un sourire plein d'espoir, elle rentra se coucher. Elle souffla la lanterne mais ne trouva pas le sommeil. Elle ne cessait de voir des yeux turquoise et les coins d'une bouche qui se soulevaient à peine, comme s'ils ne savaient pas sourire.

Elle n'avait jamais rencontré d'homme tel que Jess. Elle voulait tout connaître de lui, sachant très bien qu'il ne lui faciliterait pas la tâche.

Velma sourit. Il ne savait pas à quel point elle pouvait être têtue.

8

Il était encore au ranch quand elle revint le lendemain après-midi. Il avait enlevé sa chemise et son torse nu, ruisselant de sueur, luisait sous le soleil tandis qu'il se débattait avec la barrière.

Assis un peu plus loin, Chad l'observait, serrant sa main blessée contre lui. Jess était en train de mettre en place la dernière poutre. Ses muscles frémissaient à chacun de ses gestes, et Velma se dit qu'elle n'avait jamais rien vu d'aussi parfait. Il possédait un corps digne des statues grecques représentées dans ses livres.

On aurait dit, pensa-t-elle, laissant libre cours à son imagination, de l'art en mouvement.

Poursuivant sa tâche, il avait à peine levé les yeux à son arrivée. Les jumeaux avaient bondi du chariot pour le contempler, la bouche pleine de questions. Même Estelle se tenait sous la véranda, circonspecte mais intéressée.

Velma attendit qu'il eût terminé pour approcher. Il ne portait pas de gants, et ses mains étaient encore à vif. Mais, à la façon dont il maniait les outils, il était impossible de savoir s'il avait mal.

Il considéra une dernière fois son ouvrage, apparemment satisfait de le voir terminé, et se dirigea vers sa monture en s'emparant des gants neufs glissés dans la poche arrière de son pantalon. Velma se débrouilla pour lui couper le chemin. Il dut s'arrêter pour ne pas lui rentrer dedans.

Sans un mot, elle lui prit les mains avant qu'il n'enfile ses gants. Elle les examina avec précaution.

Lobo avait bien compté finir avant son retour. Il persistait à vouloir partir, mais son contact était comme une brise fraîche sur la peau brûlante de ses mains, apaisant la douleur ravivée par l'effort. Plusieurs ampoules avaient éclaté sur ses paumes mais, jusqu'à présent, il ne s'en était pas soucié. Ayant donné sa parole au gamin, il avait terminé la barrière ; pourtant, il était censé les chasser d'ici, non pas les aider à retaper ces ruines. Mais il y avait quelque chose chez ce sacré gamin, dans son regard empli de confiance… Il n'était pas encore prêt à admettre qu'il y avait aussi quelque chose, chez la femme, qui le retenait.

— S'il vous plaît, venez à l'intérieur, dit Velma. Je veux vous parler.

Il n'avait qu'une envie : décamper.

Pourtant, à sa propre stupéfaction, il la suivit.

Ils arrivèrent dans la cuisine, suivis par la ribambelle d'enfants. Velma sourit devant leurs visages fascinés.

— Allez, ouste… et toi aussi, Estelle.

Enfin à l'abri des oreilles et des yeux indiscrets, elle examina son étrange invité avec une solennité non dépourvue de curiosité.

— J'ai une proposition à vous faire, annonça-t-elle.

Il haussa un sourcil.

— Je…

Elle hésita. Le sourcil monta encore un peu, mais les yeux restaient indéchiffrables.

— Je… ferais mieux de voir ces mains, poursuivit-elle, maladroite, soudain effrayée par l'incongruité de son offre.

Il était vraiment intimidant.

— Inutile.

— Mais…

— J'ai déjà eu des brûlures bien pires.

— Pas à cause de moi.

— Ce n'était pas à cause de vous. Je n'aime pas voir des animaux souffrir inutilement.

— Et vous avez sauvé Brady…

— Si j'avais su qu'il avait provoqué cet incendie, je l'y aurais laissé.

Elle tressaillit. Cette dureté n'était pas feinte. Alors, elle se souvint du regard qu'il avait eu pour Chad, la veille, avant de reprendre son air impitoyable. Elle y avait vu de la bienveillance et de la compréhension. Ce souvenir lui redonna du courage.

— … Nous… nous demandions si vous… auriez… peut-être… besoin d'un… travail.

Il la fixait d'un air ahuri. Elle reprit très vite :

— Je ne peux pas vous payer très cher et vous ne pouvez même plus dormir dans la grange, mais vous pourriez vous installer avec les garçons, et vous auriez tous les repas et…

Et nous avons besoin de vous. Les mots ne furent pas prononcés mais restèrent suspendus dans l'air.

Elle était au moins parvenue à lui arracher son masque d'impassibilité. Une lueur d'amusement passa brièvement dans ses yeux avant qu'ils ne retrouvent leur expression habituelle : totalement vide.

— Vous voulez dire que vous comptez rester. Madame, vous avez donc perdu la tête ?

Ces mots parurent la blesser.

— Je vous ai dit hier que je devais rester.

— Et les gosses ? Vous vous fichez de ce qui peut leur arriver ?

— Nous avons voté hier soir. Tout le monde veut rester.

— Voté ? (Son incrédulité amusa Velma.) Madame, vous êtes encore plus cinglée que votre vieux taureau.

— Velma, dit-elle. Je m'appelle Velma.

Il soupira bruyamment.

— Pourquoi avoir réparé le corral si vous ne pensiez pas qu'on resterait ? s'enquit-elle soudain.

Du diable s'il le savait, reconnut-il en lui-même. La folie devait être contagieuse, comme le choléra.

— J'avais donné ma parole au garçon. Je ne voulais pas qu'il recommence à se bousiller les mains. Mais, Seigneur, j'étais convaicu que vous auriez le bon sens de partir, après tout ce qui est arrivé.

— C'est pour cela que nous avons besoin de vous, dit-elle avec une douceur et une confiance extraordinaires.

— Pourquoi tenez-vous tellement à rester ?

— Je vous le dirai en soignant vos mains.

Il lui lança un regard glacé. Elle n'en tint aucun compte.

— Asseyez-vous, je vais chercher la pommade, ordonna-t-elle en lui désignant une chaise au bout de la lourde table de la cuisine.

À nouveau, il fut surpris de lui obéir. Après son départ, il examina les lieux. Une grosse marmite mijotait sur le poêle, d'où s'échappait une étrange odeur. Il la flaira, mais fut incapable d'identifier cet arôme inconnu et, à vrai dire, assez déplaisant.

La cuisine était agréable, avec des rideaux aux fenêtres et un tapis aux couleurs vives sur le sol. De nombreux dessins d'enfants étaient accrochés aux murs, à côté de la rangée de casseroles soigneusement polies. La pièce était encombrée de vêtements et de livres, mais elle était d'une propreté scrupuleuse et sentait bon – à l'exception du contenu de la marmite. Il y régnait une impression de chaleur et de confort... et cela le mit mal à l'aise.

Pendant un instant, Lobo se demanda à quoi cela ressemblerait de vivre dans un endroit pareil, mais il se dit aussitôt que c'était complètement idiot. Même une chambre d'hôtel lui faisait l'effet d'une prison au bout de quelques heures. Il était incapable de rester longtemps en place. Tout ce dont il avait besoin, c'était d'un peu d'herbe sous lui pour dormir, et du ciel. L'espace et la liberté, voilà ce qu'il lui fallait.

— Laissez-moi regarder ça.

Sa voix le ramena sur terre et, l'écoutant une fois de plus, il tourna ses paumes vers elle.

— Elles ne guériront jamais si vous continuez à les martyriser ainsi.

Ses doigts étalaient déjà la pommade apaisante sur ses chairs à vif.

Il ressentit une impression de quiétude, de tiédeur qui lui devenait bien trop familière. Jamais on ne l'avait touché avec autant de légèreté et de gentillesse. Jamais il n'avait rencontré une femme dont la seule vue le bouleversait. Il n'avait jamais éprouvé cette étrange faiblesse qui lui liquéfiait les membres et l'empêchait de partir.

Elle accomplissait sa tâche avec soin, se concentrant uniquement sur ses mains. Elle portait une robe bleue toute simple, qui avait presque la même teinte que ses yeux. Une mèche de cheveux auburn s'échappait de dessus l'oreille et venait s'enrouler devant son visage doré. Elle était toute douceur et beauté et... elle lui flanquait une trouille de tous les diables.

— Vous deviez me dire pourquoi vous tenez tant à rester, fit-il, plus durement qu'il ne l'aurait voulu.

Elle leva les yeux. Des yeux inquiets mais déterminés.

— Si je pars, dit-elle lentement, ce sera la guerre dans cette ville.

Il la dévisagea avec stupéfaction. Ne comprenait-elle donc rien à ce qui se passait ?

— La guerre a déjà commencé.

Elle secoua la tête.

— Ce n'est rien à côté de ce que ce sera.

— Et vous êtes prête à risquer votre vie et celle des enfants uniquement pour prouver ça ?

— Alex ne me fera pas de mal. Pas vraiment.

— Ce n'est pas ce que j'ai entendu dire.

— Non, j'en suis sûre, insista-t-elle. Et Jake a placé sa confiance en moi.

— Il n'avait plus toute sa tête.

— Et puis, ajouta-t-elle avec obstination, c'est notre maison.

— Ce n'est que du bois et des clous. Du bois pourri et des clous rouillés, en fait.

— C'est la seule maison qui m'ait appartenu.

Il eut un soupir rageur. Visiblement, la raison n'était pas une de ses qualités premières.

— Vous ne pouvez pas vous occuper d'un endroit pareil toute seule.

— C'est pour cela que j'ai besoin de vous, répliqua-t-elle avec une logique infaillible.

— Impossible.

— Pourquoi ?

Elle avait cessé de le masser, mais elle lui tenait toujours les mains et jamais aucune torture n'avait autant fait souffrir Lobo.

— Je suis trop cher pour vous, déclara-t-il finalement.

Elle le contempla comme si elle approuvait cette surprenante déclaration.

— Et combien demandez-vous ? l'interrogea-t-elle très doucement.

Pendant un instant, il faillit lui dire qui était l'homme dont elle tenait tant à s'offrir les services. C'était le seul moyen de lui faire prendre conscience de la réalité. Mais il en fut incapable. Jamais, jusqu'à aujourd'hui, il n'avait eu honte de son métier.

— Je ne resterai pas ici très longtemps, fit-il brièvement en se levant.

Il vit son regard glisser le long de son corps, s'arrêter un bref instant sur son arme puis revenir vers son visage. Du feu liquide lui coulait dans les veines. Il dut fournir un effort insensé pour ne pas la prendre dans ses bras.

— Vous n'avez vu que les mauvais côtés du ranch, dit-elle tranquillement, mais c'est vraiment un endroit agréable. Nous avons simplement besoin... d'un peu d'aide.

— Un peu d'aide ? rétorqua-t-il. C'est une armée qu'il vous faut.

— Je crois que vous vous débrouilleriez très bien.

— Vous n'abandonnez donc jamais, madame ?

— Velma.

Il se massa le cou.

— Vous ne savez rien de moi.

— J'en sais assez. Je sais que vous aimez les enfants, que vous connaissez le travail du ranch et que vous êtes très gentil.

— Gentil ? Bon Dieu, madame, vous...

— Velma, l'interrompit-elle. Tout le monde m'appelle Velma.

— Je ne suis pas tout le monde, bon sang !

— C'est vrai, approuva-t-elle avec un large sourire.

Ses yeux, d'ordinaire si froids, brûlaient férocement. Elle trouvait ce feu très attirant. Et dangereux.

— Vous êtes cinglée. Inviter un étranger sous votre toit !

— Vous n'êtes pas un étranger.

— Bien sûr que oui.

— Si vous nous vouliez du mal, vous ne protesteriez pas autant.

Il lui lança un regard noir. Elle faisait parfois preuve d'une logique irritante.

— Au moins, restez dîner, proposa-t-elle gentiment. Mais je dois vous prévenir que c'est Estelle qui a fait la cuisine.

Il fronça les sourcils. Il ne la suivait pas. Ça allait trop vite.

— Estelle ?

— Elle ne cuisine pas très bien mais nous ne lui disons jamais, expliqua Velma.

— Pourquoi ?

La sécheresse de la question la fit à nouveau sourire. Il n'avait visiblement pas pour habitude d'épargner les susceptibilités.

— Estelle a beaucoup souffert, dit-elle lentement, voulant lui faire comprendre. Elle a besoin d'encouragements.

— Et le garçon ? Il a souffert, lui aussi ?

Encore, se dit Velma, cet intérêt pour Chad, même s'il essayait de le cacher.

— Lui aussi, dit-elle.

— Et vous ?

Il ne savait pas pourquoi il avait posé cette question, puisqu'il ne voulait rien avoir à faire avec elle.

Muette, elle le dévisageait. Son visage s'était durci, quand il demanda :

— Que fichez-vous dans cette région ? Vous n'avez rien à y faire.

Elle lui retourna sa propre question.

— Pourquoi ?

Parce que vous êtes trop douce, trop innocente...

— C'est un pays rude, Miss Taylor.

C'était au tour de Velma de se sentir frustrée. Mais au moins, « Miss Taylor » valait mieux que « madame ».

— Jess...

À nouveau, Lobo ne comprit pas immédiatement qu'elle s'adressait à lui. Il frissonna. Il aimait trop le son de ce nom dans sa bouche.

— ... Est-ce que vous réfléchirez pour le travail ?

— Non.

Elle le regardait. Ses yeux n'étaient pas suppliants, remarqua-t-il, seulement attentifs.

— Je ne resterai pas ici assez longtemps, répétat-il, sans comprendre pourquoi il s'excusait.

Il ne s'était jamais excusé de sa vie.

— Acceptez-vous au moins de dîner avec nous ? Chad sera si content.

Seigneur, dîner dans une maison remplie de cinglés ! Pourtant, l'idée semblait soudain incroyablement séduisante. Une part de lui désirait rester mais une autre part, la plus sensée, lui ordonnait de partir. Il se sentait déjà à moitié pris au piège. Encore quelques secondes et il capitulerait. Et elle le savait. Il le voyait dans ses yeux. Il eut soudain l'impression qu'elle n'était pas aussi innocente qu'il l'avait cru tout d'abord. Il y avait de la ruse en elle. Et il était bien décidé à ne pas se faire avoir. Ni par elle, ni par le garçon. Il ne pouvait pas se le permettre.

Il secoua la tête et mit ses gants.

— J'ai des choses à faire, lâcha-t-il en passant à côté d'elle.

Avant qu'elle n'ait pu formuler la moindre objection, il avait passé la porte. Il sauta en selle sans un regard derrière lui, et lança son cheval au galop comme si tous les démons de l'enfer lui couraient après.

9

Brady jeta un regard mauvais au taureau : il lui avait fallu trois jours pour le retrouver.

Enfin, pas exactement. Il avait mis deux jours à se remettre de l'incendie de la grange. Même à présent, il ne parvenait pas à se débarrasser du dégoût de lui-même qu'il éprouvait.

Le premier jour, vomissant sans arrêt, un marteau lui cognant le crâne, il n'était pas allé bien loin. Il était quand même arrivé en ville, avait acheté une vieille selle pour cinq dollars, et enduré les regards de mépris auxquels il s'était maintenant habitué. Il avait aussi pris un peu de nourriture, qu'il avait été incapable d'avaler.

Il avait même été tenté de se tirer une balle dans la tête. Mais d'abord, il devait retrouver le taureau. Et se renseigner sur le cow-boy qui l'avait sauvé. Il devait payer sa dette. Dieu tout-puissant, il avait tant de dettes !

Depuis plusieurs jours, quelque chose chez cet inconnu le tracassait mais, dans son état, il avait été incapable d'y réfléchir vraiment. Graduellement, son esprit et son corps se purifiant du poison qu'il avait ingurgité la nuit de l'incendie, l'étranger le préoccupait de nouveau.

Même si l'image de ce cow-boy restait brumeuse, il avait l'étrange impression de le connaître. Et pas en bien. De toute manière, si cet homme leur voulait du mal, il lui était impossible de tenter quoi que ce soit si loin du ranch.

Brady dégaina son arme. Il tint le pistolet pointé devant lui. Ses mains tremblaient encore plus qu'avant. Autrefois, son arme était une extension de ses doigts, elle faisait partie de sa main. Il était rapide et précis. Il en avait donné la preuve en traquant les frères Lassiter. L'un après l'autre, il les avait retrouvés. Pour le dernier, Dale Lassiter, il lui avait fallu six mois avant de pouvoir savourer le plaisir de le voir mourir.

Il regarda Jupiter. Il n'avait guère eu de mal à le retrouver, en fait, une fois sa lucidité revenue. Il n'avait pas oublié comment suivre une piste et, à l'époque, Brady avait été l'un des meilleurs. Il avait servi d'éclaireur dans l'armée et il connaissait tous les trucs, ceux des Indiens comme ceux des bandits.

Dès que Jupiter l'avait aperçu, le vieil animal avait beuglé une longue plainte, comme pour lui reprocher d'avoir mis si longtemps. Il n'avait pas bronché quand Brady lui avait passé une longe autour du cou. Ils se trouvaient à une trentaine de kilomètres du ranch et la nuit arrivait. Il était trop tard pour rentrer.

Brady n'était pas ravi à l'idée de devoir camper sur les terres de Newton mais il n'avait guère le choix.

Il dessella sa monture et s'installa pour la nuit d'une façon sommaire : pas de feu, ni de fumée. Il attacha Jupiter à un arbre et se coucha sans manger. Son estomac ne supportait toujours rien.

Il ferma les yeux et, comme chaque fois, l'image de sa Nancy et de leur garçon, le petit Brady junior, revint le hanter. Après lui avoir apporté à déjeuner dans son bureau, ils retraversaient la rue quand les

Lassiter étaient sortis de la banque avec l'argent volé, tirant sur tout ce qui bougeait. Il avait entendu la fusillade de son bureau, quelques secondes après le départ de sa femme et de son fils. Il s'était rué au-dehors, juste à temps pour apercevoir le visage d'un des fugitifs et reconnaître la balafre qui le défigurait, comme sur les avis de recherche.

Nancy gisait à terre, recouvrant leur fils de son corps. Elle avait bien sûr tenté de le protéger. En vain. Ils étaient morts tous les deux, et il avait fallu des mois à Brady pour accepter cette tragédie. Sa merveilleuse épouse était morte parce qu'elle lui avait apporté son repas.

Il quitta son emploi de shérif une semaine plus tard, quand il s'avéra que les Lassiter avaient quitté sa juridiction et qu'il n'avait plus le pouvoir légal de les poursuivre.

À présent, il craignait qu'une catastrophe similaire ne s'abatte sur ceux qu'il aimait tant. Et l'idée d'être incapable d'intervenir le terrifiait.

Qui était cet étranger qui avait surgi dans la vie de Velma ? Apparemment, il n'avait même pas de nom. Brady n'aimait pas ça du tout.

Que pouvait-il faire ?

D'abord, rester sobre.

Mais comment retourner là-bas ? Comment oser contempler les cendres de la grange ? Comment regarder Chad en face ? Et Velma ?

Il ne dormit pas de la nuit. Son corps réclamait de l'alcool, chacun de ses os lui faisait mal, sa peau était couverte d'une sueur glacée. Chaque bruit de la nuit était amplifié. Chaque heure durait une vie de martyre.

Le ragoût fut partagé équitablement, chacun l'inspectant avec prudence avant de se risquer à le goûter. À la surprise de Velma, le repas était bon et fut avalé beaucoup plus vite qu'à l'ordinaire.

Estelle sourit timidement. Pour une fois, on ne lui prodiguait aucun encouragement. On se contentait de manger. Les actes étaient plus éloquents que des mots.

Quand elle souriait, pensa Velma, elle était presque jolie, malgré l'œil de verre que Sullivan lui avait placé quand elle avait été énucléée. Estelle ne s'enfuyait plus comme un lapin à la vue d'un étranger, même si elle restait timide et craintive.

Cela faisait deux ans qu'elle vivait avec Velma. C'était une femme frêle, qui avait été battue à mort par un client du saloon où elle travaillait. Elle était montée avec lui et était redescendue en rampant une heure plus tard, totalement méconnaissable. Le client avait disparu.

Quand elle avait enfin guéri de ses blessures, elle n'avait nulle part où aller et plus de travail. À l'exception de Sullivan et de Brady, tous les hommes la terrifiaient. Même si elle possédait une belle chevelure d'un blond très pâle et des traits fins, elle se débrouillait pour ne pas être attirante, tirant ses cheveux en arrière et portant des robes informes et trop grandes pour elle.

Elle avait été abandonnée par sa mère à l'âge de treize ans et, dès lors, avait dû travailler au saloon. Son air perdu et blessé avait touché Velma. Elle avait alors proposé de la garder jusqu'à ce qu'elle aille mieux. Estelle n'était plus repartie.

Elle aimait les enfants, particulièrement Sallie Sue. Mais Velma n'était jamais rassurée de la laisser seule avec la petite fille, car Estelle était dépourvue de toute confiance en elle. Pour un rien, elle paniquait, même si ces derniers temps elle semblait plus sûre d'elle. À présent, elle rosissait de plaisir de voir son repas avalé avec un tel bonheur. Velma se demanda ce qu'il adviendrait d'Estelle si elle devait quitter le ranch, le seul endroit où elle se soit jamais sentie en sécurité.

— Z'est bon, annonça Sallie Sue en se pourléchant.

Chad nettoya son assiette avec un dernier bout de pain, avant de contempler Estelle d'un air interrogateur. Les jumeaux exigèrent une deuxième portion.

Velma adressa un clin d'œil à Estelle qui rayonnait.

— Je... me disais qu'on aurait peut-être... un invité, dit celle-ci d'un ton hésitant. J'ai ajouté des épices. Enfin, je croyais... conclut-elle en piquant du nez.

Velma sourit : ainsi, avec elle aussi, Jess avait accompli un miracle. Apparemment – fait exceptionnellement rare – Estelle avait décelé en lui quelque chose qui lui inspirait confiance.

Il y avait même du dessert. Des cookies. Des cookies brûlés mais qui avaient bon goût. C'était la première fois qu'Estelle prenait une initiative. Par le passé, elle avait toujours copié Velma, ne s'écartant jamais des instructions simples que celle-ci lui laissait.

Tout le monde aida à débarrasser et à faire la vaisselle, puis les enfants firent cercle autour de Velma : l'heure était venue d'un nouvel épisode des aventures d'Ulysse. La légende devenait de plus en plus réalité. Chacun, à sa façon, assimilait l'étranger au héros grec.

Ce soir, Ulysse affrontait le Cyclope, le géant à l'œil unique.

Tandis que Velma racontait l'histoire, elle se dit que les aventures d'Ulysse touchaient à leur fin. Il avait quitté sa femme, Pénélope, vingt années plus tôt, pour prendre part à la grande expédition contre

Troie. La guerre avait duré dix ans, et il avait dû errer dix ans de plus sur les mers avant de pouvoir enfin retrouver sa Pénélope.

La reconstruction de la grange était prévue pour le samedi. Le jeudi, Sullivan se dit qu'il aurait de la chance si deux ou trois hommes venaient leur donner un coup de main. Alex Newton avait formulé un avis : toute personne qui aiderait Velma Taylor encourrait sa colère.

Personne, en ville, ne pouvait plus ignorer le nombre croissant d'hommes au regard dur, l'arme à la hanche, qui traînaient dans les saloons le soir. Le légendaire Lobo, si on en croyait la rumeur, se trouvait chez Newton. Pressé de fournir des détails, un cow-boy ivre annonça que le tueur faisait deux mètres de haut et était plus noir que le diable. Même si on ne le croyait pas vraiment, la peur et les rumeurs enflèrent. Nul, dans cette petite ville paisible, n'avait envie de défier Alex Newton, et encore moins Lobo. Chacun marchait sur des œufs.

Mais Velma, comme toujours, gardait confiance. Même avec deux ou trois volontaires, ils pourraient toujours commencer à rebâtir la grange. Après, d'autres les imiteraient. Peut-être que Jess reviendrait sur sa décision, peut-être que Brady serait là et, avec lui, Sullivan et Chad…

Peut-être… Ça marcherait. Velma en était certaine. Elle se prenait même à douter de l'existence de ce Lobo. Depuis une semaine on ne parlait que de lui, mais il ne s'était toujours pas montré.

En quittant l'école après la classe, elle passa devant le saloon et ignora les regards lascifs des hommes plantés là. Il y eut des sifflements.

— C'est comme de voir une bouteille de whisky depuis la fenêtre de la prison, fit l'un, avant d'ajouter un commentaire obscène qui déclencha l'hilarité générale.

Velma rougit violemment.

Les jumeaux se rapprochèrent d'elle sur le siège du chariot, et elle fit presser le pas à leur cheval. Cette ville était en train de changer. Le mal venait d'y pénétrer et elle ne pouvait rien y faire.

Où était Jess ?

Et où se trouvait ce mystérieux Lobo ?

Lui imposait-il cette attente pour mieux l'effrayer ?

Soudain, elle eut l'horrible certitude que le tueur était en train de parvenir à ses fins : pour la première fois de sa vie, elle avait peur.

À mi-chemin du ranch, traînant toujours Jupiter derrière lui, Brady sut tout à coup où il avait déjà vu l'étranger. Son image brouillée l'avait hanté toute la nuit, et la vérité le frappa soudain.

Lobo ! L'homme qui aidait Velma et sa « famille » était le tueur nommé Lobo.

Le vieux taureau protesta mollement : inconsciemment, Brady avait tiré sur la corde.

Brady se souvenait maintenant. Bon sang ! Il avait vu le tueur une fois, à Fort Worth. Il y ramenait un prisonnier, et le shérif lui avait montré Lobo en lui expliquant qu'il était impliqué dans une lutte d'influence.

Brady avait été particulièrement intéressé car l'homme, en dehors de son regard glacé, ne ressemblait pas aux autres tueurs. Il était habillé comme n'importe quel cow-boy et se montrait prudent avec le shérif, sans faire preuve de cette arrogance propre aux gens de son espèce.

Lobo était employé par Newton, et Newton n'avait qu'un objectif : s'emparer du ranch à n'importe quel prix. Comment expliquer alors que le tueur aidât Velma ?

Pour s'immiscer dans sa vie ? À quoi cela lui servirait-il ? Il ne faisait aucun doute que Velma aurait quitté le ranch si Jupiter et lui avaient péri dans l'incendie. Lobo n'avait qu'à les regarder brûler.

Un des jumeaux l'avait même qualifié de chevalier servant de Velma.

Un tueur à gages ! Et pas n'importe lequel. Lobo. Le Loup. Brady savait que le surnom n'était pas usurpé.

Brady avait toujours haï les tueurs. Il ne leur avait jamais permis de séjourner dans sa ville, trouvant toujours un prétexte pour les enfermer ou les faire déguerpir. Il n'avait jamais pu comprendre qu'on puisse tuer pour de l'argent ou par plaisir.

Il ne l'avait pas admis jusqu'à ce qu'il retrouve les Lassiter et découvre cette partie cachée de lui-même. Cela n'avait fait que renforcer sa haine des tueurs, car il en était devenu un, et il se haïssait plus encore que les autres.

Son ventre se tordit mais, cette fois-ci, ce n'était pas dû au manque de whisky. Il avait laissé Velma et les enfants seuls avec Lobo...

Il poussa son cheval au trot, ignorant les protestations indignées du vieux Jupiter.

Plusieurs heures plus tard, il atteignit le ranch. Une volute de fumée serpentait paresseusement au-dessus de la cheminée. Tout semblait paisible. Brady contempla le corral et eut la surprise de le voir réparé. Il pressa le pas de son cheval avec appréhension.

Soudain, Estelle et Sallie Sue sortirent sous la véranda, aussitôt suivies par Chad. Celui-ci avait la main bandée et semblait bougon. Jusqu'à ce qu'il aperçoive Jupiter. Un sourire éclaira alors son visage.

Il courut jusqu'au corral pour ouvrir la barrière. Brady mena le taureau à l'intérieur.

Il dessella sa monture, posa la selle sur la poutre supérieure de la barrière sous le regard attentif de Chad.

— Qui a arrangé le corral ? demanda-t-il.

— Jess.

— Jess ?

— C'est l'étranger. J'avais commencé tout seul mais…

Chad baissa un regard navré vers sa main.

— Mais ?

— Mais je me suis écrasé la main avec une poutre. Heureusement, Jess est arrivé. Il a été chercher Doc Sullivan et, hier, il a réparé le corral.

Le garçon adorait son héros. C'était évident. Brady en était écœuré. Admirer un tueur à gages ! À vrai dire, lui non plus n'était pas un exemple. Chad avait connu bien assez d'ivrognes comme cela. À présent, le garçon se méfiait de lui.

— Velma sera très contente que tu aies retrouvé Jupiter, annonça-t-il.

— Où est ce… Jess, Chad ?

— Je ne sais pas. On ne sait jamais quand il va apparaître.

— Il n'a pas dit qui il était, ni où il travaillait ?

— Je viens de te dire qu'il s'appelle Jess, répliqua Chad avec impatience.

Brady préféra ne rien dire à Chad à propos de l'identité de « Jess ». Et s'il se trompait ? Le whisky lui avait peut-être bousillé la cervelle. L'homme n'était peut-être pas Lobo. Il lui ressemblait, c'est tout.

Mieux valait attendre. Mais la prochaine fois que « Jess » passerait au ranch, d'une façon ou d'une autre, il se débrouillerait pour savoir la vérité. Machinalement, sa main se porta vers son arme, et il eut honte de sentir ses doigts trembler. Chad avait suivi son geste et son humiliation augmenta.

Comment affronter un tueur avec une main pareille ?

Mais il le devait. À moins de perdre les derniers vestiges de dignité qui lui restaient.

Du regard, Velma fouillait les collines à la recherche de la haute silhouette familière sur son cheval. En vain. En proie à une vague déception, elle engagea le chariot dans l'allée qui menait au ranch. Elle aperçut avec soulagement Jupiter et la monture de Brady.

Elle laissa les jumeaux s'occuper de l'attelage. Cette tâche les emplissait de fierté.

Brady était à l'intérieur, mâchant du pain beurré comme s'il était en train d'avaler la mort. Ses yeux étaient injectés de sang, son visage bouffi et congestionné. Il portait les mêmes vêtements depuis l'incendie car tous les autres avaient brûlé : ils étaient déchirés, et dégageaient une odeur épouvantable de fumée et de transpiration.

— Merci d'avoir ramené Jupiter, dit-elle.

Il leva un regard torturé.

— Je ne pouvais pas faire moins. Si tu veux que je parte... ?

— Oh non... Tu nous as tellement aidés.

Il grommela un son indistinct. Il savait qu'il ferait mieux de partir, mais il en était incapable. Pas maintenant qu'il soupçonnait ce Jess d'être Lobo. Si elle lui avait demandé de partir, il serait resté aux aguets près du ranch pour attendre le tueur.

— Je suis désolé pour la grange, Velma. Vraiment...

Elle posa la main sur son épaule.

— C'est fait, Brady. C'est du passé. Tout ce qu'on peut faire, c'est la reconstruire. On a prévu de s'y mettre samedi... si on vient nous aider. Apparemment, Alex défend aux gens de venir. Mais Sullivan sera là, et M. MacIntyre plus quelques autres. Nous aurons besoin de toi.

— Et ce Jess ?

Velma se raidit devant l'hostilité dans la voix de Brady.

— Chad t'a dit qu'il a réparé le corral ?

Brady hocha la tête.

— Je... je lui ai offert du travail.

— Ah !

— Il a refusé. Il dit qu'il ne restera pas très longtemps par ici, mais j'espère...

N'espère rien.

— Mais ne crois pas qu'il prendra ta place, ajouta vivement Velma de peur qu'il ne se méprenne. Tu fais partie de la famille.

Brady pensa à Estelle et à lui-même. Avec deux paumés pareils, Velma n'avait pas besoin d'agrandir sa famille. Surtout avec un renégat qui avait vécu chez les Indiens et était, à présent, un tueur notoire. Mais que cherchait-il, celui-là ? À quel jeu jouait-il ?

— J'aimerais bien rencontrer ce Jess, fit-il avec prudence. Sais-tu où je pourrais le trouver ?

Elle secoua la tête.

— Ni quand il reviendra ?

— Non, répondit-elle doucement. Mais je pense qu'il reviendra.

Brady ne dit rien. Il ne dirait rien tant qu'il ne serait pas sûr de l'identité de l'étranger et de ses intentions.

Même si, pour cela, il devait se faire tuer.

10

Marisa tourna le dos à son père et se précipita vers la porte. Il la rappela mais elle n'en tint pas compte ; pourtant, le laisser ainsi lui faisait mal. Elle sortit et courut jusqu'au corral.

Depuis qu'elle était revenue du bal, samedi soir, et que le contremaître, Herb Edwards, avait raconté à son père ce qui s'y était passé, ils n'avaient cessé de se disputer... toujours pour la même raison.

Il lui avait interdit d'aller en ville.

Pourtant, avait-elle argumenté, c'était lui qui avait rendu la ville si dangereuse. C'était lui qui avait entamé cette querelle mesquine avec Gar Morrow. Comment pouvait-elle le respecter, alors qu'il avait loué les services d'un *pistolero* pour effrayer une femme et des enfants ?

— Elle n'a aucun droit sur ce ranch. Jake était mon ami.

— Elle a tous les droits. Jake le lui a légué.

— Il n'avait plus toute sa tête.

Marisa soupira.

— Je lui ai rendu visite juste avant sa mort et il était aussi sain d'esprit que... toi !

Ce dernier mot, appuyé, fit gronder son père.

— Papa, murmura-t-elle, ne fais pas ça. Ne mets pas cette ville à feu et à sang.

— Tu voudrais que le meurtrier de ta mère reste libre, et utilise les terres que j'ai découvertes ?

— Tu en veux à M. Morrow, pas à Velma, contra Marisa.

— J'en veux à tous ceux qui l'aident, et cela inclut ce docteur à qui tu fais les yeux doux. Eh bien, ma jeune dame, tu te trompes si tu crois que je vais le permettre.

Marisa lui lança un regard noir. Cependant, il n'y avait rien entre le docteur Sullivan et elle. Il ne l'avait jamais invitée, s'était toujours montré simplement amical. Il possédait une force tranquille qu'elle admirait, et elle le respectait car il était un des seuls en ville à ne pas s'incliner devant son père.

— Ceci ne te regarde pas, rétorqua-t-elle, furieuse, lui laissant croire que leur relation était plus avancée qu'elle ne l'était.

— Il aide cette femme, rugit Alex.

— Et je vais l'aider moi aussi, dit Marisa. C'est le meilleur professeur que j'aie jamais eu, elle a toujours été très gentille avec moi et je ferai tout ce que je peux pour l'aider. J'ai même demandé à ce... cet homme que tu as payé de partir.

— Tu as fait quoi ?

Elle haussa le menton.

— Je lui ai dit de partir.

— Tu es allée le trouver toute seule ?

— Oui, et il s'est montré très grossier.

Alex jura, ce qu'il ne s'autorisait jamais devant sa fille.

— Il ne t'a pas...

— Déflorée ? se moqua Marisa. Et si c'était le cas ? C'est toi qui l'as fait venir.

— Si jamais il t'a touchée...

Cette phrase se termina par un sanglot, tandis qu'il se dressait à la force des bras dans son fauteuil roulant.

— Non, Papa, répondit-elle très vite, soudain effrayée par sa réaction. Il ne m'a pas touchée. Il a simplement refusé de m'écouter.

Alex se renfonça dans son siège.

— Ne t'approche pas de lui.

— Ne t'approche pas de lui... Ne t'approche pas de Velma... Ne t'approche pas du Dr Barkley... Ne va pas en ville... Tu ne peux pas me garder prisonnière uniquement à cause de ta haine.

Et elle l'avait planté là.

Elle lui avait obéi pendant quelque temps, espérant encore le faire changer d'avis. Mais chaque jour qui passait creusait le fossé entre eux. Elle avait de plus en plus l'impression qu'il avait tort, que sa haine et son chagrin l'avaient transformé, et qu'il n'était plus celui qu'elle avait connu et aimé.

Marisa ignorait pourquoi son père tenait Morrow pour responsable de la mort de sa mère. Elle savait que celle-ci était morte en revenant du ranch Morrow, tuée par une bande d'Indiens renégats. Mais Alex en voulait à Morrow, pas aux Indiens. Peu après, il avait été blessé au cours d'un duel avec Morrow, et depuis il était cloué à son fauteuil. Mais Marisa ne connaissait pas la raison de ce duel. Son père avait toujours refusé de lui en parler.

À présent, elle était prête à lui désobéir ouvertement pour la première fois de sa vie. Il s'était toujours montré indulgent avec elle, ne lui refusant presque rien. À ses yeux, il avait toujours été le plus grand, et elle avait toujours cherché à obtenir son approbation. Elle se souvenait à peine de sa mère, dont il ne lui restait que quelques images baignées de douceur. Son père avait été son seul parent, et il l'avait toujours entourée d'amour et de tendresse.

Mais à présent il avait tort, et elle passait ses nuits à essayer de comprendre comment ce père qu'elle aimait avait pu louer les services d'un tueur…

Marisa avait trouvé en Velma Taylor un exemple. Elle était à moitié sauvage quand, à dix-sept ans, elle avait fait sa connaissance. Jusqu'alors elle n'était allée à l'école que de façon sporadique. Mais la nouvelle institutrice l'avait immédiatement conquise. Elle la traitait comme une personne de valeur, et non comme la gamine trop gâtée qu'elle était – ce que Marisa admettait à présent. Miss Taylor donnait à ses élèves l'envie d'apprendre, le plaisir de savoir. Pour la première fois, l'histoire devenait excitante, la géographie importante, la littérature captivante. Velma avait l'habitude de terminer chaque journée de classe par une histoire qui se poursuivait le lendemain, et personne, pour rien au monde, n'aurait voulu manquer l'épisode suivant.

Pour Marisa, Velma Taylor représentait tout ce que sa mère avait dû être. Et elle l'avait encore plus admirée quand elle avait défié la ville en recueillant Chad et Estelle.

Elle demanda à un des cow-boys de lui seller un cheval, prétextant une promenade sur les terres du ranch. C'était faux : en réalité, elle allait en ville parler à Sullivan. Elle voulait lui demander ce qu'il savait de la querelle qui opposait son père à Gar Morrow, et aussi s'ils ne pouvaient rien tenter avant que la ville ne soit à feu et à sang. Mais, par-dessus tout, elle avait besoin de sa présence apaisante. Depuis le bal, quelque chose avait changé entre eux. Quand ils avaient dansé, il l'avait regardée avec une chaleur et un désir nouveaux. Quand il l'avait prise dans ses bras, après la tuerie, elle s'était sentie en totale sécurité. Elle avait eu l'impression qu'ils étaient faits l'un pour l'autre.

Le principal sujet de conversation en ville, découvrit-elle, était la reconstruction de la grange de Miss Velma. Après avoir entendu pour la deuxième fois : « Dites bien à votre papa que nous n'y serons pas », Marisa commença à bouillir.

— Mais moi, j'y serai, répliqua-t-elle d'un ton suave, déclenchant une nouvelle onde de choc à travers la petite bourgade : Et j'espère bien vous y voir.

Elle descendit la grand-rue, s'arrêtant chez le fripier, le menuisier, l'armurier, et répétant partout la même chose : elle comptait bien les voir, le samedi, chez Miss Velma.

Bref, elle semait la confusion sur son passage. Les gens se rassemblaient par petits groupes, essayant de comprendre ce que cela signifiait. Même si Marisa n'était pas un ange, elle avait toujours pris le parti de son père. Cela voulait-il dire qu'Alex avait changé d'avis ?

Quand elle arriva enfin au cabinet du docteur, deux hommes – dont le maire, August Stillwater – le consultaient, à l'évidence sur cette dernière péripétie. Ils rougirent tous les deux en la voyant.

— À demain, chez Velma, leur dit-elle, espiègle.

Le maire toucha poliment le bord de son chapeau et hocha la tête sans se compromettre avant de les quitter. Son compagnon lui emboîta le pas.

Sullivan posa une fesse sur son bureau et lui sourit.

— Ça vous amuse de leur donner des angoisses ?

Elle prit son air le plus innocent.

— J'essaye simplement d'aider.

— Votre « aide » met la ville sens dessus dessous, fit-il en riant. C'est la panique.

Elle glousse.

— Une autre réunion du conseil ?

Même si elle n'y avait jamais assisté, elle en avait beaucoup entendu parler, et particulièrement de la façon dont le Dr Barkley défiait chaque fois l'opinion générale.

— Peut-être bien, répondit-il, narquois.

Il possédait vraiment un très beau visage. Ses yeux gris avaient quelque chose de troublant, de mystérieux, même s'ils pétillaient souvent d'humour. Sa bouche large souriait facilement, et si les rides sur son visage étaient sûrement dues à la malaria, on aurait dit qu'elles avaient été creusées par les rires. Il y avait beaucoup de force et d'honnêteté dans ce visage, mais on y voyait aussi la malice d'un petit garçon.

Elle croisa son regard et se sentit rougir violemment. Elle voulait le toucher, être touchée par lui, mais il semblait avoir pris racine sur son bureau, une de ses mains nouée en un poing serré.

— Que puis-je faire pour vous, Marisa ? demanda-t-il enfin.

M'embrasser, pour commencer.

— Je veux aider Velma, déclara-t-elle.

Surpris, Sullivan l'étudia plus attentivement. Il avait toujours été attiré par elle, même si elle était beaucoup trop jeune pour lui. Elle avait du cran et de l'énergie à revendre. Une pièce s'illuminait quand elle y pénétrait. Mais il avait trente-six ans, près de deux fois son âge. Il avait aussi attrapé la malaria en Louisiane, et avait décidé que jamais il n'infligerait ce triste spectacle à une épouse. Mais là, en posant les yeux sur elle, il sentait faiblir ses résolutions.

Il ne s'était pas rendu compte comme elle avait mûri. Ses grands yeux sombres ne le lâchaient pas. Ses cheveux, presque noirs, étaient retenus en arrière par un ruban du même bleu que sa chemise de soie.

Une jupe de cheval marron lui enserrait les hanches, et ses chevilles fines étaient prises dans des bottes du meilleur cuir. Alex Newton ne lésinait jamais quand il s'agissait de sa fille, et Sullivan savait qu'il ne lui était pas facile de se dresser contre son père.

— Êtes-vous certaine de vouloir vous opposer à votre père ? Il risque de ne pas vous le pardonner.

— Il a tort, affirma-t-elle simplement. Et j'ai peur pour Velma. Mais si toute la ville est derrière elle, il devra bien la laisser tranquille.

— Je n'en suis pas si sûr. C'est allé trop loin maintenant. Il se contentera de payer d'autres hommes.

— J'en ai rencontré un.

Sullivan vit ses épaules se raidir comme si elle essayait de cacher sa peur.

— Qui ? demanda-t-il brusquement.

— Celui qu'ils appellent Lobo.

Le visage de Sullivan se durcit.

— Parlez-moi de lui.

— Il est effrayant... Les yeux les plus glacés que j'aie jamais connus. Je lui ai demandé de partir et... il a ricané.

Marisa frissonna. Toutes les illusions romantiques qu'elle pouvait nourrir à propos de cette sorte d'aventuriers s'étaient évanouies depuis qu'elle avait vu l'un d'entre eux abattre froidement un des hommes de son père.

Sullivan vit ses yeux s'assombrir et comprit qu'elle repensait au meurtre du bal. Il ne put se retenir davantage. Il tendit les bras et Marisa vint s'y blottir, le corps encore tremblant.

Il la serra contre lui, caressant d'une main apaisante sa chevelure à l'odeur de fleurs. Le tremblement cessa mais, lorsqu'elle leva les yeux vers lui, une larme perlait au coin de ses paupières. Il savait que c'était de la folie, mais il ne put s'empêcher de la cueillir du bout des lèvres. Puis sa bouche suivit le chemin que la larme aurait dû suivre, jusqu'à ce que leurs lèvres se rencontrent.

Ce fut comme une explosion de flammes. D'abord tendres, ses lèvres caressèrent, explorèrent, puis exigèrent à mesure qu'elle lui répondait, qu'elle le devançait même, son corps se serrant contre le sien. Il avait désiré cela depuis si longtemps et, maintenant, il comprenait qu'elle l'attendait elle aussi.

Elle ouvrit la bouche instinctivement, et une deuxième explosion se déchaîna. Elle tremblait à nouveau, mais pour des raisons différentes. Les bras de Sullivan l'étreignaient. Cela faisait si longtemps qu'il n'avait pas connu une telle passion, une telle douceur l'envahir.

Mais Marisa méritait beaucoup mieux qu'un homme sujet à des crises de malaria, qui redevenait alors un enfant qu'il fallait soigner, laver… qui était incapable de vivre une vraie vie.

Avec un gémissement, il se sépara d'elle. Il vit dans ses yeux la peur remplacer l'extase, quand elle comprit qu'il la repoussait.

— Sullivan, murmura-t-elle, ne m'abandonnez pas.

— C'est impossible, Marisa. Je n'ai rien à vous offrir.

— Je ne veux rien. Je vous veux, vous.

— Je suis malade, Marisa. C'est une maladie qui ne disparaîtra jamais.

— Ça m'est égal, répondit-elle, au désespoir.

— Pas à moi. Je ne veux pas que vous me voyiez dans cet état-là.

— Mais… je…

Elle voulait lui dire qu'elle l'aimait, mais sa fierté la retint.

Il lui prit le menton et le souleva délicatement.

— Je suis bien plus vieux que vous, Marisa, et j'ai vu des choses qu'aucun homme ne devrait voir.

Il observa une pause avant de reprendre :

— Votre père ne sera jamais d'accord et, quels que soient vos sentiments actuels à son égard, vous regretterez toujours de l'avoir perdu.

— Faut-il que vous soyez toujours aussi noble ! lança-t-elle, soudain furieuse contre lui.

Rien de ce qu'il avait dit n'avait d'importance maintenant, pas après ce baiser, pas après avoir vu sur son visage qu'il pouvait l'aimer.

Il essaya de sourire.

— C'est de la raison, pas de la noblesse.

— Ce n'est pas de la raison, rétorqua-t-elle. Ce ne sont que des excuses. Vous vous cachez derrière elles.

Sullivan resta muet quelques secondes. Et si elle avait raison ?

— Voilà donc un motif de plus de m'éviter, Marisa. Vous avez besoin de quelqu'un qui puisse être entièrement à vous.

Il semblait si définitif qu'elle en fut effrayée.

— Je n'abandonne pas facilement, dit-elle.

Il sourit pour la première fois depuis leur baiser.

— Je le sais.

Elle hésita un instant avant de décider qu'il valait mieux battre en retraite... pour l'instant.

— Vous participerez à la reconstruction de la grange, demain ?

Il acquiesça.

— Moi aussi, fit-elle en souriant. Je vais même préparer quelques poulets.

Surpris, il haussa les sourcils.

— Je suis bonne cuisinière, ajouta-t-elle, une lueur de défi dans le regard.

— J'imagine qu'il y a un tas de domaines où vous excellez, fit-il.

— Des tas... Il y en a même dont vous n'avez pas idée, répliqua-t-elle, espiègle.

Là-dessus, elle quitta la pièce sans lui laisser le temps de répondre. À mi-chemin du ranch seulement, elle se rendit compte qu'elle avait oublié de l'interroger à propos de la querelle entre Gar Morrow et son père.

Il y avait bien, comme Marisa l'avait deviné, une réunion à Newton ce soir-là. Mais celle-ci n'avait rien d'officiel, car les organisateurs ne souhaitaient pas la présence de certaines personnes.

C'était, en fait, un poker chez Bob MacIntyre.

Y prenaient part le maire Stillwater, le révérend Massey, le banquier Amos Folley, le shérif Carrol Possey, Bob MacIntyre, le docteur Sullivan Barkley et l'armurier, Al Smith.

La situation réjouissait ce dernier : son chiffre d'affaires s'était multiplié par dix ces deux dernières semaines. Il était d'avis de ne rien faire.

Son opinion fut ignorée par tous les autres, à l'exception du révérend qui lui lança un regard lui promettant les feux de l'enfer. Puis le digne serviteur de Dieu se concentra sur ses deux paires d'as et de trois.

— Nous devons prendre une décision, affirma le maire en demandant deux cartes. Allons-nous, oui ou non, aider Miss Velma ?

— Ouverture à trois dollars, annonça le banquier.

Quatre des sept joueurs entrèrent dans le jeu, tandis que Sullivan, Al Lewis et le maire jetaient leurs cartes d'un air dégoûté.

— Un dollar de mieux, déclara le révérend avant d'ajouter : c'est ce que ferait un bon chrétien.

— Mais est-ce bien sage ? contra Folley. Après tout, M. Newton est l'homme le plus important de la région.

— La propre fille de Newton ira, intervint Sullivan.

— C'est ce que j'ai entendu dire. Je suis à un dollar, fit MacIntyre. Je me demande comment Alex va le prendre.

— Elle a toujours été indépendante.

— Ça, il faut bien lui reconnaître... Elle a du cran de défier Alex comme ça, dit l'armurier. Il en faudrait plus comme elle, dans cette ville.

— Pour que vous vendiez encore plus d'armes et de munitions ? rétorqua Stillwater. Vous seriez heureux s'il y avait une tuerie chaque jour.

— Ce serait intéressant. Ça amènerait des gens, leur répliqua Lewis sans émotion. Tout le monde ferait des affaires.

— Un dollar pour voir, dit le révérend en lui adressant un nouveau regard courroucé. La plupart des gens de Newton désirent une vie paisible.

— Full, annonça MacIntyre.

Le bon père, écœuré, jeta ses cartes.

— À vous la donne, Sully, fit le maire.

— Nous n'avons toujours rien décidé.

— J'ai promis à ma femme d'y aller. Miss Velma a beaucoup fait pour mon fils, déclara bravement MacIntyre. Je ne me laisserai pas intimider par Alex.

Un silence accueillit cette dernière remarque.

— Et vous, Sully ?

— Vous connaissez mon avis. C'est notre ville, pas celle d'Alex ou de Gar Morrow, bon sang ! Bon, alors, qui a le courage d'y aller, de faire ce qui est juste ?

— Donnez-moi trois cartes, fit Lewis. Je dois garder la boutique ouverte le samedi. Beaucoup de travail. Je ne peux pas venir.

August Stillwater émit un bruit méprisant. Al Lewis s'était présenté aux élections contre lui et avait bien failli le battre. Si Lewis n'y allait pas, eh bien, il montrerait à cette ville que le maire Stillwater ne se laissait pas facilement impressionner.

— Vous pouvez compter sur moi, annonça-t-il.

— Bravo, dit Sullivan. Shérif ?

— Eh bien... peut-être que je devrai surveiller ce qui va se passer là-haut...

— Révérend ?

— Hum, j'imagine que si Miss Newton y va, c'est que son papa n'en fait pas une affaire d'État. C'est le plus gros donateur pour nos œuvres, vous savez.

— Cecil, arrêtez de tergiverser. Le Seigneur n'aimerait pas ça, gloussa Sullivan tandis que le révérend prenait un air offensé.

— J'ai dit que j'irais.

— Amos ?

— Je ne peux pas prendre parti. Ce ne serait pas bon pour la banque, et donc pour la ville, fit le banquier d'un ton vertueux.

— Que devrons-nous dire aux autres s'ils nous interrogent ? demanda August, encore très nerveux.

— Qu'ils écoutent leur conscience, déclara le révérend.

— Balivernes, maugréa MacIntyre.

— Je vois, dit Sullivan.

— Vous voyez quoi ?

— Le jeu, idiot, fit MacIntyre au shérif.

— Heu... répliqua celui-ci.

— Trois rois, coassa Sullivan.

— C'est trop pour moi.

— Moi aussi.

— Alors, nous sommes bien d'accord ?
— Sur quoi ?
— Que chacun décide pour lui-même.
— C'est pas un accord, ça.
— C'est le meilleur qu'on puisse trouver, déclara August. Et je suis lessivé. Mme Stillwater va être furieuse.
— Dites-lui que le maire a des obligations.
— Ça, j'ai déjà essayé.
— Donc, MacIntyre, le révérend, August et moi irons chez Velma, dit Sullivan, essayant de conclure cette conversation par l'essentiel.
— Ouais, fit MacIntyre. Les autres tremblent devant Alex.
— Et son tueur. Ne l'oubliez pas, intervint Al Lewis.
Cela calma les esprits.
— Quelqu'un l'a vu ?
— Non. Peut-être qu'Alex a lancé cette rumeur, mais ne l'a pas vraiment engagé.
Sullivan garda le silence. Mieux valait qu'ils croient ça.
Là-dessus, les gros bonnets de Newton ramassèrent leurs gains, comptèrent leurs pertes et s'en furent.

11

À midi, les hommes avaient déjà élevé la charpente de la grange. Ils étaient venus bien plus nombreux que prévu. Velma avait préparé une énorme bassine de citronnade et la distribuait généreusement tout en contemplant l'ouvrage s'élever à une rapidité stupéfiante.

Elle avait été étonnée de voir qu'une bonne vingtaine d'habitants avaient osé braver l'interdit de Newton. Même Marisa était venue, avec un plein panier de poulets rôtis qui s'ajoutaient aux nombreux plats préparés par les autres femmes. Elle n'en était pas restée là puisque, depuis son arrivée, elle n'avait eu de cesse de rendre service, tendant marteaux et clous aux travailleurs, leur apportant des rafraîchissements ou tout ce dont ils pouvaient avoir besoin.

Sullivan rejoignit Velma, tout en suivant des yeux la silhouette ravissante de Marisa. Il ne pensait pas qu'ils finiraient aujourd'hui, mais le samedi suivant, Velma aurait à nouveau une grange, moins grande que l'ancienne, mais largement suffisante pour elle.

Velma souriait, mais son regard fouillait l'horizon. Depuis le début de la journée, elle éprouvait un curieux sentiment de vide. Jess ne s'était pas montré.

Du coin de l'œil, elle aperçut Brady qui surveillait lui aussi les collines avoisinantes. Depuis son retour il était très calme, mais se comportait d'une façon étrange. Il avait refusé de dormir avec les garçons et s'était installé dehors. Il ne se séparait plus de son arme, qu'il gardait en permanence à la ceinture pour la première fois depuis son installation avec eux.

Même Estelle semblait anxieuse, jetant de fréquents coups d'œil par la fenêtre de la cuisine où elle s'activait avec acharnement. Velma savait qu'elle aussi guettait l'étranger.

Malgré toutes ses tentatives, Velma n'était pas parvenue à la faire sortir de la maison pour rejoindre les autres.

— Ce ne serait pas correct, répondait Estelle. Ce sont des gens bien.

— Tu es aussi bien que n'importe lequel d'entre eux, lui assurait Velma, mais sans parvenir à l'en convaincre.

Insister n'aurait servi à rien.

Chad, lui aussi, était sur le qui-vive. Plus d'une fois, il était venu trouver Velma.

— Tu crois qu'il va venir ?

— Je ne sais pas.

Même Sallie Sue se joignit au chœur.

— Où est Zess ?

Brady, qui était venu boire un peu d'eau fraîche, entendit l'échange et s'assombrit. Il repartit aussitôt grimper sur une échelle.

Velma le suivit des yeux en se demandant pourquoi il semblait si inquiet. Dès qu'on mentionnait Jess, son visage se fermait. Il était encore plus taciturne qu'à l'ordinaire.

Au coucher du soleil, le toit et les murs de la grange étaient posés, et tous promirent de revenir le samedi suivant pour l'intérieur et les portes. C'était bien plus que Velma n'en espérait, et même si l'étranger ne s'était pas montré, elle ressentait un contentement paisible de voir que tant de gens étaient prêts à l'aider.

Elle invita Marisa et Sullivan à dîner : il restait largement de quoi nourrir un bataillon.

Sullivan regarda Marisa. Une tendresse nouvelle adoucissait ses traits.

— Vous voulez bien ? demanda-t-il.

Marisa le fixa droit dans les yeux.

— Oui.

— Et votre père ? s'enquit Sullivan.

Elle se mordit la lèvre.

— J'ai quitté le ranch avant l'aube, en laissant un mot expliquant où j'étais et l'invitant à venir nous aider. Je savais qu'il n'enverrait personne me chercher, pas avec autant de gens ici. De toute manière, j'aurais refusé de rentrer.

— Et que se passera-t-il quand vous rentrerez ?

— On va avoir une belle dispute.

Le ton était léger, mais on sentait sa tristesse.

— Je vous ramènerai, déclara Sullivan.

— Non, ça ne ferait qu'empirer les choses. Cette fois-ci, il a tort et je dois le lui faire comprendre.

— Je ne sais pas si c'est possible.

— Je peux toujours essayer.

— Et ce *pistolero* ?

— Je ne l'ai pas vu depuis plusieurs jours, mais je sais que Papa est furieux contre lui.

— Pourquoi ?

Marisa haussa les épaules.

— Mais vous ne l'avez plus revu ?

— Non. On dirait une ombre. Vous savez qu'il est là, mais chaque fois que vous vous retournez pour le regarder, il a disparu.

Sullivan lança un regard à Velma qui les écoutait.

— Comme l'étranger de Velma.

Marisa haussa un sourcil interrogateur.

— Il semble qu'un mystérieux ange gardien protège Velma. Dès que quelque chose ne va pas, il surgit de nulle part. Puis il se volatilise.

Marisa contempla Velma d'un œil gourmand.

— Un galant ?

Velma rougit jusqu'aux oreilles.

— On dirait plutôt un... vagabond. Il... passe de temps en temps...

— Et il a sauvé Sallie Sue, qui était tombée dans le puits, et Chad du taureau, et Brady de l'incendie, ajouta Sullivan avec un sourire.

— Dites-moi tout ! s'exclama Marisa, captivée.

— Il peut faire faire ce qu'il veut à un cheval, annonça Chad.

— Ze l'aime très fort, affirma Sallie Sue.

— Il s'appelle Jess, expliqua Velma. C'est tout ce que je sais. Il est très gentil.

— À quoi ressemble-t-il ? s'enquit Marisa. Il travaille peut-être pour Papa.

— J'en doute, fit Sullivan. Tous les employés de votre père connaissent ses sentiments à l'égard de ce ranch.

Estelle apparut alors, la tête légèrement de travers pour cacher son œil de verre à Marisa.

— Le dîner est prêt.

Une seule assiette supplémentaire avait été ajoutée à la grande table. Velma consulta Estelle d'un air interrogateur.

— Oh, je n'ai pas faim, dit celle-ci, déjà prête à s'enfuir à toutes jambes.

Velma et Sullivan échangèrent un regard. C'était Marisa, et non son manque d'appétit, qui gênait Estelle : elle se croyait toujours indigne des « gens bien ».

Marisa avait surpris l'échange de regards.

— C'est parce que je suis une Newton ? dit-elle. Vous ne voulez pas vous asseoir avec la fille de l'homme qui vous cause autant d'ennuis ?

— Oh non, Miss, fit Estelle, horrifiée. Vous... êtes... plus que bienvenue. Simplement, je ne pensais pas que vous...

Soudain, Marisa comprit ce qui gênait la jeune femme. Sullivan eut envie de l'embrasser, car rien de ce qu'elle aurait pu dire ne pouvait être mieux accueilli par Estelle.

— Alors vous vous joindrez à nous ? demanda Marisa avec gentillesse.

— Eh bien... il n'y a pas la place.

Galant, Chad quitta sa chaise.

— Prends la mienne. Je vais aller manger dehors avec Brady.

Ils ne s'en étaient pas rendu compte : Brady n'était pas avec eux. Velma alla à la porte et le vit en train de scier une poutre. Elle hésita à l'appeler. Il avait honte, et c'était sa manière de se racheter.

Le dîner fut assez morne. On n'évoqua plus l'étranger, Marisa et Sullivan n'avaient d'yeux que l'un pour l'autre et Estelle, gênée, ne cessait de quitter sa place pour faire le service. Après une journée aussi bien remplie, Sallie Sue ne tarda pas à piquer du nez, donnant ainsi à Estelle une bonne excuse pour disparaître.

Marisa la regarda prendre tendrement la petite fille dans ses bras en lui murmurant des mots doux à l'oreille.

— Elle l'adore, remarqua-t-elle après son départ.

— Oui, dit Sullivan en prenant sa main sous la table. Vous aussi, vous êtes assez étonnante.

— Vous deviez avoir une bien piètre opinion de moi.

— Non, protesta-t-il, je...

— ... pensais que j'étais jeune et trop gâtée, conclut-elle à sa place. Et c'est la vérité. En général, j'obtiens ce que je désire.

Le sous-entendu était explicite. Elle poursuivit, avec un sourire espiègle :

— Et je trouve Estelle très gentille.

— C'est vrai ? s'enquit Sullivan.

— Que je trouve Estelle gentille ou que j'obtiens ce que je désire ?

— Que vous obtenez ce que vous désirez.

— Vous ne tarderez pas à le savoir, affirma Marisa. Et maintenant, je ferais mieux de rentrer, sinon toute l'armée de Newton va déferler sur nous.

— Laissez-moi au moins vous ramener jusqu'à la barrière de votre ranch, insista Sullivan.

— Dans votre buggy ? Et ma jument ?

— Nous l'attacherons derrière.

Elle le fixa droit dans les yeux et il soutint son regard. Velma se dit qu'elle aurait aussi bien pu être à un millier de kilomètres ; pour ce qu'ils la remarquaient...

— Voilà une idée qui me semble merveilleuse, docteur. Mais je veux d'abord aider Velma à débarrasser.

Celle-ci refusa.

— Non, c'est gentil ; je vais m'en occuper avec Estelle. Partez, tous les deux.

Marisa lança un regard interrogateur à Sullivan qui hocha la tête.

— Merci, dit Velma. Merci à tous les deux.

Elle les suivit du regard. Sullivan attacha la jument à l'arrière du buggy et tendit la main pour aider sa compagne à grimper sur le siège. C'était un geste galant, mais aussi d'une infinie tendresse. Velma éprouva à nouveau ce désir qui la tenaillait depuis quelques jours, qui l'obsédait et lui faisait mal. Elle essaya de leur sourire mais ses lèvres frémirent à peine. Quelqu'un la toucherait-il comme Sullivan venait de toucher Marisa ?

Jess la toucherait-il jamais ainsi ?

Où était-il ?

— Vous voulez quoi ?

Lobo avait la désagréable impression de se répéter dès qu'il se trouvait en présence d'Alex Newton.

— Que vous mettiez le feu à cette saleté de grange.

— Bon Dieu, non !

— Si vous ne le faites pas, alors quelqu'un d'autre s'en chargera.

— Si jamais vous touchez à ce ranch…

Lobo laissa la menace planer sur la pièce. Il n'avait pas besoin d'en dire plus. Et soudain, tout lui sembla clair. Il venait enfin de prendre une décision : changer de camp.

— On dit que vous êtes un dur, mais cette bonne femme vous a tourné la tête.

— Ce boulot me déplaisait depuis le début. Je vous avais prévenu.

— Vous prétendiez pouvoir les chasser.

— Je me trompais. Elle ne quittera jamais ce ranch, et vous le savez. Vous m'avez menti. Vous disiez que ma seule présence les effraierait. Eh bien, ce n'est pas le cas.

Cette dernière phrase fut prononcée comme à regret.

— Je ne vous ai pas demandé d'être leur ange gardien.

Lobo et Newton se dévisagèrent.

— Je vous préviens, Newton, laissez-les tranquilles.

— Cette grange brûlera.

Caché dans les collines, Lobo avait assisté à l'arrivée des volontaires chez Velma. Il avait été surpris de les voir si nombreux. Décidément, elle savait se faire aimer.

— Même votre fille y était, se moqua-t-il. Qu'allez-vous lui faire ?

Newton blêmit. Il avait effectivement envisagé d'envoyer des hommes chercher Marisa, mais il savait qu'elle rendrait les choses difficiles. Or, il ne tenait pas à être la risée de la ville. Mieux valait laisser croire qu'il autorisait cette lubie de gamine, et parvenir à ses fins par un autre moyen. Mais le geste de Marisa n'avait fait que raffermir sa conviction.

— Cela ne vous regarde pas, Lobo. Vous êtes viré. Fichez le camp d'ici.

— Pas encore, gronda Lobo.

— Que voulez-vous dire ?

— Comme je l'ai déjà expliqué, je ne veux pas qu'il arrive quoi que ce soit à cette femme ou à ces gosses.

— Oh, oh, on joue les galants ? s'exclama Alex en ricanant. Vous vous prenez pour son chevalier servant ? Vous ? Lobo ? Le Loup ? Sait-elle seulement qui vous êtes ?

Les mains de Lobo se nouèrent derrière son dos, mais son expression demeura indéchiffrable.

— Rien ne doit leur arriver, répéta-t-il d'un ton lourd de menaces.

Là-dessus, il lança sur la table les deux mille dollars d'avance qu'il avait reçus. S'il avait décidé de partir, il les aurait gardés, mais à présent qu'il changeait de camp, son code de l'honneur lui dictait de les rendre. Tout à coup, Alex regretta ses sarcasmes. Bon sang, à présent, il devrait aussi se débarrasser de Lobo.

— Si vous vous en prenez à elle, reprit-il, vous me trouverez sur votre route, Newton.

Alex pâlit : avec Lobo comme adversaire, ce n'était plus du tout la même chose.

— Vous croyez qu'elle voudra encore de vous quand elle découvrira qui vous êtes ?

Lobo haussa les épaules.

— Ça m'est égal. C'est entre elle et moi.

— Même vous, vous n'êtes pas de taille contre vingt-cinq fusils.

— Peut-être, mais ils devront s'occuper de moi d'abord. C'est vous qui désignerez le premier qui viendra m'affronter, ou les laisserez-vous choisir eux-mêmes ?

Lobo sourit à nouveau, et Alex comprit qu'il venait de déchaîner l'enfer.

— Fichez le camp d'ici. Quittez mes terres.

— Oui, monsieur, se moqua Lobo en tournant les talons.

Il entendit alors, derrière lui, le bruit d'un tiroir qui coulissait, un son léger, à peine perceptible. Il fit volte-face. Son Colt apparut dans sa main, comme par enchantement.

— Vous n'auriez pas une arme là-dedans, n'est-ce pas ? s'enquit-il avec douceur.

Le visage d'Alex se décomposa. La sueur dégoulina sur son front tandis qu'il baissait les yeux.

Lobo traversa la pièce en deux enjambées, et fixa le tiroir ouvert où se trouvait un pistolet. Il s'en empara et l'examina avec curiosité, comme s'il s'était agi d'un jouet d'enfant.

— Ce n'était pas très intelligent, monsieur Newton.

Il vida l'arme de ses balles, puis ramassa les deux mille dollars sur la table.

— Ce petit geste va vous revenir cher.

Sans un mot, il quitta la pièce, laissant Alex soulagé de constater que son erreur de jugement ne lui avait coûté que de l'argent.

Sullivan et Marisa aperçurent le cavalier et son cheval qui franchissaient au galop la barrière du ranch Newton, et tous deux poussèrent en même temps un cri de surprise.

— Au nom du Ciel, que fait-il ici ?

— Qu'est-ce que Papa a encore imaginé ?

Ils se dévisagèrent.

— Vous le connaissez ? s'étonna Sullivan.

— Et vous ? répliqua Marisa.

— C'est Jess. L'étranger de Velma.

Marisa pâlit sous la lune.

— C'est aussi Lobo, dit-elle lentement. L'homme que mon père a payé pour chasser Velma.

12

Lobo vit le buggy, et poussa un juron en reconnaissant le docteur et la fille de Newton.

Il ne pouvait laisser nul autre que lui révéler son identité à Velma. Aussi douloureux que cela puisse être, il le lui devait. Il avait besoin de voir sa réaction. C'était le seul moyen pour la chasser à tout jamais de son cœur et de son esprit. L'horreur qu'elle allait manifester l'aiderait à l'oublier plus vite.

Il prit la direction du ranch Taylor, distant d'une bonne demi-douzaine de kilomètres. Il croisa d'autres cavaliers, des cow-boys qui finissaient leur journée en surveillant les différents troupeaux qui paissaient sur les riches pâturages du Colorado. Il n'y avait pas encore de barrières par ici.

En général, les troupeaux des ranchers se mélangeaient, reconnaissables uniquement à leurs marques. On les séparait simplement au printemps et à l'automne, pour le marquage et le décompte. Mais, vu la situation entre Morrow et Newton, les deux ranchers tenaient leurs troupeaux à distance, une tâche interminable qui exigeait deux fois plus d'employés que d'habitude. Newton tuait les bêtes de Morrow qui s'égaraient sur ses terres et, bien évidemment, Morrow faisait de même.

Lobo trouvait cette petite guerre stupide et stérile, mais c'étaient de telles querelles qui lui procuraient du travail.

Les employés de Newton ignorèrent ce cavalier solitaire. Ils savaient que leur patron avait embauché des hommes de main récemment, et bon nombre de cow-boys envisageaient carrément de partir : ils ne voulaient pas être pris au milieu d'une fusillade qui ne les concernait pas.

La nuit était très claire. Une lune immense flottait sur un ciel de velours sombre. La fraîcheur était bienfaisante après la chaleur caniculaire de la journée, et Lobo essaya d'apprécier cette nuit magnifique. La nuit était son refuge, le seul moment où il se sentait vraiment à l'aise. Mais ce n'était pas le cas ce soir.

Il ne cessait de voir le visage de Velma. Et il imaginait sa déception et son dégoût en écoutant ses aveux. Seulement il n'avait plus le choix.

Oui, tu l'as, le contredit une voix au fond de lui. *Il te suffit de partir d'ici... comme tu aurais dû le faire depuis le début.*

Mais il ne pouvait oublier que Newton était désormais prêt à tout.

Il aperçut enfin la maison, puis la nouvelle grange. Il fut surpris de constater l'ampleur du travail réalisé en une seule journée. Il eut envie de tuer Newton qui voulait la faire brûler.

Comme il approchait du corral, un homme surgit de la grange, un marteau à la main.

Brady Thomas ! Ainsi, il était revenu... Lobo examina le corral et aperçut le taureau. Thomas n'était donc pas complètement inutile.

L'homme s'arrêta devant lui.

— Vous êtes Lobo.

C'était une affirmation.

Lobo ne dit rien, se contentant de le toiser.

— Que venez-vous faire ici ?

— Ça ne vous regarde pas.

— Ça me regarde.

— Des remords ? Vous voulez peut-être les protéger ? Après avoir brûlé leur grange ?

Dans la clarté argentée de la lune, Lobo le vit rougir. L'homme transféra son marteau dans sa main gauche et posa la droite sur son arme. Lobo vit qu'elle tremblait.

— Je vous l'ai déjà demandé, que voulez-vous ?

Lobo sauta à terre sans même prendre la peine de le regarder. L'insulte était délibérée.

— Maudit... gronda l'ex-shérif.

Lobo continua à l'ignorer, tout en attachant sa monture à un piquet.

— Lobo !

Celui-ci ne se retourna pas et se dirigea vers la maison.

— Arrêtez ou, croyez-moi, je vous tire dans le dos !

Lobo pivota enfin. Les deux hommes se faisaient face, à quelques centimètres l'un de l'autre.

— Ça m'étonnerait, fit Lobo avec un accent traînant. Autrefois, peut-être... Allez donc vous chercher une bouteille, conclut-il avec mépris.

La main droite de Brady se crispa à côté de son arme.

— Que lui voulez-vous ?

— C'est entre elle et moi.

L'ex-shérif se redressa de toute sa hauteur, serrant les dents, l'air déterminé. Mais tous ces efforts étaient ruinés par sa main qui tremblait toujours.

Un étrange sentiment de pitié effleura Lobo. Autrefois, cet homme avait été fort, et redouté. Que lui était-il donc arrivé ?

— Pourquoi croyez-vous que je suis Lobo ?

— Fort Worth. Il y a six ans.

Surpris, Lobo haussa un sourcil.

— Six ans ?

Il était étonné que, si longtemps après, l'autre s'en souvienne encore.

— Pourquoi êtes-vous ici ? reprit Brady, essayant en vain de prendre une voix autoritaire.

Lobo ne prit même pas la peine de lui répondre.

— Maudit… répéta Brady dans un murmure, et Lobo éprouva soudain une réelle sympathie pour lui. Quoi qu'il fût devenu, Brady Thomas n'était pas un lâche.

— Vous lui avez dit qui je suis ? s'enquit-il brusquement.

— Non, dit Brady.

— Pourquoi ?

— Je n'en étais pas certain.

— Et maintenant vous l'êtes ?

— Je me souviens du cheval pie et de vos yeux.

— Et vous êtes prêt à me faire face avec une main qui tremble ?

Brady tressaillit.

— Au moins, elle saura exactement ce que vous êtes… *Jess*.

Cette fois, il avait visé juste. Lobo accusa le coup sans broncher, en se demandant si l'ex-shérif savait à quel point il venait de lui faire mal.

— C'est pour cela que je suis ici, dit-il, impassible. Pour lui révéler qui je suis.

— Pourquoi ?

Lobo haussa les épaules.

— Parce qu'il est temps.

— Bon sang, j'en ai assez de vos devinettes !

Lobo lui tourna le dos pour se diriger vers la véranda. La porte s'ouvrit, et la silhouette de Velma apparut dans l'encadrement.

— J'ai entendu des voix… commença-t-elle, avant de reconnaître Jess debout dans l'ombre.

Lobo demeura silencieux.

Il mettait ainsi Brady au défi de parler. Et Brady le savait. Pourtant, il ne dit rien. Il en était incapable : jamais il n'avait senti un tel bonheur dans la voix de Velma.

— Je savais que vous reviendriez, dit-elle.

Lobo, tendu, l'admirait. Elle portait une légère robe de chambre bleue, et ses cheveux retombaient librement dans son dos. Ses yeux brillaient au clair de lune, scintillants comme les étoiles dans le ciel. Lobo sentit sa gorge se serrer.

— Je dois vous parler, annonça-t-il avec calme, ignorant l'homme qui se trouvait à ses côtés.

— Bien sûr, acquiesça-t-elle.

À voix basse, Brady gronda dans l'oreille de Lobo :

— Si jamais vous lui faites mal…

Lobo ne tint aucun compte de son avertissement. Il gravit les trois marches et lui referma la porte au nez.

Brady ne chercha pas à le suivre. Il y avait quelque chose chez le *pistolero* qui ne collait pas avec son personnage, mais il n'arrivait pas à savoir quoi. Curieusement, il avait l'impression que Velma ne courait aucun danger avec lui. Pour apaiser ses doutes, il s'assit sur les marches, prêt à bondir à l'intérieur au moindre bruit suspect.

Dans la cuisine, Lobo regarda autour de lui.

— Les gosses ?

— Tous couchés. La journée a été assez fatigante.

Son sourire, se dit-il, était comme un rayon de soleil. Plein d'espoir et d'innocence.

Il resta de marbre.

— Oui, ils ont bien avancé.

— Je ne pensais pas qu'ils viendraient si nombreux, dit-elle, soudain nerveuse.

Il avait toujours paru dur et inébranlable, mais jamais comme maintenant.

— Vous êtes toujours décidée à rester, quoi qu'il arrive ?

— Jess... commença-t-elle.

Le moment était venu, décida-t-il.

— C'est un de mes noms, Miss Taylor.

— Un de... ?

— L'autre est Lobo.

Jamais Lobo n'avait guetté quelqu'un avec une telle intensité. Une effroyable tension lui pétrifiait les muscles et le ventre, bien qu'il ait l'air parfaitement détendu. Elle ne répondit pas immédiatement, et cet instant lui parut durer une éternité.

— Lobo ? répéta-t-elle, hébétée.

— J'ai été engagé pour vous chasser d'ici, poursuivit-il d'un ton égal, attendant les larmes et les reproches.

Et la peur. Ils avaient toujours peur.

Il ne la quittait pas des yeux. Elle digérait l'information. Soudain, inexplicablement, les coins de ses lèvres se relevèrent.

— En général, vous devez mieux réussir dans votre travail ?

Malgré son air amusé, la question était sérieuse : elle désirait réellement le savoir.

Consterné, Lobo se rendit compte que ses propres lèvres esquissaient un sourire.

— En général, oui.

Ils restèrent plantés face à face. Une fois de plus, le tourbillon que ni l'un ni l'autre ne comprenait balayait toute raison, les attirant irrésistiblement l'un vers l'autre.

Velma sentit qu'il lui posait la main sur le cou. Ses doigts frôlèrent sa peau comme avec respect, et ce contact lui procura une sensation de chaleur et de tendresse merveilleuse.

Une boule douloureuse lui noua la gorge tandis qu'elle plongeait son regard dans ses yeux de turquoise. Ils n'étaient ni vides ni froids, à présent, mais brûlants de désir.

Hésitante, presque craintive, elle leva la main pour suivre les contours de sa bouche si sévère, avant de s'aventurer le long des fines rides qui la prolongeaient. Des rides creusées par la souffrance. Elle eut envie de pleurer en sentant le mal qu'il avait dû endurer.

Elle croisa son regard, et frémit en comprenant qu'elle arrivait devant une porte refermée sur des secrets dangereux.

Mais elle ne s'en souciait pas. La chaleur de sa main sur sa nuque se propageait jusqu'au tréfonds de son corps. Elle leva son visage vers lui, l'invitant. Leurs bouches s'unirent.

Il avait des lèvres douces et fortes, merveilleusement tendres. Il l'embrassait avec prudence, ainsi qu'il eût embrassé le vent, une illusion destinée à disparaître.

Des sensations nouvelles s'emparaient d'eux, des sensations effrayantes que ni l'un ni l'autre n'osait explorer.

Pendant un instant, ce baiser leur suffit. Il les soudait l'un à l'autre plus solidement qu'aucune chaîne n'aurait pu le faire. Ses doigts quittèrent son cou pour se poser sur ses joues, chaque contact appelant une réponse qu'elle donnait d'un regard, comme si les mots risquaient de pulvériser la fragile magie qui les enveloppait.

Elle avait peur de parler, de prononcer même son nom, sentant qu'il ne fallait pas le brusquer. Elle avait besoin de toute sa volonté pour se forcer à garder le silence. Elle le vit fermer les yeux, l'air douloureux, puis les rouvrir tandis que sa bouche se faisait plus exigeante.

Elle trembla et entrouvrit les lèvres. Il se pressa contre elle...

Au moment où elle s'abandonnait, perdait tout contrôle de ses sens, elle l'entendit gémir. Soudain, sa bouche ne fut plus là. Il la fixait avec une telle intensité qu'elle crut qu'elle allait prendre feu.

— Ce n'était pas ce que je voulais, murmura-t-il d'une voix rauque, le visage crispé de colère. Seigneur, vous ne savez pas ce que vous faites ! Et moi non plus !

Il recula, secouant la tête devant sa propre folie, et se mit à arpenter la pièce comme un animal en cage.

— Avez-vous entendu ce que je vous ai dit ? Je suis Lobo. Votre ennemi. Vous ne comprenez pas ?

Velma sentit une boule lui déchirer la gorge. Elle tendit la main, voulant désespérément le toucher encore, pour partager à nouveau cet ensorcellement. Mais sa main retomba car il n'esquissait pas le moindre geste vers elle. Au lieu de cela, il proféra un son guttural, inintelligible.

Elle attendit qu'il se calme et se retourne vers elle. Soudain, il semblait vulnérable, et furieux. Sa colère emplissait toute la pièce, se cognait aux murs.

— Dans ce cas, dit-elle, pourquoi nous avoir aidés aussi souvent ?

— Pour gagner votre confiance.

— Comme le... cheval de Troie ?

— Le quoi ? gronda-t-il, exaspéré.

— Le cheval de Troie. C'est un vieux mythe. Une armée grecque assiégeait une cité si bien défendue qu'elle ne pouvait être prise par la force. Aussi, les Grecs offrirent un présent, un cheval de bois géant, qui fut accepté et traîné dans la ville. Mais le cheval était rempli d'hommes en armes et, à la nuit, tandis que les Troyens dormaient, ils sortirent du cheval et saccagèrent la ville. Il y a un dicton : « Méfie-toi des Grecs qui t'offrent un cadeau. »

Elle n'avait pas une seule fois repris son souffle, de peur qu'il ne l'interrompe.

— Oui, dit-il finalement. C'est quelque chose comme ça.

— Mais les Grecs n'avaient pas prévenu leurs victimes.

Il fit la grimace devant cette logique irréfutable. Velma ne put s'empêcher d'esquisser un sourire de victoire.

C'est alors qu'ils entendirent le bruit des roues d'un chariot, bientôt suivi de coups à la porte.

Elle regarda Jess.

— Le toubib, devina-t-il.

Perplexe, Velma alla ouvrir la porte à Sullivan. Il l'examina sous toutes les coutures – pour se persuader qu'elle était encore vivante ? – puis il se tourna vers l'homme.

— Lobo ?

Celui-ci s'adossa paresseusement au mur et acquiesça.

Sullivan se tourna à nouveau vers Velma.

— Tu vas bien ?

— Bien sûr, répliqua-t-elle, comme si passer sa soirée avec un tueur notoire qui avait été engagé pour la terroriser était une chose parfaitement normale.

— Sais-tu qui il est ?

Elle hocha la tête, les dévisageant alternativement l'un et l'autre. On aurait dit deux chiens se disputant un bout de territoire.

Sullivan lui jeta un regard enragé, avant de s'en prendre à Lobo.

— Que faites-vous ici ?

— Ça ne vous regarde pas.

— Au contraire, ça me regarde. Velma est mon amie.

Lobo haussa un sourcil.

— Une amie ? Vous avez beaucoup d'amies, à ce qu'il semble...

Il avait insisté sur le « e » d'amies. Sullivan serra les dents.

— Je vous ai demandé ce que vous faites ici ?

— Une petite visite. Et vous ?

— Vous venez de chez Newton.

C'était plus une accusation qu'une question.

— Pour un toubib, vous avez de bons yeux.

— Que faites-vous ici, bon sang ?

— C'est une affaire entre la dame et moi.

Lobo n'avait pas pour habitude de répondre aux questions et ce n'était pas avec ce toubib qu'il allait commencer.

Velma les observait avec une stupéfaction grandissante. Puis elle remarqua Brady qui se tenait sur le pas de la porte, visiblement prêt à ajouter son grain de sel. L'explosion n'allait pas tarder.

Ce fut le moment que choisit Chad pour faire son apparition, uniquement vêtu de son caleçon long et se frottant les yeux.

— Qu'y a-t-il ?

Alors il aperçut Lobo et son regard s'éclaira.

— Vous êtes revenu, fit-il avec une joie évidente.

Sullivan et Brady se renfrognèrent, et quelque chose comme de l'embarras se lut sur les traits de Lobo. Une telle adoration le mettait mal à l'aise.

— Retourne te coucher, demanda Velma avec calme.

— Mais je veux rester…

— S'il te plaît.

Chad regarda Lobo.

— Je vous verrai demain ?

Incapable de résister à la tentation de taquiner Velma et de provoquer les deux autres, Lobo hocha la tête en esquissant un sourire.

— Et vous resterez avec nous ? insista Chad.

— Peut-être, répondit Lobo.

Velma ne fut pas la moins surprise par cette réponse.

— Va te coucher maintenant, Chad, dit-elle de sa voix la plus autoritaire.

— Très bien, fit celui-ci à regret, en lançant un regard à Lobo. Si… vous promettez de rester.

Lobo acquiesça et Chad battit en retraite, lançant vaguement à la cantonade :

— 'soir.

Dès qu'il eut disparu, Sullivan prit Velma à partie :

— Il ne restera pas !

Aussi stupéfaite que ses deux amis, elle ne sut que répondre et se tourna vers Jess. Elle se rendit compte que, même connaissant son identité, elle pensait à lui en tant que Jess. Son Jess.

— Allez-vous rester ? s'enquit-elle.

— Votre offre d'emploi tient toujours ?

— Oui.

Pour elle, rien n'avait changé. Jess ou Lobo, il avait risqué sa vie pour leur venir en aide. Elle avait une totale confiance en lui.

Lobo hocha imperceptiblement la tête, et une lueur de triomphe passa dans ses yeux.

— Velma ! protesta Sullivan.

— C'est de la folie, déclara Brady.

— C'est réglé, leur dit-elle, définitive.

Son regard croisa celui de Jess, et ce fut comme si la foudre venait de les frapper en même temps. Il hocha la tête, comme un boxeur refusant de sombrer dans l'inconscience.

— Je vais dormir dans la grange, annonça-t-il en quittant la pièce.

— Velma, te rends-tu compte de ce que tu fais ? s'insurgea Sullivan, le visage crispé d'angoisse. Il vient de quitter Newton. Ils ont probablement tramé quelque chose contre toi.

— Je ne pense pas...

Brady fixait le sol, impuissant. Sa honte faisait peine à voir.

— Il ne prendra pas votre place, Brady, reprit doucement Velma, le cœur serré de pitié. Vous le savez, non ?

Il la contempla longuement sans rien dire puis sortit à son tour, la laissant avec Sullivan.

— Velma, il est très dangereux.

— Il est bien plus que cela.

— Tu ne peux pas recueillir toutes les âmes perdues que tu rencontres. Surtout pas un prédateur comme lui.

— Tu ne l'as pas vu avec Chad.

— Je connais les animaux sauvages. On ne sait jamais quand ils vont frapper.

— Sullivan...

— Pas cette fois, Velma. Je ne te soutiendrai pas cette fois-ci. Pas avec lui.

Elle se mordit les lèvres.

— Gar Morrow t'a offert l'aide d'un tueur et tu as refusé. Pourquoi est-ce différent avec lui ?

— Parce que.... Jess... C'est un ami.

— Bon Dieu, Velma, il est pire qu'un serpent.

Velma n'avait jamais entendu Sullivan jurer auparavant. Il mourait d'inquiétude pour elle, c'était évident, mais il se trompait sur le compte de Jess. Elle en était sûre.

— Même Estelle n'a pas peur de lui, essaya-t-elle à nouveau. Et tu sais mieux que personne qu'elle n'accorde pas sa confiance facilement.

Il soupira.

— Le monde entier se méfie de lui, et pour d'excellentes raisons.

— Il ne fera jamais de mal à Chad, à Sallie Sue ou aux jumeaux.

— Et à toi ?

— Je peux me débrouiller toute seule.

— Ben voyons ! Regarde ce qui est arrivé.

— Rien n'est arrivé. Grâce à Jess.

— Lobo. Il s'appelle Lobo, et c'est mérité.

— Je ne crois pas, fit-elle, têtue.

— Dis-lui de partir.

— Non.

— Écoute, Velma, tu sais très bien ce que les gens pensent d'Estelle, et même de Chad. Si Lobo reste...

— C'est un employé comme un autre.

— Pas comme un autre, Velma, tu le sais, et toute la ville le sait.

Soudain, elle trembla. Il avait raison. Elle risquait de perdre son travail. Si elle l'avait gardé jusqu'à présent, c'était bien grâce à Sullivan. Mais s'il ne la soutenait plus...

— Je ne lui demanderai pas de partir, s'obstina-t-elle.

— Alors, ce sera moi.

— Non !

Le mot claqua comme un coup de feu, et Velma resta hébétée par sa propre véhémence.

Sullivan pâlit. Il l'observa, soudain conscient du changement qui s'était opéré en elle. Velma avait toujours été jolie, mais ce soir elle semblait radieuse. Ses yeux étaient pleins de feu.

— Il y a quelque chose entre vous ?

Elle se sentit rougir et se détourna.

— Tu veux du café ?

— Ne change pas de sujet.

— Je ne change rien du tout. J'ai simplement l'impression que nous avons tous les deux besoin de café.

— Tu ne m'as pas répondu.

Velma fit volte-face.

— Non. La réponse est non. Il a simplement été bon pour nous, et il y a quelque chose en lui qui me fait penser qu'il a toujours été très seul.

— C'est la vie qu'il s'est choisie, Velma. Les tueurs n'ont pas d'amis.

— Eh bien, il en a maintenant. Depuis qu'il a sauvé Sallie Sue.

C'était inutile. Sullivan s'en rendait compte. Ce soir, il ne parviendrait pas à la convaincre. Il préféra abandonner temporairement. Au moins, Chad et Brady étaient ici. C'était déjà quelque chose.

— Pas de café. Je dois rentrer. Mais je reviendrai demain soir.

— Ce n'est pas nécessaire, tu sais.

— Au contraire, crois-moi.

Ce fut au tour de Velma de déposer les armes. Elle savait qu'il ne céderait pas.

— Très bien.

— Tu m'enverras Chad si tu as besoin de quoi que ce soit ?

Elle hocha la tête.

Il hésitait, comme s'il avait peur de partir.

— Tu es sûre ?

— Certaine.

— Bon sang, je n'ai aucune envie de te laisser seule avec lui !

— Je ne suis pas seule.

— Pour ce que ça fait comme différence.

— Il est déjà venu ici une bonne demi-douzaine de fois et…

Les paupières de Sullivan se fermèrent à moitié.

— Et ?

— Et il n'a jamais rien dit ou fait quoi que ce soit de menaçant.

— C'est lui qui est une menace ambulante.

— Oh, Sullivan, tu te fais trop de souci ! Au fait, comment allait Marisa quand tu l'as raccompagnée ?

— Tu dévies encore la conversation.

— Parce que je pense que Marisa et toi, vous êtes superbes ensemble.

Cela le fit sourire.

— Tu es désespérante.

— Bonne nuit.

— Bonne nuit, Velma.

En refermant la porte, il priait le Seigneur pour qu'elle le soit.

13

Lobo n'arrivait pas à dormir. Brady s'était installé à l'autre bout de la grange. Ils n'avaient pas échangé un seul mot, mais il percevait sa présence.

Il n'arrivait pas non plus à réfléchir. Dans son esprit bouillonnaient trop d'émotions contradictoires, trop de questions sans réponses. Jusqu'ici, la vie avait été assez simple. Il n'avait eu pour unique souci que de survivre. À présent...

Il sortit pour sentir la nuit qui avait si souvent été son refuge. Il jeta un vague regard vers la maison, et distingua une ombre derrière la fenêtre. Les rideaux bougèrent. Ainsi, *elle* ne dormait pas non plus. Maigre consolation.

Il se tourna vers la masse noire des montagnes. Le dernier refuge des loups blessés. Il ferait mieux de partir là-bas lécher ses blessures. C'est ce qu'il faisait quand il était touché lors d'un duel, quand il ne supportait plus d'être un étranger pris entre deux mondes qui le rejetaient.

Pourquoi ne le méprisait-elle pas ?

Parce qu'elle ne comprenait pas vraiment ce qu'il était. Mais quand elle comprendra, elle sera comme les autres, se dit-il.

Il était si profondément noyé dans son amertume que ses oreilles, d'ordinaire si aiguisées, ne perçurent pas le glissement des pantoufles sur l'herbe, le froissement de la robe. Et quand, enfin, son instinct reprit le dessus, il pivota en un éclair, l'arme à la main. C'est alors qu'il la vit, ses yeux écarquillés fixés sur le pistolet.

— Bon sang, gronda-t-il avec dureté pour dissimuler sa peur. On ne vous a jamais appris à ne pas prendre un homme par surprise ?

— Ce n'était pas mon intention, répondit-elle, la voix mal assurée.

— Qu'est-ce que vous fabriquez dehors à une heure pareille ?

Il semblait si irrité que Velma se demanda si elle n'avait pas commis une erreur. Mais il avait paru si seul, quand elle l'avait aperçu à travers la fenêtre, qu'elle n'avait pu résister à la tentation de le rejoindre.

Elle sentit que cette explication ne lui plairait pas.

— La nuit est si belle...

Il consentit enfin à la regarder vraiment. À dessein, il le fit avec grossièreté, la détaillant des pieds à la tête, s'arrêtant sur le renflement de ses seins, la déshabillant du regard. À la lueur de la lune, il la vit rougir.

— Vous ne voulez pas ranger cette arme ?

Cette fois, sa voix ne tremblait plus. Lobo était stupéfait. Sa vulgarité ne semblait lui faire ni chaud ni froid.

En fait, Velma avait parfaitement compris son but : la renvoyer pleurer dans son lit.

Il rengaina lentement son Colt et se détourna.

— Rentrez, dit-il. Vous n'avez rien à faire ici. Pas avec moi.

— Pourquoi ?

— Vous n'avez donc rien compris ? Je suis l'Apache blanc. Les femmes ne sont pas en sécurité avec moi.

— C'est bizarre, je ressens exactement le contraire.

— Vous êtes cinglée.

— Oui, c'est souvent ce que les gens disent, admit-elle.

— Vous n'en faites jamais qu'à votre tête, hein ? demanda-t-il.

Il semblait curieux de connaître la réponse.

— Quand je suis convaincue d'avoir raison, oui.

— Vous avez toujours raison ?

— Non, reconnut-elle à regret.

Il lui fit face, et la fixa comme s'il voulait lui enfoncer son regard jusqu'au cerveau.

— Rentrez.

Elle ne bougea pas.

— Rentrez, Velma, fit-il d'un ton qu'elle crut plus doux.

— Je n'arrive pas à dormir, se défendit-elle. Apparemment, vous non plus.

— J'aime la nuit, murmura-t-il. Je n'arrive pas à dormir à l'intérieur.

— Jess...

— Lobo.

Il voulait qu'elle accepte ce nom, et tout ce qui allait avec. Velma réfléchissait à toute allure.

— D'où venait Jess ?

Silence.

— Il est mort il y a très longtemps, déclara-t-il finalement.

— Quel âge avait-il ?

Elle savait qu'il parlait de lui-même, du Jess qu'il avait été et qu'il était encore. Seulement, il ne voulait pas l'admettre.

Il se massa le cou et haussa les épaules.

— À peu près sept ans, je ne sais plus.

Lobo ignorait pourquoi il lui racontait tout ça. Il ne voulait rien dire de lui, à personne.

Mais elle n'insista pas et cela le surprit. Elle avait levé les yeux vers le ciel.

— Orion, le chasseur, dit-elle.

Il suivit son regard, mais sans comprendre de quoi elle parlait.

Elle sentit son trouble.

— Des dessins, expliqua-t-elle. Les étoiles forment des constellations, et on dirait des dessins dans le ciel.

Il regarda mais ne vit rien qui ressemblât à un chasseur. Elle était juste à côté de lui et il avait du mal à se concentrer sur les étoiles à cause du parfum de sa chevelure dénouée.

— Ouais, dit-il, car elle semblait attendre une réponse.

Elle sourit devant son manque de conviction. À l'évidence, ce n'était pas un rêveur.

Elle l'observa. Le profil était rude, les lèvres, dures, ne souriaient pas. Elle avait mille questions à lui poser, mais elle devait se montrer prudente, ne pas le faire fuir, comme cela était arrivé si souvent.

Elle en choisit une qui lui paraissait anodine :

— Pourquoi avez-vous décidé de rester ?

Il resta muet si longtemps qu'elle crut à nouveau avoir fait fausse route. Il contemplait toujours le ciel. Elle avait envie de lui dire de la regarder.

— Personne ne peut me dire ce que je dois faire, déclara-t-il finalement.

Il doit parler de Sullivan, pensa-t-elle.

— Vous travailliez vraiment pour M. Newton ?

Il s'adossa à la barrière.

— Ouais.

— Et maintenant ?

— Je n'aime pas les menteurs.

Velma se mordit la lèvre. Décidément, il était plus facile de tirer de l'eau d'unę pierre que de le faire parler.

— Alex Newton vous a menti ?

— Il n'a pas mentionné certains détails.

— Lesquels ? insista-t-elle.

— Je ne me bats pas contre des gosses. Newton a oublié de me parler d'eux quand il m'a fait venir. (Une nouvelle pause, comme s'il pesait soigneusement ses mots.) Ce genre de chose est très mauvais pour ma réputation, ajouta-t-il, sur la défensive.

— Ah, parce que cela compte ?

— Dans mon métier, ma p'tite, ça compte énormément.

Il se montrait délibérément grossier, mais Velma ne se décourageait pas facilement.

— Alex ne va pas être content, remarqua-t-elle.

— Il s'en remettra.

Elle hésita avant de demander :

— C'est fini, alors ?

Il la toisa durement.

— C'est juste le commencement. Newton embauche tous les tueurs qui traînent sur le marché. Ça va être la guerre, ici, et si vous vous souciez tant soit peu de ces enfants, vous devez déguerpir au plus vite.

Elle évita son regard.

— C'est la seule maison qu'ils ont jamais eue. Ils ont voté à l'unanimité.

— Voté ?

Velma hocha la tête.

— Rien ne vous fera changer d'avis ?

— Pouvez-vous m'assurer qu'il n'y aura pas de guerre si je pars ?

Lobo ricana.

— Avec Canton dans le coin ? Bon sang, non ! La marmite est en train de bouillir et personne ne veut baisser le feu. Mais vous n'êtes pas obligée de rester dedans.

— Connaissez-vous... M. Canton ?

— On se connaît.

— Il a tué quelqu'un, l'autre soir.

— Et alors ?

Il ne lui laissait pas le choix. Elle devait comprendre. Un tueur était fait pour tuer.

Velma eut soudain du mal à avaler sa salive. Il essayait encore de l'effrayer, mais plus il s'acharnait, plus elle voulait en connaître la raison.

— Pourquoi vous appelle-t-on Lobo ?

Il haussa les épaules.

— Les Apaches m'ont donné ce nom. Il en vaut un autre.

— Même Jess ?

— Je vous ai dit qu'il était mort.

Elle ne répondit pas et il se détourna.

— Lobo me va bien, croyez-moi.

— Le loup est un animal social, énonça Velma comme si elle lisait un livre. Il vit avec ses compagnons.

Glacial, il lui fit face.

— À moins que ce ne soit un proscrit, chassé de sa meute. Alors, il se retourne contre les siens.

— Et c'est ce qui est arrivé ?

Lobo avait soudain mal au ventre. Il n'avait pas vraiment voulu dire ce qu'il venait de dire. Il n'y avait même jamais vraiment réfléchi. Un frisson glacé le parcourut, en réalisant à quel point il perdait la maîtrise de lui-même.

— Écoutez, j'ai fait des choses qui vous feraient vomir. Alors, pourquoi ne retournez-vous pas dans votre jolie petite maison ? Laissez-moi tranquille.

Velma hésita. Elle ressentait son angoisse comme l'écho des émotions insoutenables qui la déchiraient.

— Je me fiche du passé, déclara-t-elle finalement.

Il éclata de rire.

— Je ne vous fais donc pas peur ?

Elle savait qu'il voulait l'entendre répondre oui, car il était logique qu'elle craigne un homme avec une telle réputation. Or elle n'avait pas peur.

— Non.

— Vous ne me connaissez pas.

— Sans doute.

Il secoua la tête.

— Et vous ne devriez pas être là-dehors avec moi.

— Sullivan serait d'accord avec vous.

Elle n'avait pu s'en empêcher. Il se retourna avec la vivacité d'un serpent.

— Qu'est-il pour vous ?

Ses yeux lançaient des éclairs.

— Un ami, c'est tout.

— Il fait du charme à la fille Newton.

— Tant mieux, déclara Velma avec satisfaction.

Il la considéra d'un air soupçonneux. Il ne la comprenait pas. Toute autre femme aurait piqué une crise de rage de ne pas être le centre de toutes les attentions.

— Êtes-vous resté longtemps parmi les Apaches ? s'enquit-elle avec douceur.

C'était une question traîtresse, et il se raidit.

— Assez.

Velma hésita. Si le baiser qu'ils avaient échangé n'avait été gravé en elle, elle aurait pu croire que rien ne s'était jamais passé.

Elle posa la main sur la sienne.

— Merci de rester.

Elle se demanda si elle n'avait pas trop d'imagination : elle avait cru le sentir trembler.

— Bientôt, vous ne me remercierez plus, rétorqua-t-il.

— Vous allez donc rester, n'est-ce pas ?

— Quelques jours. Mais les gens ne vont pas être contents. En général, je ne suis pas le bienvenu.

— Si Alex peut vous embaucher, pourquoi pas moi ?

— Newton a de l'argent, alors que vous...

Le sous-entendu était clair, et elle sentit qu'elle rougissait des pieds à la tête.

Elle repensa alors à ce qui n'avait cessé de la tourmenter depuis le bal : le meurtre.

— M. Canton...

— Marsh Canton, lui apprit Lobo.

— Vous n'aurez pas à vous battre contre lui si vous restez ?

Elle n'était pas trop rassurée en posant cette question. Une étrange lueur passa dans les yeux de Lobo.

— Beaucoup de gens n'attendent que ça.

— Je ne veux pas que vous restiez si...

— Bah... désormais, Marsh Canton et moi sommes du même côté.

— Je n'ai jamais vu quelqu'un d'aussi... rapide, murmura-t-elle.

— Il est bon. Allez-vous me demander si je suis aussi bon que lui ?

Elle préférait ne pas penser à lui ainsi, mais plutôt l'imaginer en train de ramener le pauvre vieux Jupiter au corral.

— Non, fit-elle d'une voix sourde.

— C'est mon travail, vous savez, insista-t-il avec colère. Je ne suis pas le héros de vos rêves. Je suis un tueur, comme Canton. Voulez-vous savoir combien d'hommes j'ai tués ?

Elle ne pouvait plus quitter son regard, ni ignorer le mépris de lui-même qu'il mettait dans sa voix.

— J'avais douze ans quand j'ai tué pour la première fois, continua-t-il sur le même ton. Douze ans. À peu près l'âge de Chad. J'ai vite découvert que j'étais doué pour ça.

Ses yeux, tourmentés et rageurs, la clouaient sur place. Pourtant, elle avait plus que jamais besoin de lui. Le cœur battant à se rompre, elle voulait l'empêcher de continuer à se faire du mal.

Mais elle restait silencieuse. Rien de ce qu'elle pourrait dire ne l'apaiserait. Elle ne voulait pas paraître naïve ou ridicule, car il n'attendait que cela pour partir. Le lien qui les unissait l'un à l'autre devenait plus fort à chaque instant, et Lobo tentait de lui faire dire ou faire quelque chose qui détruirait ce lien. Le silence s'éternisa.

Si elle lui avait offert de la sympathie ou de la compassion, Lobo aurait pu s'échapper. Mais elle s'y refusait. Au lieu de cela, il se sentait réchauffé par sa compréhension et son acceptation muette. Soudain, il se rendit compte que c'était ce qu'il avait espéré toute sa vie sans le savoir. Quelque chose de si insaisissable qu'il n'avait jamais su le nommer.

Mais il était trop tard, il le sentait jusque dans la moelle de ses os. Et cette certitude était la plus abominable des tortures. Son nom était synonyme d'ennuis. Sa réputation, si soigneusement entretenue, était un nœud coulant autour de sa gorge. Et plus il vieillissait, plus le nœud se resserrait. Il pouvait continuer à vivre ainsi, mais ne supporterait pas que ce nœud se referme aussi sur quelqu'un d'assez fou pour partager sa vie.

Il recula d'un pas, essayant de briser l'intimité qui les enveloppait. Une intimité comme il n'en avait jamais ressenti avec personne... même avec celles avec qui il avait fait l'amour. Seigneur !

— Vous devriez fuir et ne plus jamais me voir, fit-il d'une voix méconnaissable. Vous et les enfants, vous n'avez pas besoin de quelqu'un comme moi. Je serais votre malheur.

Elle se mordit les lèvres, cherchant désespérément quelque chose à dire, mais il avait déjà repris la parole.

— En tout cas, *moi*, je n'ai pas besoin de vous.

Il eut un nouveau geste de recul.

— Jess...

Sa bouche parut s'adoucir un instant et il hésita. Mais il retrouva très vite son masque de pierre. Il s'inclina d'un air moqueur.

— Si je dois travailler pour vous demain matin, m'dame, je ferais bien d'aller dormir un peu.

Et il se dirigea vers la grange, l'abandonnant, solitaire et désolée.

14

Quand Velma se leva le lendemain matin, après une nuit sans sommeil, elle alla directement à la fenêtre et regarda vers la grange. Elle s'était pourtant promis de ne pas le faire.

Elle aurait aussi bien pu tenter d'arrêter de respirer.

Elle le chercha, alors qu'il devait probablement encore dormir. Il était très tard quand elle avait regagné sa chambre, le soleil venait tout juste de se lever.

Elle le vit. Avec l'aide de Brady, il portait plusieurs planches dans la nouvelle grange. Les gestes de Brady étaient raides et saccadés, ceux de Jess souples et gracieux. Il ne semblait fournir aucun effort.

Il était torse nu, et sa peau luisait comme du bronze dans le soleil matinal. Ses cheveux blonds étaient tout ébouriffés. Il était encore plus magnifique, plus dangereux à la lumière du jour.

Velma se demanda comment elle pouvait être attirée par un tel homme : un tueur à gages. Car elle ne pouvait plus désormais nier cette attirance, à laquelle se mêlait maintenant de la peur.

Un tueur. Il représentait tout ce qu'elle aurait dû détester. Il n'était pas le chevalier qu'elle avait cru.

Malgré cela, il était devenu leur protecteur. Pour quelque étrange raison, il avait décidé de leur venir en aide.

Mais cela ne modifiait en rien ce qu'il était.

Secouant la tête pour chasser ces pensées, elle ouvrit son placard et fit la moue en découvrant sa maigre garde-robe. À l'exception de celle portée le soir du bal, toutes ses robes étaient éminemment pratiques et simples. Les belles toilettes étaient un luxe qu'elle ne pouvait se permettre.

Se traitant d'idiote, elle se décida finalement pour une robe bleu marine qui, même un peu fatiguée, faisait ressortir le bleu de ses yeux et son teint bronzé.

Elle se brossa les cheveux jusqu'à ce qu'ils brillent, puis choisit de les tresser en une natte épaisse qui lui tombait jusqu'au milieu du dos. Se sentant ridiculement heureuse, elle se rendit dans la cuisine.

Les jumeaux dressaient la table et Sallie Sue regardait par la fenêtre, serrant très fort sa poupée de chiffon. Estelle était aux fourneaux. Une forte odeur de brûlé flottait dans l'air.

Estelle chantonnait d'une voix douce et claire, et Velma réalisa soudain qu'elle ne l'avait encore jamais entendue chanter. La jeune fille se tourna vers elle avec un sourire timide.

— J'ai dit à Jeremy d'ajouter une assiette...

Elle guettait une approbation que Velma lui donna bien volontiers avant de demander, curieuse :

— Tu l'aimes bien, n'est-ce pas ?

Estelle baissa la tête.

— Il ne me regarde pas comme si j'étais bizarre...

La honte était encore perceptible dans sa voix, et Velma se demanda quand elle disparaîtrait. Ce n'était pas simplement à cause de son œil mais surtout de son passé. On lui avait trop longtemps fait sentir qu'elle était inutile et salie pour qu'elle puisse l'oublier. Velma bénit Jess, qui ne la jugeait pas. Lui aussi, l'avait été trop souvent.

L'odeur de brûlé devenait insupportable. Il était temps de réagir, se dit Velma, s'ils voulaient manger quelque chose.

— Où est Chad ? s'enquit-elle.

— Dehors.

— Jeremy, tu veux bien aller le chercher, ainsi que Brady et Jess ?

Le garçon obéit joyeusement, laissant son frère terminer de mettre la table.

— Et s'il n'aime pas la bouillie d'avoine ? s'inquiéta Estelle. On n'a plus de bacon.

— De l'avoine et des gâteaux, c'est parfait, assura Velma, en regrettant elle aussi qu'ils ne possèdent rien de plus substantiel.

La sécheresse et la mort prochaine de son maigre potager la forçaient à économiser sur le peu d'argent dont elle disposait. Néanmoins, ils avaient du café, du lait, du beurre frais, et de la confiture que leur avait donnée Mme MacIntyre.

La porte s'ouvrit et Jeremy apparut.

— Ils arrivent.

Velma poussa un soupir de soulagement : Jess acceptait donc de venir déjeuner avec eux.

Il arriva le dernier, boutonnant sa chemise, le visage humide après une rapide toilette. Il jeta un regard gêné autour de lui, comme s'il n'avait guère l'habitude de tels rassemblements, mais s'assit à la place que Chad lui indiquait, entre Sallie Sue et lui. Les yeux brillants du jeune garçon ne le lâchaient pas.

Brady prit sa place habituelle, le visage congestionné. Il considérait Jess avec méfiance et dégoût et celui-ci ne se montrait guère plus amical. La tension entre eux était évidente.

Estelle servit la bouillie d'avoine. Bien qu'ayant remarqué le fond carbonisé de la marmite, Jess ne dit rien et se mit aussitôt à manger.

Les autres, qui attendaient sa réaction, l'imitèrent avec soulagement, sauf Brady qui continuait à le fixer.

Les biscuits arrivèrent, et Velma fut surprise de constater qu'ils étaient dorés et légers. Le regard de Jess se fit approbateur, et la malheureuse Estelle faillit s'évanouir de fierté.

Sallie Sue tendit un biscuit à Jess.

— Ze peux avoir du beurre, s'il te p'aît ?

Toutes les têtes se tournèrent vers lui. Il eut presque l'air aimable en considérant la petite fille au visage très sérieux. Il prit le biscuit avec solennité et, très soigneusement, le tartina de beurre et de confiture. Ce qui lui valut un large sourire de remerciement. Même Brady parut s'adoucir, et ils mangèrent dans un silence agréable.

— J'ai jeté un œil au jardin, dit soudain Jess. Pourquoi ne creusez-vous pas un canal d'irrigation depuis la rivière ?

Velma éprouva un brusque élan d'espoir.

— J'y avais pensé... mais je ne sais pas comment faire.

— Je crois que je saurais, dit Lobo. À nous tous, ce devrait être possible. Vous avez une charrue ?

— Nous en avions une. Elle était dans la vieille grange.

Une chaise racla le sol et Brady se leva. Il quitta la cuisine sans un mot. Velma eut envie de le rejoindre. Il souffrait trop.

Lobo haussa les épaules.

— Vous pouvez vous en procurer une ?

— Je peux essayer.

Il hocha la tête, termina son café et se leva. Comme s'il venait de s'en souvenir, il se tourna vers Estelle :

— Vous cuisinez mieux que moi.

Dans sa bouche, c'était sans doute un remerciement, et Estelle le prit comme tel car elle sourit.

Velma était presque jalouse quand il claqua la porte derrière lui.

— Je vous l'ai déjà demandé, combien de temps comptez-vous rester ?

Les deux hommes fabriquaient une stalle pour Jupiter, et l'ambiance n'avait rien de chaleureux.

— Jusqu'à ce que vos mains cessent de trembler et que vous puissiez les protéger, répliqua Lobo.

— Je ne vous comprends pas. Que cherchez-vous ?

Lobo arrêta de cogner avec son marteau. Il semblait lui aussi étonné.

— Du diable si je le sais.

La voix de Brady se fit moins hostile.

— Vous avez vraiment laissé tomber Newton ?

— Bon sang, non. Je fais ça parce que j'adore transpirer. Écoutez. Je sais que vous ne m'aimez pas... pas plus que je ne vous aime. Mais je ne leur ferai pas de mal, et je ne laisserai personne leur en faire. C'est la première et dernière fois que je vous le dis.

Brady mit une nouvelle planche en place, que Lobo cloua. Il avait envie de lui hurler que sa simple présence torturait Velma. Brady n'était pas aveugle : il voyait ce qui se passait en elle, et cela le terrifiait. Il n'avait jamais rencontré un tueur âgé : ils mouraient tous jeunes, d'une balle ou au bout d'une corde.

Mais il ne dit rien parce que Lobo avait raison. Il ne pouvait protéger Velma, et cet homme en était sans doute le seul capable. Mais à quel prix ?

— Je n'ai pas peur, grogna-t-il.

— Non, acquiesça Lobo. L'alcool a peur pour vous.

Les mains de Brady se crispèrent sur la planche.

— Je m'en sortirai.

— Comme l'autre soir ?

— Vous ne me permettrez pas d'oublier ça, hein ?

Lobo haussa les épaules. Un geste qui était devenu très familier à Brady.

— Et *vous*, vous vous le permettrez ?

— Non.

Sa voix était vide de toute émotion. Un bref silence régna. Il fut rompu par Lobo.

— Pourquoi ?

— Pourquoi est-ce arrivé ? En partie à cause de vous. De ce que vous représentez. Mais vous avez peut-être raison, admit Brady. Ils se débrouilleront peut-être mieux sans moi.

— C'est ce que vous croyez ? demanda Lobo d'un air détaché. Passez-moi une autre planche.

Brady la lui tendit. Il avait connu des douzaines de tueurs à gages. Ils déferlaient sur les villes en se pavanant, en crânant, avant d'accomplir leur immonde besogne. Mais Lobo était différent. Il ne crânait pas. Il était aussi froid qu'une lame. Et il s'était retourné contre son employeur. Brady aurait dû lui en être reconnaissant mais il avait trop peur pour Velma. Plus encore maintenant que Lobo était de son côté.

À la mi-journée, Brady était épuisé, mais il ne pouvait pas se résoudre à s'arrêter. Pas devant Lobo qui, lui, ne semblait souffrir ni de la chaleur ni du travail. Brady était en nage, baignant littéralement dans son jus, portant planche après planche dans la grange. Même s'il avait accompli quelques menues tâches ces derniers mois au ranch, cela faisait bien longtemps qu'il n'avait pas travaillé à ce rythme. Et son corps n'était pas purgé de l'alcool qu'il avait ingurgité. Son cœur cognait, il avait la nausée… mais il n'abandonnait pas.

À mesure qu'il s'acharnait à suivre la cadence imposée par Lobo, une réelle satisfaction l'envahissait. Il en oubliait même de boire un verre. Peut-être était-il trop épuisé pour s'en soucier ? En tout cas, il tenait à achever cette journée sans se déshonorer, en montrant qu'il pouvait tenir le coup.

À ce moment-là, Velma apparut avec un panier contenant des sandwiches et du café. Elle les avait envoyé chercher pour le déjeuner, mais Lobo avait décliné l'invitation et Brady s'était senti obligé de l'imiter. À présent, il accueillait ce répit avec soulagement. Il remercia Velma, prit un gobelet de café, un sandwich, et sortit manger sous un arbre. Il avait besoin de se reposer, ne serait-ce que quelques minutes, loin du regard perçant de Lobo.

Si ce dernier avait travaillé avec tant d'acharnement, c'était pour éviter de penser au ranch et à ses occupants qui lui avaient fait un accueil si chaleureux au petit déjeuner. Il avait été amusé de constater que Brady se sentait obligé de se montrer à la hauteur.

À présent, ce qu'il avait redouté toute la matinée se produisait : il était seul avec elle.

— Vous n'auriez pas dû apporter ça. Je n'ai pas besoin de grand-chose.

Elle leva les yeux, puis l'examina minutieusement de la tête aux pieds, comme lui, la nuit précédente. Lobo était torse nu. Ce fut son tour de se sentir gêné.

— Vous êtes trop maigre, annonça-t-elle avec un sourire en coin.

Elle se moquait de lui ! Il fronça les sourcils, ce qui en général suffisait à terroriser son interlocuteur.

— Les Blancs mangent trop, gronda-t-il.

— C'est ce que vous avez appris chez les Apaches ? demanda-t-elle en lui tendant du pain frais.

— Entre autres, dit-il sans l'accepter.

— Quoi, par exemple ?

— J'ai appris à scalper.

— Je croyais que les Apaches ne scalpaient pas, dit-elle avec insouciance.

Il la fixa droit dans les yeux. Il savait déjà qu'elle avait plus de cran que la plupart des femmes et même des hommes mais il ne s'attendait quand même pas à cette réponse. Où avait-elle appris ça ? Pour les Blancs, les Indiens se ressemblaient tous.

— Ils ne le font pas… en général. Mais après une grande victoire, ils en prennent parfois un pour remercier le Très Grand au cours d'une cérémonie religieuse. Les Blancs, ajouta-t-il d'un ton sinistre, arrachent bien plus de scalps que les Apaches.

Elle semblait intéressée, pas horrifiée.

— Ils offrent même des récompenses pour les scalps d'Apaches. Mais les chasseurs de scalps se fichent pas mal de prendre celui d'un Apache ou d'un membre d'une autre tribu. Ils scalpent même des Mexicains.

Voilà qu'il devenait un véritable moulin à paroles !

— Combien de temps êtes-vous resté avec eux ? demanda Velma.

Il s'adossa à la stalle et contempla ses mains.

— Longtemps, dit-il finalement.

— Et votre famille ?

Elle ne pouvait s'arrêter, pas maintenant qu'il lui fournissait enfin quelques réponses.

Ses yeux s'assombrirent. Elle comprit qu'il avait décidé d'en rester là.

— Je vais prendre un peu de café.

Il lui tendit son gobelet. Il ne portait pas de gants. Ses mains étaient encore rouges mais plus aussi à vif. Elle en saisit une et tourna la paume vers le haut. Elle était dure et calleuse, mais les doigts étaient longs et parfaitement dessinés. Elle repensa à ses propos sur les scalps, et elle imagina un couteau dans cette main solide. Elle ne comprenait pas pourquoi cette vision ne la dégoûtait pas.

Cette fois-ci il accepta le pain, sans doute parce qu'il ne voulait plus parler.

Il ne s'assit pas, mangeant debout, mâchant chaque bouchée lentement. Elle repensait à ces années vécues parmi les Apaches, qui l'avaient marqué de façon indélébile. Elle le laissa déjeuner sans l'interrompre. Quand il eut fini, il la dévisagea.

— Comment une femme comme vous s'est-elle retrouvée ici ?

Il s'intéressait donc à elle.

— Mon père est mort. Il enseignait dans une école à Boston, moi aussi. Après sa mort… le directeur de l'école n'a pas trouvé correct qu'une enseignante célibataire reste. J'ai été renvoyée.

— Et ?

— J'avais toujours été fascinée par l'Ouest, et j'ai vu une annonce dans un journal.

— Vous avez donc décidé de venir dans l'Ouest sauvage, conclut-il. Parmi les soldats, les Indiens et les tueurs.

— Et les fermiers, les ranchers et les commerçants, précisa-t-elle.

— Pourquoi ne retournez-vous pas chez vous ?

— Où est-ce ?

— Pas ici.

Cette fois-ci, elle se mit en colère.

— J'en ai assez de tous ces gens qui me dictent ce que je devrais faire !

— Tous ces gens ont raison.

— Ils ont tort.

— Vous êtes la femme la plus têtue que j'aie jamais rencontrée.

— On m'a déjà dit ça aussi, le défia-t-elle.

— Et ça ne vous crée pas d'ennuis ?

— Très souvent, fit-elle, avant d'ajouter avec un sourire machiavélique : Mais il arrive toujours quelque chose ou quelqu'un qui arrange tout. Comme vous.

— Cette fois-ci, ça ne suffira pas.

— J'ai Brady.

Il faillit s'étrangler.

— Et Sullivan.

— Un toubib ! ricana-t-il.

— Et Chad, poursuivit-elle d'un ton égal, sachant qu'elle ne faisait que l'irriter davantage.

Au moins il lui parlait, même s'il la prenait à l'évidence pour une demeurée.

Il hocha la tête et détourna les yeux.

— Je dois me remettre au travail. Il faut bien que Newton ait une belle grange toute neuve à brûler.

— Vous ne croyez quand même pas…

— Il m'a demandé de le faire. Il enverra quelqu'un d'autre.

Velma n'avait jamais cru qu'Alex en arriverait là. L'effrayer, oui, mais user vraiment de violence ?

— Est-ce pour cela que vous êtes venu ? demanda-t-elle.

Il lui fit face. Leurs regards se croisèrent, se nouèrent. Et soudain, le monde autour d'eux disparut.

Irrésistiblement attirés, ils firent un pas l'un vers l'autre, à peine conscients de leurs actes. Ils s'immobilisèrent, comme pour mieux rassembler l'énergie qui les possédait et, tout à coup, se jetèrent dans les bras l'un de l'autre.

Jamais ils n'avaient connu cela. Une telle rage, une telle soif... que rien ne semblait pouvoir apaiser.

Il écrasa sa bouche contre la sienne, elle enfouit ses doigts dans son épaisse chevelure pour mieux l'attirer et le retenir. Ses mains calleuses étreignirent le dos de Velma avec démence mais elle ne s'en souciait pas. Ou plutôt si ; elle voulait qu'elles continuent et continuent encore à la pétrir. Elle aurait dû être terrifiée par cette passion qui les saisissait tous deux, elle en était chavirée de bonheur. Jamais elle n'avait connu de brûlure aussi douce, de douleur aussi exquise.

Ils s'embrassaient avec furie, se mélangeant, se cherchant jusqu'à l'agonie. Ils ne pensaient plus, ne comprenaient plus. Ils n'étaient plus que deux plaies d'amour vives et unies. Rien ne comptait plus que de sentir, d'apprendre, de donner, de prendre.

D'aimer.

Aimer. Le mot traversa l'esprit de Velma comme la foudre. Aimer un tueur. Un homme qui n'avait aucun respect pour la vie.

Pourtant, c'était bien de cela qu'il s'agissait : d'amour.

Cette constatation la stupéfia au point qu'elle se raidit soudainement et esquissa un geste de recul. Il la lâcha immédiatement et recula lui aussi, les bras vissés le long du corps, les yeux brillant comme deux joyaux sous le soleil.

— Seigneur, dit-il d'une voix transformée.

Il semblait hébété. Elle savait qu'il devait en être de même pour elle. Ni l'un ni l'autre n'était capable de bouger tandis qu'ils se fixaient intensément, gravant les traits de l'autre dans leur mémoire comme si c'était la dernière fois.

Ils entendirent en même temps les bruits de pas et Brady apparut, les dévisageant alternativement.

Velma ne quittait pas Jess des yeux.

— Vous viendrez dîner avec nous ce soir ?

Le regard figé, il hocha la tête et retourna à la stalle.

Et Velma, s'autorisant pour une fois un sourire de triomphe, partit lui préparer un repas qu'il n'oublierait pas de sitôt.

15

Fidèle à sa parole, Lobo apparut au souper. Tout le monde l'attendait. Il s'installa sous les regards de la petite famille, et se servit en silence : du jambon, des pommes de terre et des petits pois. C'était délicieux, meilleur que tout ce dont il se souvenait.

En fait, il avait une autre raison d'assister à ce repas, mais il préférait la passer sous silence.

Avec Brady, ils avaient décidé de monter la garde dehors, et avaient tiré à pile ou face pour déterminer celui qui prendrait le premier tour. Brady avait perdu et, du coup, Lobo n'avait pu échapper à ce dîner où il devait rester assis en face de Velma.

C'était pire que la torture. Elle ne le quittait pas des yeux.

Demain, se promit-il intérieurement. Oui, demain, il lui expliquerait qu'il n'était qu'un employé, et devait donc prendre ses repas tout seul. Et dès que le ranch serait en sécurité, il partirait. Il s'en irait très loin d'ici. Au Canada, ou même en Alaska où la civilisation n'était pas encore arrivée, et où il faisait assez froid pour calmer cette brûlure qui le dévorait.

— Des cavaliers !

Au cri de Brady, Lobo se leva immédiatement, les yeux posés sur Velma.

— Que personne ne bouge d'ici.

Il n'attendit pas sa réponse. Il avait dénoué la corde de cuir qui maintenait son holster sur sa cuisse pour s'asseoir à table. Il la rattacha rapidement, d'un geste presque caressant.

— Jess...

Velma se tenait devant lui, tendue et inquiète.

— Soyez prudent, murmura-t-elle.

Il eut un sourire froid, si froid qu'elle se pétrifia. Il rejoignit Brady qui arrivait en courant sous la véranda. Les cavaliers n'étaient pas loin derrière lui.

— Une quinzaine à peu près, annonça Brady.

Lobo hocha la tête.

— Vous pourrez utiliser votre arme ?

Brady lui rendit son regard.

— Je ne sais pas.

— Eh bien, on ne va pas tarder à être fixés.

Lobo descendit les trois marches et s'immobilisa, les bras ballants légèrement écartés du corps, les yeux fixés sur la troupe qui approchait. Brady se posta à ses côtés.

C'était le crépuscule. La lune était déjà haute dans le ciel sombre. Lobo attendait patiemment, comme pour accueillir des invités.

Il reconnut un des hommes, qu'il avait déjà aperçu chez Newton. La plupart étaient à l'évidence des tueurs récemment recrutés, les autres des cow-boys du ranch qui cherchaient sans doute à se faire bien voir du patron. Le contremaître n'était pas parmi eux. Ils s'arrêtèrent en le voyant.

— Un peu tard pour une visite, lança-t-il à l'individu qui semblait être le chef.

— J'ai un message pour la dame, fit celui-ci en crachant à terre d'un air méprisant.

Il jeta un regard derrière lui, comme pour s'assurer que ses hommes le suivaient. Ils portaient des torches prêtes à être enflammées.

— Vraiment ? fit Lobo. Eh bien, c'est moi qui prends les messages de la dame, maintenant.

Lobo perçut des murmures à l'arrière de la troupe. Un des cavaliers se porta à hauteur de son chef et lui glissa deux mots à l'oreille. L'homme tressaillit.

— Vous n'êtes pas Lobo ?

— C'est une question ou une constatation ?

— Lobo travaille pour le boss.

— Plus maintenant, dit Lobo avec un sourire méprisant. J'ai démissionné hier soir. Je travaille pour Miss Taylor à présent. Alors, ce message ?

Il avait posé cette dernière question en passant paresseusement la main sur son Colt. L'homme hésitait, pas très rassuré de se trouver en première ligne. Il était rapide mais, face à Lobo, il n'était pas de taille et le savait. Newton ne lui avait pas dit que Lobo avait changé de camp. Il lui avait simplement ordonné de brûler la grange.

Il n'avait pas envie de battre en retraite devant ses hommes, mais la récompense promise ne valait pas un duel avec Lobo. Il essaya de cacher sa peur.

— Ouais, déclara-t-il enfin. M. Newton est prêt à offrir tout ce qu'elle désire à Miss Taylor pour le ranch.

Le sourire de Lobo s'élargit. L'homme n'avait jamais rien vu d'aussi effrayant.

— Rien que ça ? dit Lobo. Et vous êtes venus à quinze pour lui dire ça.

— M. Newton veut qu'elle comprenne qu'il est sérieux, maugréa l'homme.

— Maintenant que vous êtes là, vous ne voudriez pas nous donner un petit coup de main pour finir la grange ? s'enquit Lobo.

Déjà, certains cavaliers à l'arrière battaient en retraite et leur chef s'en rendit compte. Il venait de perdre la face. Il se mit à haïr Lobo.

— Passez-lui le message, c'est tout.

— Je vais le faire, répliqua Lobo. Et faites attention avec ces trucs que vous portez. Quelqu'un pourrait commettre une imprudence.

L'homme fit faire volte-face à sa monture.

— À qui Miss Taylor doit-elle ce passionnant message ?

La voix moqueuse l'arrêta. Il se retourna. Lobo avait changé de position. Ses jambes s'étaient écartées pour lui donner un meilleur équilibre, ses mains flottaient près de sa ceinture.

— Keller, dit l'homme.

— Tu vas pouvoir transmettre un message de ma part à Newton, Keller, puisque tu as l'air si doué pour ça. J'ai travaillé toute la journée sur cette grange. Je serais vraiment navré s'il lui arrivait quoi que ce soit. Ou bien à Miss Taylor, ou à quelqu'un du ranch, ajouta-t-il d'une voix traînante. C'est compris ?

L'homme hocha la tête.

— Assure-toi que Newton comprend, lui aussi. Dis-lui bien que je compte rester ici.

— Vous pourrez pas vous battre contre nous tous.

Lobo contempla les cow-boys qui s'éloignaient déjà.

— Non ?

Le défi était clair.

La main de Keller fila vers son pistolet, mais avant même que ses doigts n'aient atteint son holster, Lobo le tenait en joue, la deuxième main sous le Colt pour assurer un équilibre parfait. Tout cela s'était déroulé à une rapidité hallucinante. Très lentement, Keller tourna ses paumes vers le ciel en signe de reddition. Ébranlé, il attendit quelques secondes avant de faire faire très prudemment demi-tour à son cheval. La petite troupe repartit sur la piste.

Ils n'avaient pas encore disparu que Chad se rua dehors.

— Mille poulets poilus ! J'ai jamais rien vu d'aussi rapide. Tu m'apprendras ?

Velma le suivait.

— Vous m'apprendrez, corrigea-t-elle automatiquement, sans se rendre compte de quoi il parlait.

— Vous m'apprendrez ? insista Chad.

Brady tourna les talons sans un mot, et partit vers la grange.

— On en parlera demain, dit Lobo. Rentre, maintenant.

— Mais…

— Rentre à la maison, Chad, ordonna Lobo d'une voix glaciale.

Décontenancé, comme s'il se sentait trahi, le garçon lui lança un regard désemparé mais obéit.

Soudain, il n'y eut plus que Lobo et Velma, face à face, figés comme des statues.

— Maintenant, vous connaissez mon métier, fit-il. Je terrorise les gens.

— Vous ne me terrorisez pas.

Ce n'était plus tout à fait aussi vrai, et elle vit qu'il sentait l'hésitation qui s'était glissée dans sa voix.

— Pas autant que je devrais, admit-il, exaspéré.

Velma déglutit avec peine.

— Il n'abandonnera pas, n'est-ce pas ?

Pour la première fois, elle doutait. Et cela le rendait furieux alors qu'il aurait dû en être ravi. Mais il savait à présent qu'il aimait sa force, cette inaltérable certitude que tout finissait par s'arranger. Elle semblait capable de toujours extraire le meilleur de chacun. Elle y parvenait même avec lui, bon sang !

Comme douées de leur propre volonté, les mains de Lobo se posèrent sur les épaules de Velma. Elle se détendit, retrouvant sa confiance malgré la scène dont elle venait d'être témoin. Lobo en fut conscient. Une impression de bien-être lui réchauffa le sang et il se sentit plus vivant que jamais. Ce qu'il lisait dans son regard lui procurait une fierté incomparable. Pas parce qu'il était habile avec une arme, ou qu'il venait de sauver la grange, mais parce qu'elle lui faisait confiance, qu'elle l'aimait et s'inquiétait pour lui comme personne avant elle.

Ses mains tremblèrent, il savait que ce moment ne durerait pas. Elle ne voyait en lui que ce qu'elle avait envie de voir. Quand elle découvrirait le reste, cette lumière dans ses yeux s'éteindrait. Comment pouvait-il en être autrement ?

C'était une maîtresse d'école, et il ne savait ni lire, ni écrire.

C'était quelqu'un qui aimait. Il n'avait jamais aimé.

C'était quelqu'un qui soignait, qui sauvait des vies brisées. Il supprimait la vie.

Elle empoignait la vie. Il la fuyait.

Cette dernière constatation l'ébranla. Il ne s'était jamais considéré comme un lâche. Il n'avait peur ni de la mort, ni de la douleur, ni de l'inconfort. Mais, soudain, il réalisait qu'il était terrifié à l'idée de tenir à quelqu'un. Il examina ses mains. Il ne les avait jamais vues trembler ainsi. Comme celles de Brady.

Il voulait fuir. Seigneur ! il voulait fuir, tout comme Brady fuyait ses démons dans l'alcool. Il n'était pas meilleur, ni même plus fort que lui. Car Brady, lui, avait du courage. Il était revenu au ranch après l'incendie. Il avait affronté les conséquences de son acte, et essayé de se racheter.

Alors que lui, Lobo, n'avait qu'une envie : seller son cheval et fuir le plus loin possible.

— Vous étiez sérieux ?

La voix de Velma brisa le cours de ses pensées.

— À quel propos ?

— Quand vous leur avez dit que vous resteriez.

Il grimaça.

— Vous le voulez ?

— Oui.

Elle avait dit ça avec tant de douceur, d'honnêteté, de...

— Vous êtes folle. Je ne vous apporterais que des ennuis.

— Jusqu'à présent, vous nous les avez évités.

— Ça ne durera pas... Velma. Les bonnes gens de Newton ne vont pas apprécier ma présence ici.

Elle sourit.

— J'ai déjà eu l'occasion de les affronter.

Il repensa à Estelle et à Brady, et une lueur passa dans ses yeux. Mais il restait prudent.

— Cette fois-ci, c'est différent. Vous voulez savoir combien de villes on m'a demandé de quitter ?

— Je n'y tiens pas, répliqua-t-elle, malicieuse.

— Et on me demandera de quitter celle-ci.

Elle posa la joue sur sa main droite qui n'avait pas quitté son épaule.

— Ça m'est égal, murmura-t-elle.

Il était stupéfait qu'un geste aussi simple lui fasse autant d'effet.

— Je resterai jusqu'à ce qu'il n'y ait plus de danger, répliqua-t-il sèchement en retirant sa main.

— Et puis ?

— Et puis, il y aura un autre boulot, rétorqua-t-il d'une voix rauque.

Il tourna les talons et s'en fut, sans lui permettre de répondre.

Dans sa chambre, à l'étage, Marisa entendit le retour des cavaliers. La terreur la saisit.

Un peu plus tôt, elle avait surpris une conversation entre son père et ces hommes. Il leur ordonnait d'aller mettre le feu à la grange de Velma. Elle s'était ruée aux écuries : elle devait absolument prévenir son amie. Mais Cady, l'un de leurs plus vieux et plus fidèles employés, se tenait devant la porte et refusa de la laisser entrer.

— Ce sont les ordres de votre père, dit-il à regret. Vous ne devez pas quitter le ranch.

— Cady, supplia-t-elle.

— Je suis désolé, Miss Marisa.

— Miss Newton, fit une voix derrière elle, votre père vous interdit de sortir sans escorte. Il y a trop d'étrangers dans la région.

Marisa se retourna vers Herb Edwards, le contremaître. À présent, elle n'avait plus aucune chance d'attendrir Cady.

— Autrement dit, mon père et vous me retenez prisonnière.

Herb soupira. À l'évidence, les événements prenaient une tournure qui lui déplaisait autant qu'à elle.

— Parlez-en avec lui.

Mais son père avait refusé de la voir. Depuis, en proie à la pire détresse, elle tournait dans sa chambre comme un animal en cage. Une foule de questions l'assaillaient. Pourquoi son père détestait-il autant Gar Morrow ? Où se trouvait Lobo ? Que se passait-il chez Velma ?

Elle se précipita à la fenêtre en entendant les chevaux arriver au galop. Elle vit l'homme qui avait pris la tête de la troupe sauter à terre en lançant ses rênes à un de ses acolytes. Il pénétra dans la maison.

Marisa se glissa hors de sa chambre. La maison était déserte. Elle enleva ses chaussures et descendit l'escalier. La porte du bureau de son père était fermée. Elle s'en approcha. Des éclats de voix lui parvinrent.

— Bon sang, disait son père, personne ne sait donc rien faire correctement ?

— Vous ne m'avez pas engagé pour affronter Lobo.

— Lobo ? rugit son père.

— Il a dit qu'il avait changé de camp, que désormais il restait avec eux.

— Un homme. Un seul homme, et vous étiez vingt !

— Je préfère affronter vingt hommes plutôt que celui-là.

— Débarrassez-vous de lui, ou alors prenez vos affaires et filez.

Il y eut un long silence, puis la voix de l'étranger s'éleva à nouveau :

— Il y a peut-être un moyen. Il y a une colline qui surplombe le ranch. On peut lui tendre une embuscade et...

— Ne m'en parlez pas, dit son père. Faites-le. Je ne veux pas connaître les détails.

— Cela risque de prendre un moment.

— Ça m'est égal. Il m'a trahi. Bon sang, c'est moi qui l'ai fait venir.

Des pas approchèrent de la porte, et Marisa s'enfuit dans l'escalier. Elle atteignit sa chambre sans être remarquée, et réfléchit à ce qu'elle venait d'entendre.

Lobo avait changé de camp. Elle n'arrivait pas à y croire. Aurait-il à son tour succombé devant Velma, comme toute la ville ?

Et il allait être victime d'une embuscade !

Elle devait prévenir Velma. D'une manière ou d'une autre. Et ensuite ?

Soudain, elle se rappela que toute cette histoire avait commencé à cause de Gar Morrow. Et si elle se rendait chez lui, afin de lui demander les raisons de cette querelle ?

Plus elle y réfléchissait, plus l'idée lui semblait bonne. Mais d'abord, elle devait échapper à ses gardiens. Et elle savait très exactement comment elle allait s'y prendre.

16

Le lundi matin, une brume dorée caressait l'horizon. Velma mit le nez à la fenêtre pour chercher la trace d'un nuage dans le ciel. Il n'y en avait pas. La sécheresse continuait, et pourtant elle était contente.

Elle n'aurait pas dû, mais elle se réjouissait : il avait dit qu'il restait.

Pourquoi se sentait-elle aussi en sécurité ? Surtout après la nuit précédente, elle aurait dû avoir peur. Comme les autres. À lui tout seul, il avait fait battre en retraite une quinzaine d'hommes... rien qu'avec quelques mots et un geste. Même l'homme, au bal, n'avait pas été aussi rapide.

Jess était, certes, un homme dangereux. Mais il était surtout un homme très complexe.

Il cherchait tellement à lui donner une image terrible de lui-même : Lobo, l'Apache blanc. Le tueur.

Même si elle se rendait compte qu'il y avait beaucoup de vrai là-dedans, elle devinait l'autre Jess dissimulé sous cette redoutable armure.

Depuis très longtemps, depuis qu'elle s'était occupée de jeunes garçons à l'école de son père, elle avait beaucoup appris, et notamment à reconnaître leurs peurs. Un enfant qui a peur préfère souvent se battre pour le cacher.

Velma avait connu une enfance assez particulière. Sa mère était morte en la mettant au monde. Privée d'affection maternelle, elle avait grandi très vite. Seule fille de l'école, elle devint la compagne de jeu des garçons, puis leur grande sœur. Elle avait beaucoup discuté avec eux avant d'être leur professeur. Là aussi, elle avait beaucoup appris.

Elle avait notamment découvert que donner sa confiance à un « mauvais » garçon était en général payé de retour ; que le besoin de se battre cachait en général la solitude et que presque tous avaient besoin d'amour, même ceux qui prétendaient le contraire. C'était peut-être même ceux-là qui en avaient le plus besoin. Et elle avait appris, tout au long de ces années, à percer les défenses les plus hermétiques.

Du temps. De la patience. De l'amour. Cela avait marché avec Chad, avec Estelle, et même avec Brady.

Jess avait eu plus de temps pour élaborer ses défenses, mais elles commençaient à tomber. Une à une.

À moins qu'il ne soit déjà trop tard ? Une petite voix taraudait son optimisme. Elle en savait toujours si peu sur son compte. Pourquoi avait-il choisi cette vie ? Que ressentait-il quand…

Non, mieux valait ne pas penser à cela.

Encore une semaine, et ce serait la moisson. Il n'y aurait plus d'école – les enfants iraient aider leurs parents aux champs. Elle pourrait enfin passer plus de temps avec lui.

Soudain, elle aperçut l'objet de ses pensées. Il sortait de la grange avec son cheval. Il sauta sur le dos de la bête, à cru, et la lança au galop. C'était un spectacle magnifique que ces deux êtres si harmonieusement unis. Velma sentit son cœur se serrer. Il était comme le vent, et on ne peut capturer le vent. Il s'arrête parfois quelques jours, mais il ne tarde jamais à reprendre sa liberté.

Il s'offrait à l'air frais du matin qui lui fouettait le visage. Il se régalait de la puissance de sa monture qui ne faisait plus qu'un avec lui ; ils se comprenaient et se respectaient mutuellement. Il essayait d'effacer tout le reste de son esprit.

Après le départ des hommes de Newton, Lobo avait pris son tour de garde sur la colline surplombant le ranch, jusqu'à ce que Brady le remplace pour les dernières heures de la nuit. Et ils recommenceraient cette nuit.

Désormais, il était obligé de rester. Il s'était trop engagé. Il ne pouvait plus partir sans les exposer à la rage de Newton.

Non, il ne fallait plus penser à cela. Seuls comptaient les plaisirs que lui offrait cette matinée. Les odeurs, la nature, la vitesse : des choses naturelles et simples.

Il poussa son cheval pendant plusieurs kilomètres avant de l'autoriser enfin à ralentir, savourant la sensation familière de ses muscles frissonnant sous ses cuisses. Généralement il mettait une selle, car elle lui permettait d'emporter ce dont il avait besoin.

Quand il était chez les Apaches...

Il avait connu quelques bons moments chez eux, qui ressemblaient à celui-ci : quand il pouvait voler quelques heures de liberté, et ainsi échapper aux regards soupçonneux. Ils ne lui avaient jamais fait confiance parce qu'il n'avait jamais pris d'épouse apache, ni assisté à leurs cérémonies. Mais il avait prouvé sa valeur de guerrier... dès l'âge de douze ans.

La vieille femme à qui il appartenait était morte. Il en avait été à la fois content et angoissé. Content, parce qu'il la haïssait. Angoissé, car il connaissait le sort qui lui était réservé. Il était trop âgé. Il représentait un danger à présent, et cela faisait longtemps que cette tribu n'avait pas eu un prisonnier à exécuter.

Alors, Petit Chien avait fait la seule chose possible : il avait défié le fils du chef. Dans un combat, la vie était la récompense accordée au vainqueur.

Les Apaches avaient ri. Sano avait treize ans et une bonne tête de plus que le petit esclave blanc. Depuis des années déjà, il recevait l'entraînement des guerriers. Un Apache apprenait à devenir un brave dès son plus jeune âge.

Mais Sano avait relevé le défi. C'était un bon exercice, avait-il dit.

Son arrogance était son point faible et Petit Chien avait appris à discerner les faiblesses. Il avait aussi appris à se servir d'un couteau, à force de dépecer les bêtes pour les repas. Et son désespoir était sa force.

Le combat avait été long. Reliés par une corde nouée à leur poignet, ils avaient reçu chacun un couteau. Petit Chien était rapide – il le fallait pour éviter les coups dont on l'avait toujours abreuvé – et son corps maigre avait été endurci par des années de travail pénible et de très chiches rations de nourriture.

Mais Sano avait l'avantage de la taille et de l'allonge, et Petit Chien ne pouvait se permettre de rester à sa portée. Alors, il plongeait, esquivait autant que la corde le lui permettait, infligeant de petites coupures à son adversaire chaque fois qu'il rompait. Fou de rage, Sano avait fini par oublier toute prudence et s'était jeté sur lui. Petit Chien avait vu l'ouverture. Il lui avait plongé son couteau dans le cœur.

Soudain, il n'y eut plus que le silence. Les cris et les hurlements moqueurs s'étaient tus. Le chef avait contemplé le cadavre de son fils unique en dégainant son propre couteau. Petit Chien avait bien cru sa dernière heure venue. Mais l'Apache lui avait tourné le dos et était parti.

Le statut de Petit Chien changea : il était devenu la propriété du chef. On ne lui confia plus les travaux des femmes. Il s'occupa des chevaux, on lui apprit même à se servir d'un arc, mais on ne le laissa jamais approcher des fusils. Il était toujours surveillé. Ils se méfiaient de lui. Cela dura deux ans, jusqu'à la première attaque des soldats. Il en tua plusieurs. Il le fit pour sauver sa vie et non parce qu'ils étaient les ennemis des Apaches ; mais il venait de franchir un nouveau palier. Les Peaux-Rouges avaient besoin de chaque guerrier, et il reçut enfin un véritable entraînement. Même si on ne lui accordait pas une totale confiance, il n'était plus gardé jour et nuit. En tuant des Blancs, il était devenu apache.

Bien sûr il aurait pu s'enfuir, mais il n'avait nulle part où aller. Aucune famille. Rien. Il ne se sentait ni blanc, ni apache, mais il avait pris l'habitude de vivre parmi eux. Il prit part à plusieurs raids, prenant des esclaves mexicains et les vendant, mais ne violant jamais les femmes. Il testa sa virilité avec une captive qui semblait n'avoir aucune objection. Elle resta tranquille sous lui et, malgré le soulagement physique, il n'éprouva que du dégoût pour lui-même. Il ne recommença jamais.

Le fait de ne pas prendre d'épouse apache le maintenait aussi à l'écart de la tribu. S'il n'avait pas été un guerrier aussi redoutable, Lobo savait qu'on l'aurait tué. Et il avait dû plusieurs fois se battre à mort. On le défiait pour son cheval, pour un Colt qu'il avait trouvé dans un ranch ou pour une femme qui le préférait à un autre, même si Lobo ne lui portait aucun intérêt. Puis, un jour, les soldats étaient revenus. Cette fois-là, ils avaient été trop nombreux...

Il avait alors connu une nouvelle vie, tout aussi vide. Chez les Blancs, on le considérait avec dégoût, méfiance et haine, mais une haine hypocrite.

Jusqu'à ce qu'il la rencontre. Il ferma les yeux. À cette heure-ci, elle devait être partie pour l'école. Cette pensée réveilla le désir d'apprendre à lire et à écrire qui le taraudait depuis quelque temps. Mais il ne lui demanderait rien. Ce serait la pire des humiliations.

La nouvelle fit rapidement le tour de la petite ville.

— Saviez-vous...

— J'en ai entendu parler...

— Un tueur à gages ? Chez Miss Velma ?

— Elle va trop loin, cette fois.

— C'est pas possible, une maîtresse d'école avec un... ?

— C'est encore une de ces rumeurs.

— Non, je l'ai appris par un des hommes de Newton.

— Est-elle folle ? Il paraît qu'il a vécu chez les Apaches.

— Il est plus indien que blanc.

— Newton est fou de rage, à ce qu'on dit.

— Comment est-ce possible ? Miss Velma n'a pas d'argent pour...

— Elle peut offrir autre chose...

— Hummm...

On convoqua une réunion du conseil des citoyens pour le soir même.

Velma ne traîna pas après l'école. À mesure que la journée avançait, elle n'avait plus qu'une idée : rentrer.

Après le départ du dernier enfant, elle ferma vivement la porte en jetant un coup d'œil anxieux vers le cabinet de Sullivan.

Il n'était pas venu la veille. Ce qui signifiait qu'il avait dû avoir une urgence. Mais elle savait qu'il n'abandonnerait pas. Elle sentait les regards furtifs des passants sur elle, et avait remarqué l'attitude méfiante des parents venus chercher leurs enfants à l'école.

Soudain, elle fit la grimace. Sullivan, la mine sombre, se dirigeait vers elle. Il avait visiblement attendu la fin de la classe pour la voir.

— Tu vas bien ? s'inquiéta-t-il immédiatement.

— Bien sûr.

— Mme Corbett a eu son petit hier soir.

— Je m'en doutais. Un garçon ou une fille ?

— Une fille.

— Ils vont bien ?

— Oui. Mais ce n'est pas de ça que je veux te parler...

— Je sais, répondit Velma. Et je n'ai pas changé d'avis.

— Toute la ville est sur des charbons ardents.

— Depuis quand te soucies-tu de ce que disent les gens ? répliqua-t-elle un peu plus sèchement qu'elle ne l'aurait voulu.

— Depuis que je les approuve.

— Sullivan, Jess a aidé Brady toute la journée hier, et des hommes de Newton sont venus au ranch avec l'intention de mettre le feu à la grange. Il les en a empêchés.

— Jess ? répéta Sullivan. Il s'appelle Lobo, Velma. *Lobo*.

— Jess est son vrai nom.
— Jess ? répéta-t-il, incrédule.
— Avant qu'il ne soit capturé par les Apaches.
Surpris, Sullivan haussa les sourcils.
— T'a-t-il dit autre chose ? Son nom de famille ?
Elle secoua la tête.
— Jess ? Que je sois damné !
Velma ne put retenir un sourire de satisfaction : elle était enfin parvenue à le décontenancer.
— Et il n'a rien dit d'autre ? Comme par exemple le nombre d'hommes qu'il a tués ? s'enquit Sullivan d'un ton acide.
— Il m'a demandé si je voulais le savoir.
— Et ?
— Et non. Je me fiche de ce qu'il a fait avant.
Son ami lui lança un regard noir.
— Tu t'en fiches ?
— Si tu avais été enlevé à ta famille dès ton plus jeune âge, si tu avais vécu parmi les Apaches, tu aurais peut-être fait comme lui pour survivre, dit-elle.
— Cela n'excuse pas tout, Velma, et ne justifie pas non plus ce qu'il fait en ce moment.
Elle ne voulait pas céder.
— En général, tu ne juges pas les gens.
— Je me fais du souci pour toi. Et pour les enfants.
— Deux d'entre eux seraient peut-être morts sans lui.
Il poussa un long soupir.
— Je reconnais que ses mobiles m'échappent, Velma, mais les hommes comme lui ne changent pas. Et ils ne vivent pas vieux.
Velma se raidit. À nouveau, la peur qu'elle sentait rôder, depuis qu'elle connaissait la véritable identité de Jess, la saisit. La remarque de Sullivan était fondée, et cela la rendit d'autant plus furieuse.

— Et toi, Sullivan, est-ce que tu vis vraiment ?

Le gris de ses yeux s'assombrit.

— Que veux-tu dire ?

— Je parle de Marisa.

Un muscle frémit sur la joue de Sullivan.

— Et alors ?

— Ce que vous éprouvez l'un pour l'autre est évident, et tu t'empêches de le vivre.

— Je ne vais pas lui imposer la charge d'un invalide.

— Je n'ai jamais connu personne d'aussi valide que toi.

Il fit un effort pour se calmer.

— Tu m'as déjà vu quand j'ai une crise de malaria.

— Tu crois que Marisa est trop fragile ou trop égoïste pour t'aimer pendant tes crises ?

Les yeux de Sullivan étaient presque noirs à présent.

— Marisa est bien plus forte qu'on ne le croit.

— Elle est seulement égoïste, alors ?

— Comment peux-tu dire...

Il s'interrompit, comprenant enfin où elle voulait en venir.

— Je ne lui ferai pas subir ça, conclut-il.

— Et tu dis que je suis têtue... fit Velma d'un air écœuré.

— Tu changes de conversation, comme toujours. Nous parlions de toi.

— Tu parlais de moi. Moi, je veux parler de Marisa.

Soudain, un sourire adoucit le visage de Sullivan.

— Je veux bien t'écouter si tu acceptes d'en faire autant.

Elle le considéra avec méfiance. Le marché n'était pas équitable. Sullivan avait tout à y gagner.

— J'y réfléchirai, si tu veux bien, dit-elle. En attendant, je dois rentrer.

— Tu seras prudente ?

— Très prudente. Et toi, tu iras à la réunion ce soir ?

— Tu es au courant ?

— C'était facile à prévoir.

— En tout cas, une chose est sûre, Velma, depuis ton arrivée, les réunions se sont multipliées dans cette ville.

Elle grimaça un sourire.

— Tu me défendras, comme toujours ?

Il secoua la tête.

— Je n'en...

— Merci, Sullivan, dit-elle en grimpant sur son chariot, ignorant ostensiblement ses réserves. Je savais que je pouvais compter sur toi.

— Je n'ai pas dit...

Mais il s'adressait à un nuage de poussière.

Marisa ne put échapper à la surveillance des hommes de son père qu'en fin d'après-midi. Toute la journée, elle avait traîné autour des écuries mais, à chaque fois, elle était tombée sur ce Keller ou sur un de ces individus patibulaires qui avaient envahi le ranch ces derniers jours.

Il était trop tard pour rencontrer Velma qui devait être rentrée, et elle priait le ciel que Sullivan soit là.

— Arborant son expression la plus innocente, elle se dirigea droit vers Cady qui nettoyait les stalles.

— Miss Marisa, dit-il en touchant respectueusement le bord de son chapeau.

— Bon après-midi, Cady. Il fait un temps merveilleux, n'est-ce pas ? Idéal pour monter.

— Miss Marisa, vous connaissez les ordres de votre père…

— Bien sûr, dit-elle, mais j'espérais que vous accepteriez de venir avec moi. Juste une petite balade.

Il n'avait jamais su lui résister. Marisa éprouva un bref sentiment de culpabilité quand il l'aida à monter en selle.

— Où allons-nous, Miss Marisa ?

— Juste faire un petit tour.

Il parut perplexe, mais pas longtemps, car alors elle lui adressa son plus beau sourire.

La journée était magnifique, le ciel d'un bleu sans nuages resplendissait. La pluie ne venait toujours pas. Tous les ruisseaux étaient asséchés, et les fermes des environs commençaient à souffrir du manque d'eau. Comme Marisa n'y pouvait rien, elle préférait jouir de ces instants de liberté. Après cette petite escapade, elle risquait de ne plus pouvoir sortir avant un bon moment.

À mi-chemin de la ville, comprenant enfin le but de ce « petit tour », Cady commença à protester. Elle lui adressa un regard cajoleur.

— Je dois voir le Dr Barkley.

Aussitôt, il s'inquiéta.

— Vous n'allez pas bien ?

— Une petite migraine, le rassura-t-elle. Il me donnera bien quelque chose.

— Mais votre père…

Marisa poussa sa jument au trot, rendant alors toute conversation impossible. Elle continua ainsi jusqu'au cabinet de Sullivan. Elle glissa de sa selle sans attendre que Cady l'aide.

— J'en ai pour dix minutes, annonça-t-elle en se précipitant dans le cabinet, entrant sans frapper et refermant la porte avant que Cady ne puisse la suivre.

Sullivan leva les yeux de son livre. En la voyant, il parut à la fois inquiet et ravi.

— Quelque chose ne va pas ?

— Rien ne va, dit-elle en venant vers lui, le regard planté dans le sien.

Elle lui tendit une main qu'il garda dans la sienne.

— Qu'y a-t-il ?

Soudain, le doute assaillit Marisa. N'était-elle pas en train de trahir son père ? Bien sûr, il avait tort, mais c'était son père…

— Tout ira bien, murmura Sullivan de sa voix profonde et forte. Quoi que ce soit…

Alors, elle se retrouva dans ses bras. Il l'enlaça tendrement, lui communiquant sa force. Elle resta là, immobile et rassurée. Oui, Sullivan pourrait tout arranger.

Il lui caressa les cheveux d'une main apaisante puis glissa un doigt sous son menton, la forçant gentiment à lever les yeux vers lui.

— Qu'y a-t-il ? répéta-t-il.

— Est-il vrai que… que Lobo s'est rangé aux côtés de Velma ?

— Oui, répondit-il, sombre.

— Pourquoi ?

Il se raidit.

— Je n'en sais rien.

— Je n'arrête pas de penser au jour où je l'ai rencontré. Il était malpoli et même… déplaisant, mais… il n'était pas comme les autres.

— C'est un homme étrange, fit Sullivan. Chad l'adore et même Estelle l'accepte. Mais j'ignore pourquoi il aide Velma, alors qu'il devrait travailler pour votre père. Je ne sais pas non plus pourquoi Velma lui voue une confiance aussi totale.

— Vous ne lui faites pas crédit ? s'enquit Marisa avec douceur.

— Je ne peux pas. Quoi qu'il ait déjà fait pour Velma, cet homme ne lui apportera que des ennuis. C'est une certitude. Elle ne s'en rend pas compte.

Marisa se mordit la lèvre.

— Les hommes de mon père vont lui tendre une embuscade. Je les ai entendus en parler.

Sullivan émit un grognement.

— Velma dit qu'ils ont essayé de brûler sa grange, hier soir. Ça commence, Marisa, et je ne sais pas quoi faire.

— J'ai voulu prévenir Velma, hier, expliqua Marisa. Mais mon père m'avait interdit de sortir. Il me fait garder.

Sullivan serra les dents.

— Comment êtes-vous venue ici ?

— Cady, dit-elle. Il est là, dehors.

Il hocha la tête. Il connaissait l'affection que lui vouait le vieux bonhomme.

— Je ne pensais pas que Papa irait aussi loin, remarqua-t-elle avec tristesse.

Les bras de Sullivan l'enveloppèrent, et elle posa la joue sur son cœur. Oui, ici, elle était à l'abri.

— Si seulement je savais pourquoi, poursuivit-elle. Je pourrais peut-être intervenir.

— Je doute que quiconque puisse rien y changer, marmonna Sullivan.

— Mais savez-vous pourquoi ? Je sais que cette querelle a un rapport avec ma mère, mais c'est tout.

Sullivan resserra son étreinte.

— Il en veut à Gar pour la mort de votre mère, je n'en sais pas plus.

— Que faisons-nous à propos de Velma et... de cet homme ? L'embuscade doit...

Il hésita à peine.

— Nous devons les prévenir.

— Vous croyez qu'il... se vengera sur Papa ?

— Je ne lui dirai pas que votre père est derrière ça. Simplement que j'ai entendu des hommes se vanter de vouloir tuer un célèbre *pistolero*. Ça doit lui arriver souvent. Et, d'après ce qu'on dit de lui, cela devrait lui suffire pour s'en sortir.

Un coup résonna à la porte.

— Miss Marisa !

La voix de Cady était forte et insistante.

— Je dois y aller, murmura Marisa, à regret.

Sullivan la garda contre lui, plongeant son regard dans ses yeux sombres.

— Miss Marisa !

— Je dois y aller, répéta-t-elle. Mais je vais essayer de parler à Gar Morrow. Il y a peut-être un moyen d'arrêter ça.

— Pas si la sécheresse continue et que Gar doive utiliser la rivière de Velma...

— Sullivan ?...

Il perçut la note douce et presque suppliante dans sa voix. Mais il ne voulait pas l'embrasser. Il ne voulait pas être à l'origine d'une situation qu'il ne pourrait plus maîtriser. Il repensa alors à sa conversation avec Velma. Avait-elle raison ? Refusait-il de vivre ?

Il fut incapable de résister davantage. Il posa ses lèvres sur les siennes. La réponse de Marisa fut immédiate et bouleversante. Il goûta sa faim et son innocence. Sa bouche, ses lèvres, son corps... C'était si bon de la sentir contre lui. Il retrouvait des sensations oubliées depuis tant d'années. Depuis la malaria. À présent, une passion féroce le submergeait. Elle n'était que douceur et beauté.

— Miss Marisa !

Les coups ébranlaient la porte. Cady n'allait pas tarder à entrer. À regret, Sullivan abandonna les lèvres de Marisa et recula.

— Vous feriez mieux d'y aller.

Elle se mordait les lèvres comme pour garder encore le goût de son baiser. Ses yeux brillaient comme deux étoiles noires.

— Nous parlerons plus tard, dit-il doucement.

Elle hocha la tête, et se dirigea vers la porte qui s'ouvrit brutalement. Cady apparut et les dévisagea tous deux. En une fraction de seconde, il comprit ce qui se passait entre Miss Marisa et le toubib. Son expression s'adoucit.

— Nous ferions mieux d'y aller, Miss Marisa, dit-il. Votre père va enrager comme un chien.

Marisa hocha lentement la tête, puis se retourna vers Sullivan. Elle discerna quelque chose de nouveau dans son regard. Une promesse... comme s'il acceptait enfin. Une sensation merveilleuse s'empara d'elle, un bonheur qui effaçait les craintes et l'appréhension de ces derniers jours.

— Tout ira bien, affirma Sullivan, je vous le promets.

Elle était incapable de prononcer le moindre mot. D'ailleurs, ils étaient inutiles. Ils se comprenaient. Elle aussi était en train de lui faire une promesse.

Il sourit et, pour Marisa, le monde entier s'illumina.

Puis elle sentit la rude main de Cady sur son épaule, et ils partirent.

Dans la rue, elle vit les regards durs qui la jaugeaient, les visages inconnus, les mains qui ne s'éloignaient jamais de l'étui à pistolet. Alors, seulement, elle retomba dans la réalité.

17

Lobo était le diable. Brady en était de plus en plus convaincu à chaque minute. L'homme le tourmentait volontairement, le défiait sans cesse.

Brady n'avait aucune envie d'être défié. Il ne voulait pas réfléchir. Il refusait de se retrouver avec une arme à la main.

Chaque fois qu'il fermait les yeux, il revoyait le dernier homme qu'il avait tué. Il ne voulait plus tuer.

Mais chaque regard de Lobo était une accusation.

Au nom du Ciel, pourquoi s'en souciait-il ?

Il méprisait cet homme, il méprisait la confiance que Velma lui accordait, l'adoration que lui vouait Chad et, par-dessus tout, le fait qu'Estelle l'aimait bien.

— Bon sang ! jura-t-il à haute voix.

Lobo lui lança un regard ironique, comme s'il avait deviné les raisons de ce juron. C'était déconcertant. Brady cogna sur son clou si fort que la planche éclata. Il poussa une exclamation de dégoût.

— Vous voulez arrêter ?

Bon Dieu, oui !

— Bon Dieu, non ! dit-il.

Ils reprirent leur travail en silence. Lobo était surpris d'éprouver une telle satisfaction. Pour la première fois de sa vie il construisait quelque chose, et cela lui plaisait.

Chez les Indiens, il avait toujours vécu dans des tipis et ne possédait rien d'autre que ce qu'il transportait sur son cheval. Chez les Blancs, il n'avait guère plus de biens : une chambre vide, à Denver, qui contenait quelques vêtements de rechange, une selle, des sacoches, un fusil, un pistolet. Plus de l'argent dans une banque, et un cheval.

Le résultat de sa vie.

Mais à présent, il était fier de ce qu'il aidait à bâtir. Avec Brady, ils venaient de terminer l'entrée de la grange, les stalles et le grenier à foin. Il ne restait plus qu'à poser les portes et à passer un coup de peinture.

Il n'avait cessé d'asticoter l'ancien shérif. S'il y avait une chose que Lobo connaissait bien, c'était les hommes. Et il sentait la fierté de Thomas renaître, à force de l'aiguillonner. L'homme n'était pas encore au bout du rouleau.

Lobo se fichait pas mal de Brady Thomas. Il n'aimait pas les policiers, et encore moins les ivrognes ou les faibles. En fait, il n'aimait pas grand monde. Brady Thomas pouvait très bien se noyer dans une baignoire de whisky, si cela lui chantait.

Mais Lobo s'était engagé vis-à-vis de ceux qui vivaient dans ce ranch, et il ne resterait pas ici très longtemps. D'une façon ou d'une autre, il devait se débrouiller pour que Brady Thomas soit en mesure de protéger Velma et les enfants. Le plus tôt serait le mieux.

Il eut un sourire goguenard. Lobo sauvant une âme perdue. Quelle blague !

Pourtant, il continuait à pousser Thomas, observant son visage de plus en plus congestionné. Malgré l'épuisement et la colère, le bonhomme ne lâchait pas.

À mesure que l'après-midi avançait, Lobo devenait nerveux. Velma n'allait plus tarder. Il ne cessait de jeter des regards vers la piste, espérant entendre les roues du chariot. Il n'aimait pas cette émotion qui faisait trembler ses mains. Il n'aimait pas cette boule de chaleur qui lui brûlait le ventre chaque fois qu'il pensait à elle. Bon sang, pourquoi ne partait-il pas ? Il regarda Thomas : il n'était pas prêt. Il ne le serait peut-être jamais.

Quelques jours. Ce n'était pas grand-chose.

C'est trop, l'avertissait une voix en lui. *Fiche le camp d'ici tant que tu le peux. Pars vite si tu veux survivre.*

Il entendit le chariot et se tourna vers la piste. Quelques mèches s'échappaient de son chignon et flottaient autour de son visage. Elle avait, comme d'habitude, le dos droit et fier… et elle le regardait.

À cette distance, il ne distinguait pas ses yeux, mais à la façon dont son corps avait subitement pivoté, il sut qu'elle éprouvait la même excitation que lui. Délibérément, il lui tourna le dos et s'adressa à Thomas.

— Je prendrai la première garde, ce soir.

Thomas hocha brièvement la tête. Il n'avait pas manqué de remarquer leur échange, et il comprenait que Lobo voulait éviter le repas, pour ne pas se retrouver avec Velma. Et il l'approuvait. Il n'en restait pas moins stupéfait d'être, pour une fois, d'accord avec lui.

Velma les rejoignit. Lobo lui lança un regard méfiant. Le bleu de ses yeux était plus pur et plus profond encore que dans son souvenir ; elle semblait espérer quelque chose.

— Jess, dit-elle, c'est incroyable tout ce travail que vous avez fait !

— Lobo, la corrigea-t-il.

Chad apparut. Il ne les avait pratiquement pas quittés de la journée, leur apportant des clous, des planches et tout ce qu'il pouvait malgré sa main blessée. Il avait disparu peu avant le retour de Velma, et Lobo en avait été soulagé. L'admiration insistante du gamin le mettait mal à l'aise.

Il se frotta les mains sur son pantalon, se forçant à ne plus dévisager Velma.

— Vous dînerez avec nous, bien sûr ? demanda-t-elle.

Sa main droite jouait nerveusement avec le tissu de sa robe. Ce geste le surprit et l'émut. En général, elle était plus sûre d'elle.

Il secoua la tête.

— Je prends le premier tour de garde.

— Mais... vous devez manger.

— J'ai de la viande séchée. Ça me suffit.

Les yeux de Velma s'assombrirent et il eut envie de revenir sur sa décision. Mais ce serait pire encore.

— Où... serez-vous ?

— Sur la colline là-bas, au nord.

— Je vous apporterai quelque chose plus tard.

— Non, fit-il platement.

— Je lui prendrai de quoi manger quand je le relèverai.

Son intervention valut à Brady un méchant regard de la part de Velma.

Elle voulut protester mais Lobo ne lui en laissa pas le temps. Il rejoignit son cheval et sauta en selle. Il vérifia son fusil, et partit sans un regard.

Velma, déçue mais non surprise, le suivit des yeux. Patience, se rappela-t-elle. Patience.

La réunion du conseil municipal démarra en trombe. À peine la prière habituelle se terminait-elle, que le chaos se déchaîna.

— Miss Velma a embauché un tueur à gages ? Ce n'est pas possible !

— C'est impensable. Miss Velma ne ferait pas de mal à une mouche.

Sullivan identifia la voix de Bob MacIntyre.

— C'est quelqu'un qui y était qui me l'a dit.

— Ça m'est égal. J'y crois pas.

— La ville entière est devenue folle. Plus rien ne m'étonne.

— Ma femme n'ose plus traverser la rue.

— Mais Miss Velma et un tueur ?

— Pour sûr que c'est pas bien, si vous voulez bien m'pardonner, m'dame. Une maîtresse d'école ! Quelle honte ! Ça oui !

— C'est vrai que Miss Velma n'a jamais été une institutrice ordinaire.

— Mais que devrions-nous faire ?

— Lui dire qu'on veut pas d'lui ici.

— Jusqu'ici, ça a jamais servi à rien. Regardez Estelle.

— On pourrait la renvoyer.

— Et après ? Qu'est-ce qu'on f'rait ? On a déjà eu assez de mal à trouver une institutrice. Et on peut dire ce qu'on veut sur Miss Velma, mais elle connaît son travail.

— Mais quel exemple…

— Ah, vous savez tous que Miss Velma est une dame.

— Mais quand même ! Elle et un tueur…

— Ils ne sont pas seuls. Ils ont des chaperons.

— Vous rigolez ! Une souillon et un ivrogne. C'est ça vos chaperons ?

— On va être la risée du pays.

— Oui, eh ben, j'ai pas envie de me r'mettre à lui chercher un remplaçant. Vous vous souv'nez d'Abner ? Il a pris notre argent, et il est parti chercher de l'or.

— Et ce Sam Morgan. Mon gamin de six ans en savait plus que lui.

— Personne ne lui reproche rien dans son travail. C'est les gens qu'elle fréquente.

Adossé au mur, Sullivan les écoutait. Cette fois-ci, il n'était pas certain de vouloir les raisonner. Leur indignation pouvait très bien réussir là où il avait échoué.

Il était fou d'inquiétude pour Velma. Il avait vu l'expression de son visage quand elle avait prononcé le nom de Jess. Velma, il le craignait, était en train de tomber amoureuse. Et cet homme allait lui briser le cœur.

Mais Sullivan avait pour principe de ne jamais se mêler de la vie des autres, tout comme il détestait qu'on se mêle de la sienne. Pourtant, Velma ne semblait pas vouloir comprendre pleinement ce qu'était Lobo : un tueur. Et que pour accomplir un tel métier, il fallait une dureté dont elle n'avait pas idée.

Il prit soudain conscience que la discussion s'échauffait sérieusement.

— On devrait lui dire : c'est le tueur, ou son travail.

— Tu connais déjà sa réponse, répondit M. MacIntyre. Et moi, en tout cas, je ne veux pas la perdre.

— De toute manière, remarqua un autre, il lui restera le ranch.

— Mais elle ne pourra pas le garder sans...

Le maire, August Stillwater, intervint :

— Je crois que nous allons un peu trop vite en besogne. Nous ne savons même pas si c'est vrai. Pourquoi ne pas lui envoyer une délégation et voir ce qu'elle nous dit ?

— Mais il faudrait qu'on se prépare. Juste au cas où...

Le maire se tourna vers celui qui venait de prendre la parole.

— Tu oublies comment elle s'est occupée de ton Jonathan, quand ta femme était malade. Et toi, ton Ethan devenait enragé, tu n'arrivais plus à rien avec lui, et c'est elle qui l'a calmé. Doc, conclut-il en se tournant vers Sullivan, vous ne savez rien sur cette histoire ?

Sullivan haussa les épaules.

— Seulement que Lobo l'a aidée à plusieurs reprises. Elle ne savait pas qu'il s'agissait de lui, jusqu'à samedi soir.

— Pourquoi croyez-vous qu'il fasse ça ? fit une voix à l'autre bout de la salle.

Sullivan prit un air pensif. Bonne question.

— Vous connaissez tous Velma. Elle est spéciale.

Quelques têtes approuvèrent, bientôt suivies par d'autres.

— Vous croyez qu'il lui fera du mal ? s'enquit M. MacIntyre.

Non, pas comme ils se l'imaginaient. Sullivan hésita. Étrangement, il en était absolument sûr. Il secoua la tête.

— Alors pourquoi... ?

Il les dévisagea l'un après l'autre.

— Pourquoi êtes-vous allés l'aider à reconstruire sa grange malgré Alex ?

— Mais nous ne sommes pas des tueurs.

— Vous êtes des êtres humains, dit-il en haussant les épaules. J'imagine que lui aussi.

— Mais il a vécu chez les Apaches. Les Indiens n'ont pas de sentiments. Ce doit être un piège.

Soudain, Sullivan se surprit à défendre Lobo.

— Il a des sentiments comme n'importe lequel d'entre nous.

— Ce n'est pas ce que j'ai entendu dire.

— On a tous entendu beaucoup de choses. Vous croyez toujours tout ce qu'on raconte ?

— Euh... pas toujours, mais il n'empêche, c'est pas correct. Un homme comme lui avec Velma !

— L'un d'entre vous veut prendre sa place ? les défia Sullivan.

Des murmures retentirent, les regards l'évitèrent.

— Je parlerai à Velma, annonça finalement Sullivan, je lui ferai part de votre inquiétude. Et je garderai un œil sur le ranch.

Le maire approuva vigoureusement. Il détestait les dissensions et, à présent, la ville entière était en proie à la discorde. La moindre trêve serait la bienvenue.

— Ça servira à rien, grommela quelqu'un derrière.

Mais tous les autres hochaient la tête.

Sullivan se demanda pourquoi, au nom du Ciel, il venait d'agir ainsi.

Une heure plus tard, il se le demandait toujours. Tandis qu'il passait au galop la barrière du ranch, il jeta un coup d'œil vers la grange silencieuse. La maison était encore éclairée.

La porte s'ouvrit au moment où il allait frapper.

— Comment s'est passée la réunion ? demanda-t-elle, un peu moqueuse.

Il haussa les épaules.

— Ils se passeraient bien de la présence de Lobo.

— Son nom est Jess.

— Quel que soit son nom, ils trouvent qu'une maîtresse d'école ne doit pas abriter un tueur sous son toit.

— Mais ils ne m'ont pas renvoyée ? devina-t-elle.

— Je leur ai promis que je te ferais part de leur inquiétude.

Il avait annoncé cela avec une telle solennité qu'elle ne put s'empêcher de pouffer, et Sullivan ne tarda pas à sourire à son tour. C'était une incorrigible optimiste.

— J'en prends bonne note.

Sullivan perdit toute gaieté.

— C'est sérieux, cette fois, Velma. Ils sont inquiets, et pas seulement à cause des convenances. Ils ont peur pour leur ville.

— Je sais, dit-elle. Moi aussi.

— Sa présence n'arrange rien, tu sais.

— Il a été très bon. Je ne lui demanderai pas de partir.

Sulliva soupira.

— Je m'y attendais. Où est-il, au fait ?

— Sur la colline qui domine la piste. Brady et lui montent la garde, au cas où Alex enverrait encore ses hommes.

Sullivan hocha la tête.

— Tu vas bien ?

Elle acquiesça.

— Bonne nuit, alors.

— Tu ne veux pas prendre un café ?

— Non. Je voulais simplement... exprimer quelques inquiétudes, conclut-il, sarcastique. Merci.

Il la salua d'un signe de tête et partit. Il lui restait encore une chose à faire.

Lobo n'avait pas manqué l'arrivée du toubib. Sullivan ne l'avait pas vu, et il n'avait rien fait pour attirer son attention.

Cette visite tardive lui faisait mal. Le docteur était tout ce qu'il fallait à Velma. Un homme éduqué. Un vrai gentleman. Tout ce qu'il n'était pas.

Peu importe, se dit-il. *D'ici peu, je serai parti.*

Il s'était installé à l'endroit d'où il avait aperçu Velma la première fois. Il pouvait la distinguer à présent.

Le toubib la quittait. Il n'était pas resté bien longtemps. Cette constatation lui procurait un plaisir surprenant. Une deuxième surprise l'attendait. Le cavalier ne s'engagea pas sur la piste de la ville, mais commença à gravir la colline. Lobo se leva paresseusement en comprenant qu'il le cherchait.

Sullivan repéra enfin Lobo et le rejoignit. Il fut tenté de rester en selle d'où il pourrait le toiser de haut, mais préféra finalement l'affronter d'égal à égal.

— Cherchez quelque chose ? demanda Lobo.

— Vous croyez vraiment que Newton va attaquer le ranch ?

— Tôt ou tard.

— Et vous allez rester jusqu'à ce qu'il se décide ?

— Ça vous dérange ?

Sullivan soutint son regard.

— Peut-être bien.

— C'est pour cela que vous êtes ici ?

— Non. Je suis venu vous avertir.

Cette phrase eut enfin le mérite de provoquer une réaction : un haussement de sourcils.

— M'avertir ? De quoi ?

— De quelque chose que j'ai entendu dire en ville. On veut vous tendre une embuscade. J'estime que vous devez le savoir.

— Qui ?

— Je ne sais pas.

— Vous ne le savez pas ou vous ne voulez pas me le dire ?

— Quelle différence ?

— Aucune, fit Lobo. Vous ne pouvez pas m'en dire plus, bien sûr ?

Sullivan secoua la tête. Il se retourna pour remonter en selle. Il avait accompli ce pour quoi il était venu.

— Vous n'allez pas me demander de partir ?

Cette question surprit Sullivan, qui fit volte-face.

— Ça ne servirait à rien, n'est-ce pas ?

— Non.

Le regard de Sullivan se ficha dans les yeux glacés.

— Je ne dirais pas que votre présence ici me plaît. Vous n'êtes qu'une source d'ennuis pour Velma.

— Elle en aura encore plus si je pars.

— Je me le demande, rétorqua Sullivan.

Lobo se raidit, passant son poids d'un pied sur l'autre.

— Que voulez-vous dire ?

— Velma ne voit pas la vie comme la plupart des gens. Quand elle vous regarde, elle ne voit pas un tueur, elle voit l'homme qui a sauvé Sallie Sue, un héros. Lequel êtes-vous, Lobo ?

Quelque chose comme de l'angoisse passa fugitivement dans les yeux de Lobo. Puis il tourna les talons.

— Merci, Doc, pour l'avertissement.

L'entrevue était terminée, comprit Sullivan. Il monta en selle, se demandant à quel avertissement Lobo faisait référence.

18

Jess s'était mis au travail très tôt le lendemain matin. Il ne dormait donc jamais, n'était jamais fatigué ? se demanda Velma.

La grange terminée, il renforçait le corral ; ses gestes étaient rapides et précis. Il était doué pour tout !

Elle se régalait de le voir. Ses cheveux brillaient comme de l'or sous le soleil, sa peau avait des reflets de bronze. Il se déplaçait avec une grâce, une souplesse incomparables. Les muscles de ses épaules roulaient sous la fine chemise de coton. Comme d'habitude, il en avait relevé les manches et portait des gants. Cette tenue le rendait irrésistiblement attirant...

Le feu aux joues, Velma se gronda : ses pensées prenaient un tour vraiment indécent. Elle s'était parfois demandé comment quelqu'un comme lui pouvait s'intéresser à une vieille fille, maîtresse d'école de surcroît. Pourtant, l'attirance réciproque était indéniable. Elle avait senti son désir quand il l'avait embrassée. Elle ignorait pourquoi il n'avait pas été plus loin. Elle aurait dû lui en être reconnaissante, mais ce n'était pas le cas.

Elle n'avait cessé de penser à lui depuis leur première rencontre. Elle n'avait jamais connu l'amour qui unissait un homme et une femme, et elle était trop romantique pour le laisser échapper maintenant que ses ailes la frôlaient.

Elle s'habilla rapidement. Elle devait trouver un moyen de passer un moment seule avec lui. Et si elle arrêtait les cours de bonne heure, aujourd'hui ?

Velma ne fut pas surprise de ne pas le voir au petit déjeuner. Chad partit le chercher mais revint tout penaud, annonçant que Jess ne désirait qu'un peu de pain et de beurre. À l'étonnement général, Estelle annonça qu'elle les lui apporterait. Brady garda les yeux baissés sur son assiette, et ses mâchoires se crispèrent.

Elle aurait bien voulu y aller elle-même, mais l'offre stupéfiante d'Estelle lui faisait trop plaisir. Deux semaines plus tôt, la jeune fille n'aurait même pas songé à se porter volontaire, bien au contraire. Elle se serait plutôt cachée au fond de sa chambre. Velma étudia Estelle avec plus d'attention, et remarqua quelques changements : les fins cheveux blonds étaient soigneusement brossés ; elle n'avait plus cet air effarouché, blessé.

Velma vit que Brady avait, lui aussi, remarqué la différence. Soudain, il se fit protecteur.

— Je vous accompagne, annonça-t-il.

Estelle sourit timidement et hocha la tête.

Tiens, tiens, se dit Velma, la présence de Jess provoque d'étranges bouleversements dans notre petite communauté. Elle se demanda s'il s'en rendait compte. Brady n'avait pas bu une goutte depuis qu'il avait ramené Jupiter. Il avait déjà bien meilleure mine, et son pas était plus assuré. Estelle était presque jolie, et sa cuisine s'était nettement améliorée. Chad manifestait une curiosité et une envie de vivre débordantes et toutes nouvelles. Sallie Sue adorait le nouveau membre de leur famille. Les jumeaux étaient les moins affectés : ils s'étaient toujours suffi l'un à l'autre. Mais eux aussi guettaient l'approbation de l'étranger.

Non, se dit-elle, Jess n'avait aucune idée de ce qu'il avait accompli en quelques jours, et elle en éprouva une profonde tristesse.

Quand elle grimpa à bord du chariot avec les jumeaux, Velma eut la surprise de le voir sauter sur son cheval pie.

— Je vais en ville avec vous, annonça-t-il sèchement. J'ai des courses à faire.

Elle croisa son regard, plus indéchiffrable que jamais.

— Je pars devant, poursuivit-il, je vous retrouverai de l'autre côté de la colline.

En fait, elle ne le retrouva pas. De temps à autre, elle l'apercevait zigzaguant de part et d'autre de la piste qu'il n'emprunta pas une seule fois, comme s'il ne voulait pas être repéré. Plus que jamais, il semblait sur ses gardes. Elle se demanda ce qu'il allait chercher en ville. Avait-il seulement de l'argent ? Il n'en avait pas l'air. Elle ne lui connaissait que deux chemises, qu'il gardait néanmoins scrupuleusement propres. Ses seuls biens de valeur étaient son cheval, son fusil et son pistolet.

Elle lui devait ses gages, mais elle avait l'impression qu'il aurait été vexé si elle lui avait proposé de le payer.

Il disparut aux abords de la ville. À l'évidence, il ne tenait pas à être aperçu en sa compagnie.

Elle ne le revit plus. Comme elle l'avait décidé, elle ferma l'école de bonne heure, expliquant aux enfants qu'elle leur laissait du temps pour réviser leur examen du vendredi.

Le soleil était toujours haut dans le ciel quand elle atteignit le ranch. Jess et Brady creusaient des trous à l'extérieur de la barrière qui entourait la maison et le jardin. Elle se demanda à quoi cela pouvait bien servir. Jess, tout à sa tâche, ne se retourna pas en entendant le chariot.

Curieuse, elle laissa l'attelage aux bons soins des jumeaux et rejoignit les deux hommes. Elle remarqua le paquet qu'ils déposaient prudemment dans un des trous.

Jess se tourna enfin vers elle, la mesurant du regard.

— Les enfants ne doivent plus jouer à l'extérieur de cette barrière.

— Mais… ?

— De la dynamite, annonça-t-il froidement.

— De la dynamite ?

— Brady, Chad et moi, on gardera un œil sur les plus jeunes, dit-il en désignant un bout de chiffon rouge planté dans le sol à quelques mètres de là. Sous chaque bout de tissu, il y a de la dynamite.

— Mais…

— Vous voulez rester ? Il n'y a qu'un moyen. Vous battre. Êtes-vous prête à le faire ?

Elle consulta Brady. Il faisait grise mine.

— Il a raison, Velma. Les hommes d'Alex reviendront, et cette fois-ci ils seront prêts.

Velma en eut la nausée. Elle n'avait jamais cru que cela irait si loin. Désirait-elle que des hommes meurent pour un bout de terrain ? Même pour celui-ci ? Même pour sa maison ?

— Si tout se déroule comme prévu, personne ne sera blessé. Les explosions devraient leur flanquer une sacrée frousse, admit Brady à regret mais avec une réelle admiration. La dynamite… poursuivit-il en se tournant vers son compagnon, il la fera sauter avec son fusil. Voilà l'explication des bouts de tissu.

— Mais s'ils viennent la nuit ?

Jess haussa les épaules.

— J'ai placé chaque paquet de dynamite à un certain angle des piquets de la barrière. Je devrais être capable de les toucher à la lueur de la lune. Ça me prendra peut-être un coup ou deux de plus...

Velma le dévisagea. Il n'y avait aucune fierté dans cette affirmation, aucune arrogance. Pour lui c'était un fait, même si elle avait peine à imaginer cela possible. Elle lança un coup d'œil à Brady. Visiblement, lui aussi le croyait capable d'un tel exploit.

— Et si quelqu'un marche...

Lobo secoua la tête.

— Il en faut plus que ça : un coup de feu, ou à la rigueur la roue d'un chariot. Mais peu importe, je veux que les gosses restent à l'écart.

Elle hocha la tête.

— Vous avez bientôt fini ?

— Encore deux trous. Puis j'irai jeter un coup d'œil à la rivière, pour voir si on peut amener l'eau jusqu'au jardin. Elle n'est pas toute proche, mais les plants sont pratiquement morts et ça vaut la peine d'essayer.

Ne se reposait-il donc jamais ? se demanda une nouvelle fois Velma. Il avait terminé la grange, renforcé le corral, planté sa dynamite. Soudain, une idée lui traversa l'esprit.

— J'irai avec vous à la rivière, annonça-t-elle. Je connais un endroit où on pourrait creuser un canal.

Il eut l'air dubitatif.

— Je reviens dans une minute. Brady, vous pouvez me seller la jument ?

Brady la considéra d'un œil soupçonneux.

— Je peux y aller.

— Non, j'ai besoin de respirer un peu, fit-elle avec son sourire le plus implorant.

Elle avait besoin de respirer. Brady le savait. Entre l'école, le ranch et sa « famille », elle n'avait jamais une seconde à elle. Il lui en faisait assez souvent la remarque pour ne pas lui refuser maintenant ces quelques instants de répit qu'elle lui demandait. Mais il répugnait à les laisser seuls ensemble.

Velma n'attendit pas sa réponse. Elle se rua dans la maison pour changer de tenue, enfilant une jupe de cheval et des bottes. Elle n'était pas très bonne cavalière. Brady avait bien essayé de lui apprendre à monter, mais elle n'était pas douée. Elle allait probablement être ridicule, mais s'en fichait éperdument. Quelques instants seule avec Jess... Cela valait bien de sacrifier sa fierté.

Elle natta rapidement ses cheveux en une longue tresse avant de s'arrêter à la cuisine pour mettre du pain frais, du fromage et une gourde d'eau dans un sac.

Dehors, Jess l'attendait, la mine impatiente et sombre. Mais la jument était sellée. Après une brève hésitation, il vint jusqu'à elle et lui offrit ses mains en coupe pour l'aider à monter.

Velma posa la main sur son épaule. En sentant les muscles sous sa chemise, la chaleur de sa peau à travers l'étoffe, elle fut incapable du moindre geste pendant quelques secondes, se refusant à rompre ce contact. Mais elle finit par lever le pied gauche pour le poser dans ses mains. Il l'expédia sur sa selle comme si elle n'avait pas été plus lourde qu'une plume.

Heureusement, Betsy, la vieille jument de Jake, était paisible et facile à manœuvrer. Se redressant de son mieux, serrant les rênes et son sac, elle lança

Betsy dans un trot dandinant sur le chemin qui menait à la rivière.

C'était un ancien sentier de bétail, datant de l'époque où Jake conduisait son troupeau à la rivière, le même qu'utilisait Gar quand sa source s'asséchait. Le cours d'eau ne se trouvait qu'à quatre cents mètres.

Ils chevauchaient en silence. Le cheval pie de Jess dansait, agacé sans doute par cette allure trop lente pour lui, et son maître devait sans cesse le contrôler. Derrière, Velma se sentait d'une maladresse navrante, mais rien ne pouvait dissiper son plaisir d'être avec lui.

Quand ils atteignirent la rivière, elle obliqua vers le nord, lui montrant l'endroit où Jake amenait son troupeau. Un peu plus en amont, un bouquet de peupliers garnissait la rive.

Jess s'arrêta parmi les arbres et étudia le terrain. Jusqu'au ranch, il descendait en pente douce.

— Jamais d'inondation ? demanda-t-il.

— Pas depuis que je suis ici, répondit-elle. Mais je sais qu'il y a eu une crue désastreuse il y a environ huit ans.

— La rivière coule vers le sud, dit-il. Si nous creusons un canal ici, il faudra construire un barrage un peu plus bas pour envoyer l'eau jusqu'au jardin.

— Mais Alex n'aura plus d'eau !

Il esquissa un mince sourire.

— Exactement.

— À quoi pensez-vous ?

— Nous allons peut-être résoudre deux problèmes d'un coup.

Elle le dévisagea. Soudain, il semblait excité.

— Je ne comprends pas.

— C'est votre terre. Vous pouvez en faire ce que vous voulez ?

— Je... je suppose.

— Un barrage nous permettrait d'irriguer votre potager... et de disposer d'un outil de pression.

Velma ne manqua pas de remarquer le « nous ». Elle en ressentit un plaisir incomparable.

— Alex va être furieux.

Jess haussa les épaules.

— Il l'est déjà.

— Mais pouvons-nous le faire ? Nous ne sommes pas nombreux.

Il examina la rivière. Elle était très basse, n'occupant que le tiers de son lit.

— Je ne sais pas. On pourrait couper certains de ces arbres de façon à ce qu'ils tombent dans le lit de la rivière et on boucherait les trous avec de l'herbe et de la boue. On pourrait même utiliser la dynamite qui nous reste.

La dynamite.

— Où l'avez-vous eue ?

— Au magasin général, en ville. Ils fournissent les mines de l'Ouest.

— Mais l'argent...

Il pinça les lèvres.

— Je ne vous ai rien demandé, non ?

— Mais...

Les lèvres de Jess s'étirèrent. Oui, se dit Velma, c'était bien un sourire.

— Remerciez Newton. Il m'a dédommagé de mes frais.

— Mais... répéta-t-elle pour la troisième fois.

— Écoutez, la coupa-t-il. Il m'a menti. Je n'accepte les mensonges de personne. Je le lui avais dit depuis le début. Il avait donc une dette envers moi. D'ailleurs, il en a une envers vous, avec tout ce qu'il vous fait.

Velma l'étudia attentivement. Son visage de bronze était impassible et dur, comme celui d'une statue. Seuls ses yeux vivaient, scrutateurs, patients. Elle frissonna. Elle eut soudain l'impression de passer un test.

Elle hocha lentement la tête. Il avait sans doute raison. Alex était déjà leur ennemi. Un barrage lui ferait peut-être entendre raison, et comprendre qu'ils devaient tous partager la rivière.

— Je veux vous montrer quelque chose, annonça-t-elle subitement.

Sans lui laisser le temps de réagir, elle fit avancer Betsy à travers les arbres, jusqu'à un peuplier géant dont les branches immenses s'arquaient au-dessus de la rivière. Ses racines labouraient le sol. Sans attendre ni se retourner, Velma glissa de sa selle et s'assit sur une souche qui formait un banc parfait. Alors seulement, elle osa lever les yeux vers Jess.

Il était toujours sur son cheval, les mains posées sur la crinière. L'homme et l'animal étaient parfaitement immobiles. L'air se chargea d'une soudaine tension. Lobo lança sa jambe droite par-dessus la selle et sauta à terre, fixant intensément Velma. Il vint vers elle avec la grâce dangereuse d'un couguar. Elle se demanda si elle était vraiment prête à faire face aux conséquences du piège qu'elle venait de lui tendre.

Elle ne pouvait pas bouger, ne le voulait pas. Le souffle oppressé, elle lâcha le sac qu'elle tenait toujours et cacha ses mains derrière son dos pour dissimuler leur tremblement. Elle n'avait pas peur de *lui*. Mais elle avait peur de la violence de ses propres émotions, de ses sentiments. En même temps, elle chérissait cette peur, car jamais elle ne s'était sentie aussi vivante, aussi vibrante, aussi… sauvage.

Ses joues lui brûlaient. Elle savait que ses yeux disaient des choses que sa bouche était incapable de prononcer. D'ailleurs, elle n'en avait pas besoin. Depuis le début, ils se comprenaient sans parler, ils se connaissaient d'une façon étrange et intime. Il la désirait. Elle le désirait. Leurs corps étaient attirés l'un par l'autre sans qu'aucune force au monde ne puisse les retenir.

Il parla enfin, d'une voix rauque.

— Vous savez ce que vous êtes en train de faire ?

— Oui, dit-elle simplement.

— Je ne resterai pas.

— Je sais.

— Vraiment ? Vous en êtes bien sûre ?

Elle lui prit la main, la débarrassant doucement de son gant. Ses doigts jouèrent sur sa peau. Il trembla légèrement quand elle se mit à dessiner des cercles sur sa paume. Des traces de brûlure y subsistaient encore. Elle porta la main à ses lèvres avant de la poser contre sa joue. Elle leva les yeux vers lui.

— Oui, dit-elle.

— Vous êtes *loca*.

Ces mots se perdirent dans le baiser qu'il lui donna.

Ce fut une explosion. Toutes les défenses de Velma s'évanouirent. Elle lui rendit son étreinte avec la même passion, la même rage, la même soif de découverte. Elle avait l'impression d'être un volcan en éruption, chaque pore de sa peau était un cratère, chaque nerf une coulée de lave en fusion. Elle ne comprenait pas totalement ce qui lui arrivait, mais elle le voulait, le quémandait, l'exigeait. Ses jambes faiblirent et elle sentit ses bras l'enlacer.

Elle leva son regard, et fut alors consumée par le feu de ses yeux. Son cœur galopait tel un étalon sauvage. Des sensations inconnues la submergeaient de douceur, de désir, de passion.

Les bras de Jess resserrèrent leur étreinte. Elle sentit son corps se durcir. L'odeur chaude de la terre les enveloppait. Quand elle frissonna, il lui caressa le dos. Soudain, ses lèvres abandonnèrent sa bouche pour glisser le long de sa gorge, laissant une ligne de feu derrière elles.

Il marmonna des mots qu'elle ne comprit pas. Elle aurait tant voulu lui murmurer des choses, prononcer son nom : Jess. Mais elle avait trop peur de briser un charme qui restait si fragile et ténu. Elle se mordit la joue jusqu'au sang, retenant les mots, retenant la peur.

Lobo n'avait jamais rien touché avec gentillesse. Il ne s'en savait pas capable. Mais depuis l'instant où elle lui avait pris la main, lui offrant douceur et tendresse, il redécouvrait des sensations et des sentiments qu'il avait soigneusement enfouis au plus profond de lui-même presque toute sa vie. Pour la première fois, il voulait donner, partager, appartenir, et il découvrait qu'il savait le faire. Il voulait qu'elle éprouve tout ce qu'il ressentait, l'émerveillement à chaque caresse, l'ivresse de chaque étreinte, toutes ces émotions à la fois sauvages et douces. Même s'il avait envie de se moquer de lui-même, de ces sentiments qu'il avait toujours dédaignés, il savait qu'ils étaient plus réels que la douleur, la peur ou la victoire.

Elle l'enflammait et le guérissait en même temps, et il voulait désespérément lui offrir le même bonheur. Mais il avait peur de ne pas savoir, il avait peur de lui faire mal.

Pourtant il ne pouvait s'arrêter. Son cœur, son âme et son corps appartenaient désormais à Velma.

Et quand il chercha son regard, il lut dans ses yeux qu'il en allait de même pour elle.

Il sentit les mains de Velma saisir ses cheveux. Son souffle lui effleurait la joue. Ses yeux, bleus comme l'été, brillaient de clarté. Ils ne recelaient aucune ambiguïté...

Alors il lui caressa le visage, suivit le tracé de ses lèvres, savourant la douceur de sa peau. Il savait qu'il ne devait pas continuer. Pour son salut, et pour le sien.

Mais personne ne l'avait jamais regardé ainsi, ne l'avait touché ainsi. Il était comme un homme mourant de soif dans le désert, à qui on offrait un verre d'eau. Il n'avait pas la force de refuser.

Il la déposa doucement sur le sol. Il n'eut pas à l'attirer contre lui. Le corps de Velma rejoignit le sien d'une façon absolument naturelle, et Lobo s'émerveilla de la façon dont ils s'épousaient parfaitement. Il sentit alors son membre se dresser, brûlant et douloureux. Mais cette fois-ci, c'était différent. Il ne voulait pas consommer rapidement, comme les autres fois. Il voulait s'enfouir en elle, qu'elle soit à lui comme jamais aucune femme ne l'avait été. Cette envie était si intense qu'elle le terrifia.

Mais rien ne pouvait arrêter ses mains qui, soudain, savaient exactement comment séduire, chérir, caresser. Il contempla le beau visage dans la lumière tamisée par le feuillage du peuplier, les yeux pleins d'étoiles, la bouche moelleuse de tous ses baisers. Tout cela était pour lui, Lobo. L'Apache blanc. Le tueur. Pourtant, en cet instant, il se sentait l'égal de tous les héros de la terre.

Il l'embrassa lentement, tendrement. Ses mains la caressaient avec le même émerveillement, effleurant brièvement le tissu qui recouvrait encore ses seins avant d'explorer chaque frisson qui la secouait.

Puis Velma fit de même. Chaque frôlement, chaque pression de ses mains déclenchait de petites explosions dans son corps. Il luttait pour rester tendre, pour ne pas l'effrayer. Car elle n'allait pas tarder à reprendre ses esprits, à réaliser son erreur, et alors elle le repousserait. Comment réagirait-il ? Il l'ignorait. Anxieux, il se contentait de l'effleurer, et c'était une torture bien plus cruelle que tous les supplices qu'il avait endurés.

Il sentit sa main agripper ses cheveux, l'attirer contre elle. Il l'embrassa alors comme elle l'exigeait. Elle s'abandonnait contre lui. Il sentait ses seins pressés contre sa poitrine. Elle devait sentir son sexe se tendre contre elle.

Elle va arrêter maintenant. Elle va crier ou s'enfuir.

Mais elle continuait à se presser contre lui. Il eut l'impression que chacun de ses nerfs se mettait à hurler. Son baiser devint plus violent, plus urgent, plus haletant. Et elle répondait toujours. Il sut alors que rien ne pourrait les arrêter.

— Jess, murmura-t-elle.

Il s'arracha à sa bouche et scruta son visage, se rassasiant des émotions qu'il y lisait. Elle était si confiante, si fraîche et... si pure. Il n'avait pas le droit... mais il vit dans ses yeux qu'elle lui donnait ce droit. Du bout des lèvres, il lui baisa la tempe, les joues, le lobe de l'oreille. Puis il descendit le long de son cou, la mordillant, l'agaçant du bout de sa langue jusqu'à la rendre folle. Elle s'accrochait frénétiquement à sa chevelure.

Il s'empara délicatement d'un sein et perçut un gémissement, puis un deuxième, provenant de sa propre gorge. Son autre main trouva les boutons de sa robe, mais l'émotion la rendait maladroite, hésitante. Velma vint à son secours. Il se figea en voyant le corsage s'écarter, dévoilant une peau laiteuse, le doux renflement d'un sein encore à moitié dissimulé.

Ses doigts se glissèrent sous le tissu, enveloppèrent ce petit mont de chair doux et frémissant. Il joua avec son mamelon rose qui se dressa immédiatement. Il entendit des râles, brefs et rauques.

Lobo s'arrêta une seconde. Il voulait capturer cet instant, le graver au plus profond de lui-même. Ses mains n'étaient plus des outils de mort. Elles donnaient le plaisir, le bonheur.

Il ferma les yeux. Plus jamais, il en était certain, il ne connaîtrait une telle perfection.

— Jess...

Le nom résonna comme un chant. Elle l'attendait. Elle avait peur, bien sûr, mais, plus que tout, elle l'attendait.

— Tu es sûre ? demanda-t-il, hésitant.

— Je n'ai jamais été aussi sûre de toute ma vie, murmura-t-elle.

À nouveau, il s'émerveilla : jamais il n'avait rencontré une telle volonté.

— Je ne pourrai pas rester, la prévint-il à nouveau.

— Je sais.

Il sut alors qu'elle ne mentait pas. Elle était prête à accepter ce qu'il lui offrait, quoi que ce fût, quel que soit le temps qu'il lui accorderait. Ni plus ni moins. Soudain, il se sentit humble et indigne d'elle... jusqu'à ce qu'elle pose la main sur sa bouche et arrête les mots qu'il allait prononcer. Alors toutes ses bonnes intentions s'envolèrent.

Il la déshabilla complètement avant de contempler, incrédule, la splendeur de son corps. Il observa ses yeux, hésitants et timides. Il dénoua les cheveux auburn et les répandit comme un nuage autour d'elle. Un rayon de soleil se glissa à travers le feuillage pour venir lui caresser les seins. Le ciel lui-même lui rendait hommage !

— Que tu es belle ! murmura-t-il d'une voix méconnaissable.

— Toi aussi, dit-elle simplement.

Ses lèvres esquissèrent un sourire.

— Tu es la seule à le penser.

— Tant mieux, dit-elle, ravie.

Il se sentit perdu.

Les doigts mal assurés, il se débarrassa de sa chemise.

Il vit les yeux de Velma s'agrandir quand son torse apparut. Puis il déboutonna son pantalon et, cette fois, ses mains ne le trahirent pas. Mais il n'était pas encore pleinement rassuré. Et s'il l'effrayait ? Malgré sa détermination, il était sûr qu'elle n'avait aucune expérience. Elle était vierge. La timidité dans ses yeux, sa façon d'offrir son corps, tout en elle l'indiquait.

Avant de se dénuder complètement, il l'embrassa encore. Il sentit son corps se raidir, sa bouche mollir. Elle tendit la main vers un de ses mamelons, et joua avec comme il l'avait fait quelques instants plus tôt. Une violente secousse le parcourut.

— Je savais que tu étais beau, dit-elle en suivant la cicatrice qui lui barrait l'épaule, avant de laisser sa main s'aventurer sur son ventre le long d'un sillon de poils blonds, jusqu'à ce renflement, sous la toile de son pantalon, où elle posa sa main.

Puis elle le regarda.

— J'ai besoin de toi.

Nulle autre phrase ne l'aurait enflammé davantage. Personne n'avait jamais eu besoin de lui, ne l'avait même désiré. Et voilà qu'elle lui offrait la lune et le soleil. La bouche de Velma s'entrouvrit. Il se pencha et baisa ses lèvres avec une tendresse déchirante. Il fit glisser son pantalon. Doucement, avec précaution, il la recouvrit de son corps.

Encore hésitantes, les lèvres de Lobo quittèrent sa bouche pour ses seins. Il les lécha longuement, comme une chose délicieuse. Il les caressa de sa joue, puis sa langue descendit vers son ventre. Elle gémit sous ses baisers.

Velma avait l'impression d'être un objet précieux. Comment avait-elle pu douter, parfois, de la gentillesse de Jess ? Elle saisit tendrement son visage, l'invitant à l'embrasser encore. Il n'y avait plus aucune réserve entre eux. Ils savaient que désormais ils étaient l'un à l'autre.

Elle sentit son sexe frémir contre le sien. Elle sentit la chair brûlante, frissonnante, qui hésitait encore à entrer en elle. Une sensation merveilleuse lui envahit le ventre et, sans la moindre honte, elle ondula sous lui, savourant le contraste entre son corps si dur et le sien si doux.

L'incertitude de ses gestes, alors qu'elle voyait le désir incendier ses yeux et raidir ses muscles, la bouleversa d'amour. Elle avait mal pour cet homme qui avait tellement peur d'aimer, et qui pourtant aimait avec tant de tendresse.

Puis tout s'évanouit quand il s'enfonça doucement en elle. Elle éprouva une soudaine douleur, si violente qu'elle ne put réprimer un cri. Il s'immobilisa, tout son corps aux aguets. Mais ils n'étaient plus maîtres d'eux-mêmes. Leurs corps continuaient à vibrer à l'unisson. La douleur se calma et son désir de lui revint avec force. C'est alors qu'elle lut, sur le visage de Jess, le dégoût de lui-même qu'il éprouvait.

— Non, murmura-t-elle, ne t'en va pas. Je t'en supplie, ne me quitte pas.

Son corps était plus éloquent que ses mots. Il se tendait sous lui, ses bras l'attiraient en elle, au plus profond d'elle. Elle entendit un long cri rauque, et sentit à nouveau ses lèvres s'écraser contre les siennes.

Il n'était plus que sauvagerie, mais sa bouche continuait de la chérir. Soudain, elle découvrit qu'elle était comblée et l'étrangeté de cette sensation se mua en une folie sensuelle et belle. Instinctivement, elle se mit à bouger avec lui, suivant son rythme, suivant ce chemin mystérieux qui les emmenait vers une destination inconnue. Tout n'était plus que chaleur et plaisir, tandis qu'il la fouillait toujours plus loin, toujours plus fort. Des vagues déferlèrent en elle, chaque fois plus puissantes. Une tempête merveilleuse se déclencha dans son ventre, jusqu'à ce que tout explose, jusqu'à ce qu'un éclair de bonheur, de pure extase illumine l'univers.

Elle hurla, et ses lèvres capturèrent son cri tandis qu'il se jetait une dernière fois en elle, déclenchant une explosion finale qui la laissa merveilleusement heureuse.

Elle leva les yeux vers lui et lut l'incrédulité dans son regard. L'émerveillement, la passion avaient transformé ses yeux en deux purs joyaux. Il ne bougeait plus, et elle savoura la sensation de ce corps aussi intimement lié au sien. Du bout de la langue, il vint cueillir une larme au coin de sa paupière.

— Je suis désolé, murmura-t-il.

— Non, dit-elle. Ce n'est pas du regret, c'est de la gratitude.

Elle fut récompensée par un sourire étonnant, comme celui d'un enfant.

Ils restèrent ainsi, refusant de briser ce lien qui les unissait aussi profondément, tous deux craignant de parler, de peur que ne disparaissent cet enchantement et cette paix. Il prit sa main et la tint, simplement. Elle soupçonna que c'était la première fois qu'il accomplissait un tel geste, et elle referma ses doigts sur les siens.

— Je n'aurais jamais cru... dit-il finalement. Je...

Sa voix se brisa d'émotion.

Soudain, il bougea et elle sentit sa chaleur la quitter. Elle posa sa tête contre sa poitrine, écoutant son cœur battre. Une pellicule de sueur lui recouvrait le torse. Elle la lécha. Quelque chose sur son ventre tressaillit.

— Attention, prévint-il avec rudesse.

Mais il y avait aussi de la tendresse dans sa voix, une caresse. Un torrent d'amour déferla en elle, balayant tout ce qu'elle était, tout ce qu'elle savait, tout ce à quoi elle tenait.

Elle sut qu'il s'en était rendu compte car, tout à coup, il s'écarta d'elle, les yeux hantés de désespoir.

— Jess ?

— Lobo, répondit-il, la voix sourde et coléreuse. Lobo.

Il prit ses vêtements et disparut parmi les arbres.

19

Velma se rhabilla lentement, le corps encore tout engourdi et vibrant.

Le brusque départ de Jess ne l'avait pas choquée. Elle savait à quel point il cherchait à garder ses distances, à ne pas se laisser piéger. Ne pas y être parvenu, là, devait le traumatiser.

Cela avait certainement, pour lui, le goût amer de l'échec, car il avait fait bien plus que coucher avec elle. Il lui avait donné une part de lui-même. Par sa tendresse, ses caresses, il avait plongé au plus profond, dans des zones dont il ignorait jusqu'à l'existence. Il s'était mis à nu.

À présent, il devait le regretter amèrement.

Comme de la boîte de Pandore, une fois libérées, ces émotions ne se laisseraient plus enfermer. Elle savait pourtant qu'il allait essayer de le faire.

Il échouerait.

Elle avait envie de le rejoindre, mais son intuition lui dictait d'y renoncer. Il devait régler ce problème tout seul. Il devait revenir de lui-même. Et alors...

Elle se leva lentement et gagna la rive. Le niveau de la rivière était très bas. Elle repensa au plan de Jess. Il était à la fois dangereux et ingénieux. À nouveau, elle s'émerveilla de ses capacités. Tout ce qu'il touchait, il l'améliorait : la grange, le corral...

Et depuis l'autre soir, elle savait qu'il était tout aussi habile avec une arme !

Mais elle demeurait incapable de l'imaginer dans la peau d'un tueur à gages. Ce ne serait pas la première fois que la réputation d'un homme était déformée. C'était peut-être ce qui s'était passé avec lui : on avait exagéré les faits au point de ne plus faire la différence entre le mythe et la réalité.

Rien de ce qu'on lui avait dit à propos de Jess ne correspondait à ce qu'elle savait de lui.

Exagération ? Mensonges ? Elle se mordit les lèvres. On l'avait qualifié de vicieux. D'être vicieux et sans merci.

Pas son Jess. Pas l'homme qui avait tiré Sallie Sue du puits, sauvé Chad d'un taureau furieux, ou traîné hors des flammes un ancien shérif. Pas l'homme qui s'était montré si doux avec elle.

Soudain, elle sentit qu'il était revenu. Avant de l'entendre. Elle se retourna, lentement, pour lui faire face.

Les lèvres serrées, les yeux baissés, tout en lui n'était que tension.

— Je suis désolé.

À la façon dont il avait prononcé ces mots, elle sut qu'il ne les avait probablement jamais dits. Dans sa bouche, on aurait dit une langue étrangère.

Elle vint jusqu'à lui, lui prit la main.

— Assieds-toi avec moi.

— On a beaucoup de travail. Il faut partir.

Mais il ne lui enleva pas sa main.

— S'il te plaît, dit-elle.

Il se laissa conduire jusqu'à la rive où elle s'assit, le forçant gentiment à l'imiter. Puis elle se nicha contre sa poitrine.

— Ne sois pas désolé. C'était la plus merveilleuse expérience de ma vie.

Elle leva les yeux et vit un muscle frémir sur sa joue. Il combattait quelque chose. Elle, peut-être. Lui, certainement.

— Je ne vous apporterais que des ennuis.

Il évitait de s'adresser à elle directement.

— Tu as déjà sauvé trois vies, répliqua-t-elle. Sans parler d'Estelle qui revit, et de Brady qui n'a pas été aussi bien depuis très longtemps. (Elle rougit subitement.) Et ce que tu m'as donné aujourd'hui, personne ne pourra jamais me l'enlever.

Il serra les mâchoires. Elle se trompait. Tout ce dont elle venait de parler, il l'avait fait sans y penser, sans le vouloir. S'il avait pris le temps de réfléchir, il n'aurait sans doute rien fait. Il le savait bien.

Lobo essaya de trouver la chose la plus horrible à lui raconter sur son compte, celle qui la dégoûterait de lui à tout jamais. Il ne tarda pas à trouver. Mais quand il essaya de parler, les mots refusèrent de sortir. C'était son secret le mieux gardé. Le moment était pourtant venu de lui avouer.

Comment ? Comment le dire ?

Finalement, les mots jaillirent car il n'avait pas le choix. Mais ils étaient durs et étouffés.

— Je... ne sais même pas lire.

Il fut surpris de voir qu'elle semblait surtout intriguée.

Et elle l'était. Comment quelqu'un d'aussi compétent par ailleurs ne savait-il pas lire ? Mais en songeant à son passé, ce n'était guère surprenant. Elle ne comprenait cependant pas pourquoi il en éprouvait une telle honte. À nouveau, elle constatait cette vulnérabilité qui le rendait si attirant, si différent de tout ce qu'on disait sur lui.

— On peut facilement y remédier, annonça-t-elle avec douceur. Jake m'a légué ce ranch en partie parce que je lui ai appris à lire. Il voulait apprendre et je venais les week-ends. Et Chad... je lui donne des cours tous les soirs. Son père ne l'avait jamais envoyé à l'école.

— Jake ?

— Quand je suis venue ici, il voulait par-dessus tout apprendre à lire la Bible. Au début, il... n'osait pas m'en parler. Par la suite, je venais le dimanche. Je crois qu'il n'a jamais été aussi fier que le jour où il a pu écrire le nom de sa femme sur la première page de sa Bible.

Lobo se souvint des insinuations de Newton à propos des relations entre Velma et Jake, et il eut soudain envie de le tuer. En même temps, il était émerveillé de la compréhension dont elle faisait preuve à son égard. Cela n'était pas nouveau. Mais bientôt cela changerait. Il le savait. Bientôt, elle le verrait tel qu'il était, et non tel qu'elle voulait qu'il soit.

Et il ne savait pas comment il le supporterait.

Elle se pencha vers lui, les yeux pleins d'amour et de fierté.

— Tu sais tellement de choses, dit-elle. Dès qu'un problème se présente, tu trouves immédiatement la solution. C'est bien plus important que de connaître les livres et rien d'autre. Tu es si fort, ajouta-t-elle en lui prenant la main.

Un bien-être inattendu s'empara de lui. Il avait envie d'être tout ce qu'elle disait. Alors, le désespoir le saisit. Il ne l'était pas. Il ne le serait jamais. Son passé était trop lourd. Mais il pouvait au moins profiter de cet instant. Ses mains se glissèrent dans sa magnifique chevelure auburn, si soyeuse, si parfumée. Il en respira l'odeur, la fraîcheur, tandis qu'une légère brise faisait voleter ses mèches.

Il n'avait jamais éprouvé cela. Pour la première fois de sa vie, il connaissait la paix, la joie et l'amour. Et bientôt, très bientôt, ce moment ne serait plus qu'un souvenir.

— Tu es si belle, répéta-t-il.

Velma perçut la tristesse dans sa voix. De nouveau, il était seul et cette solitude le rendait fragile. Alors, elle dit ce qu'elle n'avait pas osé dire jusqu'à présent, de peur de le gêner :

— Je t'aime.

Il ne répondit pas. Il ne partit pas comme elle l'avait craint. Au lieu de cela, il se pétrifia, et dans son regard elle lut une tristesse infinie, déchirante. Il ferma les yeux, barrant ainsi la route à ses émotions.

— C'est la pire chose que tu puisses faire, déclara-t-il finalement.

— Je crois que c'est la meilleure, au contraire.

Elle se pencha pour embrasser ses lèvres. Quand elle s'écarta, il voulut parler mais elle posa un doigt sur sa bouche.

— Je ne demande rien, reprit-elle. Je ne te demande pas de rester, même si c'est ce que je désire. Je ne te demande aucune promesse. Je veux simplement être avec toi un petit moment.

Il aurait voulu dire quelque chose, mais seul un son étranglé lui échappa. Alors, elle se serra contre lui, lui offrant sa présence, se rassasiant de la sienne.

Ils restèrent ainsi, immobiles, durant de longues minutes. Lobo savait que désormais il mesurerait le reste de sa vie à l'aune de cet instant, de cet après-midi. Les minutes qu'il venait de vivre, qu'il était en train de vivre justifiaient toutes les autres.

Velma brisa finalement le silence. Il fallait qu'elle trouve un biais pour abattre les barrières qu'il avait dressées.

— Les Apaches ne te manquent pas ?

— Non.

Comme d'habitude, il ne se montrait guère causant.

— Tu veux bien me parler d'eux ?

Il la dévisagea, comprenant que son intérêt n'était pas de la curiosité malsaine. Il haussa les épaules.

— Ils sont durs, mais leur vie est dure.

— Avais-tu... une famille chez eux ?

Lobo sut qu'elle pensait à une épouse.

— Non.

— Pourquoi es-tu parti, finalement ?

Il se dit qu'elle voulait entendre un récit héroïque. Mais elle devait savoir la vérité, rien que la vérité.

— J'ai été à nouveau capturé, répondit-il froidement. Des soldats, cette fois. Ils ont surpris notre bande. Une embuscade. Après, ils ont abattu un à un les Apaches qui avaient survécu.

Elle laissa échapper un petit cri horrifié.

— Oui, reprit-il sèchement, les soldats massacrent eux aussi. Des femmes et des enfants, pas seulement les guerriers. J'étais blessé, et ils m'auraient tué s'ils n'avaient pas vu mes cheveux. On offrait des récompenses pour les prisonniers blancs. Au lieu de me mettre une balle dans la tête, ils m'ont attaché et ramené au fort. J'étais le seul survivant.

Elle le contemplait avec incrédulité et horreur.

Il eut un sourire sans humour.

— Autrement, les Apaches les auraient tués, et d'une façon bien plus cruelle.

— Tu aurais...

Immédiatement, elle regretta d'avoir eu cette idée. Elle vit la réponse sur son visage. On apprend ce qu'on nous enseigne, ce qu'on voit, ce qu'on vit. Elle le savait. Il n'avait, à l'évidence, jamais rencontré l'amour, la compassion ou le pardon. Pourtant il avait sauvé Sallie Sue, Chad et Brady, au risque de sa vie.

— Oui, dit-il.

— Ça a été dur quand les Apaches t'ont... pris, n'est-ce pas ?

Il n'en avait jamais parlé avec personne. À présent, il avait envie de tout lui dire. Il maudit sa faiblesse, mais ses yeux se fermèrent et il revécut la scène : les flammes, les cris, les coups de feu, les jurons, et finalement le silence brisé par les gémissements des quelques enfants qui avaient survécu. Pas longtemps.

— Ils nous ont pris, mon frère et moi... et cinq autres. Ils sont tous morts.

— Ton frère...

— Il n'a pas tenu le coup. Ils l'ont abandonné dans le désert.

Il avait dit cela sans émotion, mais son corps était plus dur que du granit. Velma sentit que ce qu'il éprouvait était au-delà des mots.

— Et après ?

— On m'a donné comme esclave à une vieille femme.

Cette fois, on sentait l'émotion. Une haine farouche, amère et rageuse. Elle lui prit la main.

— Et puis...

— Et puis, je suis devenu l'un d'entre eux, poursuivit-il. Oh oui. C'était ça ou une mort horrible, et c'était une joie que je ne voulais pas leur donner.

Velma ne dit rien, car elle savait que le pire allait suivre.

— J'ai tué le fils du chef alors que je n'étais qu'un gamin. Et j'ai continué à tuer parce que c'est ainsi que les Apaches survivent. Ils pillent. Ils volent. Aux Mexicains, aux Blancs. Ils ont toujours vécu comme cela, si l'on en croit les Anciens.

Elle eut soudain conscience qu'il était en train de lui ouvrir son âme. Cela la fascinait et la terrifiait en même temps.

— Les Apaches n'avaient pas confiance en moi, mais ils ont découvert que je possédais un talent très utile. Tuer. J'ai tué plus que ma part de soldats, Velma. J'ai tué des Mexicains au cours de pillages. Une fois, j'ai même tué des colons blancs, car ma tribu me « testait ». Bon sang, c'étaient des fous ! Ils s'étaient approprié des terres au beau milieu du territoire apache. Je n'avais aucun regret pour eux.

Il la fixait droit dans les yeux, attendant sa condamnation.

Mais ses yeux restaient du même bleu si pur, à peine recouvert d'un léger voile, comme la brume du matin qui dépose la rosée sur le sol. Il mentait en partie. Il avait tué des soldats mais, à sa connaissance, jamais aucun colon. Cela n'avait aucune importance, il faisait partie de l'expédition et était aussi responsable que les Apaches qui, eux, avaient tué. Il voulait l'effrayer, pour lui épargner de plus cruelles douleurs par la suite. Cela seul comptait.

— Voilà comment j'ai obtenu mon nom. Lobo. Le prédateur.

— Tu es bien plus que cela, répliqua Velma, incapable de supporter plus longtemps une telle amertume.

Il hocha la tête.

— Même l'armée s'en est aperçue. Ils voulaient que je leur serve d'éclaireur, que je me retourne contre les Apaches... J'ai refusé, poursuivit-il en haussant les épaules. Mais j'ai vite découvert qu'il fallait de l'argent dans le monde des Blancs. Je n'étais pas très doué pour quémander un emploi, et personne n'était vraiment disposé à embaucher un semi-Apache. Partout où j'allais, il y avait toujours quelqu'un qui savait ou en avait entendu parler. Les rumeurs comme celle-là se répandent très vite. Alors, j'ai recommencé à faire ce pour quoi j'étais doué.

— Mais tu es doué pour un tas d'autres choses, observa Velma.

— Tu continues à ne vouloir voir que le meilleur, hein ? N'as-tu rien entendu de ce que je t'ai dit ?

— J'ai tout entendu, dit-elle doucement. Et je ne crois pas avoir éprouvé autant de respect pour quiconque. Je ne comprends même pas comment tu as pu survivre... mais tu aimes les gens, Chad, Sallie Sue...

— Ce ne sont que des enfants, grogna-t-il. D'ailleurs, je n'ai jamais voulu...

— Les aider ? C'était instinctif, fit-elle d'une voix triomphante. Et Brady ?

— Quoi, Brady ?

— Tu aurais pu le laisser dans la grange.

— J'aurais dû.

— Mais tu ne l'as pas fait.

— Je me disais qu'il y avait une satanée bonne femme ou un petit imbécile qui risquaient de retourner le chercher. Mieux valait que j'y aille.

Velma sourit devant cette explication inattendue, et le masque dur de Jess se brisa. Pour la première fois, il parut gêné comme un gamin pris en faute.

— Je t'aime, murmura-t-elle à nouveau. Et tu as le plus beau sourire du monde.

Le sourire en question disparut aussitôt, remplacé par une grimace.

Elle l'embrassa et il s'adoucit à nouveau.

— Tu ne devrais pas, répéta-t-il.

— Probablement, admit-elle.

— J'ai la bougeotte. Je ne reste jamais en place.

— Je sais.

— Et il y a toujours des types qui me courent après pour savoir s'ils seront plus rapides.

— Je sais.

— Avec moi, on peut toujours se retrouver pris au milieu d'une fusillade.

— Sans doute.

— Et les enfants ? Je suis un très mauvais exemple.

— Tu es un merveilleux exemple.

— Bon Dieu ! gronda-t-il.

— Même quand tu jures.

— Par l'enfer !

— Et ils t'adorent.

— Bon sang, c'est pas vrai ! Ils ont besoin de quelqu'un comme… le toubib.

Cela avait failli le tuer de le dire, mais c'était la vérité.

Elle sourit, et il sut alors qu'il avait été pris au piège. Avec amour, avec humour, mais pris au piège quand même. Et il ne put que lui rendre son baiser.

Elle le prit par le cou et, à nouveau, il se sentit enveloppé par la magie de son amour si doux, irrésistible. Elle le transformait. Même son corps réagissait d'une façon inattendue. Une chaleur familière lui chatouilla le creux des reins. Il sentait son sexe se gonfler. Ô Seigneur ! Il avait encore envie d'elle. Et elle de lui, apparemment. Leur baiser se transformait en compétition, c'était à celui qui séduirait l'autre le plus vite. La douceur laissait la place au désir, à la passion. Il perdit la partie bien avant de s'en rendre compte. Leurs mains connaissaient maintenant les pièges de leurs vêtements. Bientôt, ils se retrouvèrent nus sur la rive, et leurs corps se mêlèrent.

Il avait l'impression d'être l'homme le plus riche et le plus chanceux de l'univers. Cette fois-ci, ils se connaissaient, ils n'avaient plus cette prudence devant l'inconnu qui les avait freinés la première fois. Ils savaient ce qu'ils recherchaient, comment l'atteindre. Ils n'étaient plus pressés, savouraient chaque centimètre de ce chemin, chaque nouveau détail. Leur fièvre montait d'un cran à chaque étape. Il se demanda comment il avait pu vivre sans savoir qu'un plaisir aussi exquis existait. Il sentait son corps se tordre sous lui, ses mains lui caresser le dos, sa langue lui fouiller le cou. Il en faisait autant. Et plus encore. Leur imagination décuplait, s'emballait. Ils trouvèrent leur rythme, un rythme tour à tour tendre, pressant, sauvage.

Puis le monde explosa. Ensemble, ils crièrent, déchirés de bonheur.

Bien plus tard, après le silence, la paix partagée, la délicieuse somnolence, il se redressa. Le soleil était bas sur l'horizon, inondant la rivière d'une lumière rose.

— Il faut partir, dit-il.

Velma ne dit rien. Elle comprenait et lui obéit, se levant et se rhabillant. Il l'aida à grimper en selle et resta là, à la regarder.

— Pars devant, dit-il finalement.

— Tu viendras ?

Une angoisse soudaine la saisit. Il ne répondit pas tout de suite.

— Je viendrai, fit-il, comme s'il annonçait une défaite.

20

En arrivant, Velma trouva trois chevaux inconnus devant le porche. Chad l'attendait au corral.

— M. Morrow est ici, dit-il, avec ce *pistolero* dont tu parlais.

Le cœur de Velma rata un battement. Elle se rappela ce qu'on disait : tout le monde souhaitait un duel entre cet homme et Lobo.

Mais Marsh Canton, comme l'appelait Jess, était employé par Gar Morrow. Ils n'étaient donc plus ennemis. La raison de leur visite devait être tout autre : la source de Gar s'était probablement tarie et il avait besoin de la rivière.

— Où sont-ils ?

— Dans la cuisine avec Brady. Estelle les a vus arriver et a disparu dans sa chambre. Elle n'aime pas M. Morrow.

Velma en connaissait la raison. Morrow était veuf, et il avait souvent fréquenté le lit d'Estelle. Même s'il ne s'était jamais montré grossier envers elle, Estelle répugnait à revoir un de ses anciens « clients ».

Velma jeta un regard derrière elle, espérant que Jess prendrait son temps pour rentrer. Mieux valait régler cette histoire au plus vite, et éviter une rencontre entre lui et Canton.

Même si un duel était peu probable, elle se souvenait qu'au bal Canton avait sauté sur l'occasion, ne laissant aucune chance à son adversaire. L'espace d'un instant, elle reconnut qu'elle ne tenait pas à voir Jess exercer son « métier ».

Elle franchit la porte de la cuisine. Ils étaient debout et bavardaient : Brady, Gar, Marsh Canton et un quatrième homme, apparemment inoffensif.

Velma remarqua que Canton la détaillait sans vergogne. Soudain, elle réalisa qu'elle avait les cheveux dénoués, que sa robe était couverte de feuilles et de poussière. Terriblement mal à l'aise, elle essaya de n'en rien montrer.

— Puis-je faire quelque chose pour vous, messieurs ?

Gar enleva son chapeau, imité par Canton et l'autre homme qui ne semblait pas très bien comprendre ce qui se passait.

— Je sais que je viens vous causer des ennuis, Miss Velma, déclara Gar d'un ton gêné, mais ma source est tarie et mon bétail ne va pas tarder à mourir de soif.

Velma hocha la tête. Elle avait promis et serait fidèle à sa parole, mais elle voulait gagner encore un peu de temps.

— Pouvez-vous attendre quelques jours ?

— Combien ?

— Une semaine.

— Peut-être. Pas plus.

Elle acquiesça. Gar se tourna vers l'homme en noir à ses côtés.

— Vous avez déjà rencontré Marsh Canton.

Morrow eut le tact de rougir en se souvenant des circonstances terribles de cette rencontre. Velma considéra le tueur avec froideur et hocha sèchement la tête.

— Il restera ici si vous le désirez, proposa Gar maladroitement. Alex sait désormais que nous avons besoin de votre eau.

Canton déclencha alors une véritable offensive de charme. À l'évidence, il était sûr de lui. Il lui sourit largement, avec la confiance et l'arrogance d'un homme qui sait qu'il plaît aux femmes. Mais c'était un sourire vide, sans émotion.

— Je vous remercie, monsieur Morrow, mais je pense que nous nous débrouillerons très bien tout seuls.

Gar eut un regard éloquent vers Brady, Chad, et enfin vers les jumeaux qui ne quittaient pas des yeux l'homme en noir.

— Réfléchissez, Miss Velma.

— Nous avons Jess ! répliqua fièrement Chad qui n'y tenait plus.

Les trois visiteurs se tournèrent vers Velma. Gar Morrow avait entendu dire que le tueur d'Alex Newton avait pris son parti, mais il n'y avait pas cru. Elle n'avait pas les moyens de le payer.

— Jess ? s'enquit Canton d'une voix douce.

Comme personne ne lui répondait, il enchaîna :

— On dit que Lobo a quitté Newton…

— Exact.

La réponse avait claqué depuis la porte. Lobo, les jambes écartées, occupait tout l'encadrement et surveillait l'assistance d'un air indéchiffrable.

Velma sentit son ventre se nouer en voyant Jess et Canton se mesurer du regard. Jamais elle n'avait perçu une telle tension entre deux hommes, pas même au bal.

Canton sourit à nouveau froidement.

— Lobo, le salua-t-il en s'inclinant à peine.

— Marsh, répliqua Lobo sur le même ton.

Il semblait toujours parfaitement détendu mais il enlevait le gant de sa main droite, celle du Colt.

— On disait que tu avais changé de camp. Je n'y croyais pas. Tu perds gros.

Les yeux de Lobo ne quittaient pas Canton, ne cillaient pas. Velma se demanda comment c'était possible.

— Un caprice, dit-il.

— Je ne t'ai jamais considéré comme un homme capricieux, répondit Canton, le sourire toujours aussi froid.

Lobo haussa les épaules, d'un geste qui signifiait qu'il se fichait pas mal de ce que pensait Canton.

Velma eut soudain peur que celui-ci ne s'en offense, mais seule une brève lueur d'amusement passa dans son regard. Elle observa Jess, et frissonna. Ce n'était plus Jess qu'elle voyait, mais Lobo. La transformation était sidérante. Le tendre amant venait de se métamorphoser en tueur.

Canton, tout aussi attentif que Lobo, hésita quelques secondes avant de reprendre la parole.

— Nous sommes du même côté, maintenant ?

Lobo haussa à nouveau les épaules.

— Je travaille pour Miss Taylor. Tu travailles pour *lui*.

Marsh Canton examina Velma, cherchant visiblement ce qu'elle avait à offrir à un homme tel que Lobo. Ce dernier intercepta ce regard. Il se raidit. Les doigts de sa main bougèrent. Canton saisit le mouvement du coin de l'œil et leva les paumes en signe d'apaisement.

La tension, déjà forte, monta d'un cran. Gar Morrow eut un geste de recul. Chad bougea vers Lobo. Le poing de Brady se crispa sur le poêle.

Velma avait trouvé le regard de Marsh Canton dur, mais ce n'était rien en comparaison de celui de Jess : il était pétrifiant. Elle comprit soudain pourquoi il portait le nom de Lobo. L'animal le plus dangereux de ces contrées. Elle avait peine à reconnaître dans ce prédateur l'homme avec qui elle venait de faire l'amour, avec qui elle avait tant partagé.

— Il n'y a pas de quoi se quereller, Lobo, dit Canton avec prudence, mais il n'y avait ni peur ni excuse dans sa voix. M. Morrow est ici pour demander de l'eau, et moi pour offrir ma protection.

Lobo se détendit mais ses yeux ne bougèrent pas, demeurant fixés sur Canton pendant qu'il s'adressait à Velma :

— Miss Taylor ?

Elle eut l'impression qu'une bise glacée la transperçait.

— Je leur ai dit que nous n'avions pas besoin d'aide.

Sa voix tremblait légèrement.

— Voilà ta réponse, Marsh.

Celui-ci haussa les épaules.

— Si vous avez besoin…

— Nous n'en avons pas besoin.

La réplique de Lobo était comme un coup de feu. Marsh l'ignora et se tourna vers Velma.

— … de moi, poursuivit-il, les yeux brillant d'un intérêt nouveau, je serai chez M. Morrow.

Tout le monde se tourna vers Lobo. Marsh venait de le défier délibérément. La pièce vibrait.

La main de Lobo tapota nerveusement la jambe de son pantalon. Celle de Marsh fit la même chose.

Velma, les genoux tremblants, s'interposa entre eux.

Lobo serra les dents, se forçant à ne pas regarder son visage blême.

— Tu as ta réponse, Marsh, dit-il.

Canton hocha la tête. Il avait fait son offre, il n'avait plus rien à faire ici. Inutile de provoquer Lobo davantage. Il avait risqué gros, mais il avait été engagé pour protéger la femme et il avait besoin de connaître la position de Lobo. À présent, il la connaissait, et cela l'amusait presque. Lobo était la dernière personne au monde qu'il aurait taxée de sentimentalisme, mais il n'y avait pas d'erreur possible : l'homme était amoureux. Amoureux à en mourir.

Canton se tourna vers Morrow qui, l'air embarrassé, remit son chapeau et s'inclina avec respect.

— Miss Velma, nous partons donc. Je vous préviendrai pour le bétail.

Elle acquiesça, incapable de prononcer un mot, incapable de détacher son regard de l'homme qui était Lobo uniquement, et plus du tout Jess. Elle le vit alors lire en elle comme à livre ouvert. Il serra les mâchoires.

Après le départ des trois hommes, les occupants de la pièce restèrent immobiles. Le regard de Lobo s'assombrit un peu tandis qu'il cherchait celui de Velma. Inconsciemment, elle avait détourné les yeux.

— Maintenant, dit-il amèrement, vous savez exactement ce que je suis. Marsh et moi sommes les deux côtés d'une même pièce.

— Non, dit-elle.

Mais, soudain, elle n'éprouvait plus la même conviction. Elle vit son visage se tordre, comme s'il venait de recevoir un coup de couteau dans le ventre.

— J'ai été assez fou pour y croire, murmura-t-il.

Il sortit, claquant la porte derrière lui.

Velma voulut lui courir après, mais Brady l'arrêta.

— Laisse-le un moment.

C'était la première fois qu'il la tutoyait. Jamais elle n'avait vu autant de bienveillance dans son regard.

— Mais...
— Il a besoin d'être seul, dit-il.
— Il croit...
— Il a raison, l'interrompit Brady avec gentillesse. Je t'ai vue, moi aussi, ma petite. Tu en avais fait un héros. Tu n'as jamais voulu voir ce qu'il était réellement.
— Je l'aime, protesta-t-elle. J'aime tout ce qu'il est.
— Vraiment, Velma ? Est-ce que tu l'aimais, il y a quelques instants, dans cette cuisine, ou est-ce que tu avais peur de lui ?
— Bien sûr que j'avais peur, répondit Velma d'une voix moins assurée. J'ai... j'étais surprise mais ça ne veut pas dire...
— C'est un tueur, Velma. Depuis des années. Les gens comme lui ne sont pas gentils.
— Il est différent, dit-elle.
Brady ne répondit pas tout de suite.
— C'est vrai, il m'a surpris plus d'une fois, mais cela ne change rien au fait que c'est un homme dur, qui a survécu dans un métier qui n'autorise ni les sentiments ni les erreurs.
La gorge de Velma se serra. C'était la vérité. Elle en avait fait un héros, une figure mythique. Il était devenu son Ulysse : fort, compatissant, un combattant du bien.
Brady avait raison. En continuant à l'appeler Jess, elle niait cette autre part de lui. Mais elle existait pourtant. Elle venait de la voir. Froide. Dangereuse. Mortelle.
— Si tu essayes de le changer, tu finiras par le tuer, poursuivit Brady à voix basse.
— Tu t'inquiètes donc pour lui ?
Dans sa détresse, elle le tutoyait à son tour.
— C'est curieux, mais je crois bien que oui, répondit-il. Du diable si je sais pourquoi.

Velma le fixa. Il s'était toujours opposé à Lobo.

Brady haussa les épaules, un geste qu'il avait emprunté à Lobo, nota Velma. Chad le faisait aussi.

— J'ai du travail, dit-il.

— Brady…

Il lui fit face.

— Tu crois qu'il va partir ?

— Pas avant d'avoir terminé ce qu'il a commencé.

— Et après ?

— Oui.

Velma sentit les larmes venir, et elle se détourna pour qu'il ne les voie pas. Elle savait que d'une certaine façon elle venait de décevoir Jess – non, Lobo. Elle l'avait abandonné et cette pensée lui faisait mal. Elle avait exigé de lui qu'il soit Jess. Il l'était peut-être. Mais il était aussi Lobo.

Lobo le tueur.

Quand Chad et Brady sortirent de la maison quelques minutes plus tard, ils trouvèrent Lobo dans la grange, qui leur donna des ordres. Pour une fois, Brady se montra coopératif. Quant à Chad, il était tout simplement ravi.

— C'est vrai ? Je peux monter la garde ? demanda-t-il, exultant.

— Oui, répondit Lobo, plus sec que jamais.

Il avait décidé qu'ils commenceraient le barrage dès ce soir. Brady et lui iraient abattre des arbres. Chad sella la vieille Betsy et partit vers la colline alors que les deux hommes, munis de haches, se rendaient à la rivière. Ils avaient deux bonnes heures de jour devant eux.

Quand ils arrivèrent à l'endroit désigné par Velma, Lobo choisit un énorme peuplier. Ils se mirent au travail aussitôt, abattant leur hache à tour de rôle.

Très vite, la besogne tourna à la compétition et au test d'endurance. La rage et la frustration de Lobo lui donnaient une force surhumaine, mais Brady ne voulait pas être en reste : maintenant plus que jamais, il devait faire ses preuves.

En un temps record, le gros arbre s'effondra dans la rivière, bientôt suivi par un autre, puis un autre. Ils travaillaient encore au crépuscule, et aussi lorsque la lune se hissa dans le ciel d'encre. À chaque instant, Brady croyait qu'il allait s'effondrer sur place. Mais Lobo ne s'arrêtait pas. Il frappait à une cadence infernale. Tout comme Brady, il avait les mains en sang mais il ne bronchait pas. Il ne sentait ni la douleur, ni l'épuisement.

Une heure plus tard, il se tourna vers Brady.

— Vous devriez aller remplacer Chad.

— Revenez avec moi, dit Brady, se surprenant lui-même et s'attirant un regard étonné de Lobo.

— Non.

Brady le fixa quelques minutes. Il était inutile d'essayer de le convaincre. Lobo affrontait ses propres démons, et Brady savait d'expérience que personne ne pouvait l'aider.

— Bon, fit-il, à tout à l'heure.

Il enfourcha sa monture. En s'éloignant, il entendit les coups de hache qui reprenaient.

Il s'arrêta à la maison endormie pour prendre la boîte à pharmacie. Lobo en aurait besoin quand il viendrait le remplacer dans quelques heures, et Brady savait pertinemment qu'il n'irait pas la demander à Velma.

L'occasion de s'échapper se présenta enfin à Marisa. Depuis son excursion en ville, elle était retenue prisonnière chez elle. Ses gardiens étaient polis mais fermes. Elle ne devait pas quitter la maison.

Elle n'avait pas abandonné l'idée de parler avec Gar Morrow. Si elle découvrait la raison de la haine entre son père et lui, elle pourrait peut-être trouver un moyen de calmer les esprits. En tout cas, cela valait la peine d'essayer.

Les cow-boys, jusqu'au dernier, étaient à pied d'œuvre. Même les nouveaux hommes de main avaient été embauchés. Tous les points d'eau de la région étaient à sec, il fallait donc mener le bétail à la rivière. Cady, qui s'occupait des chevaux, avait travaillé plus dur qu'à l'ordinaire jusqu'à ce que son dos, en mauvais état depuis une chute de cheval, le fasse trop souffrir. Il avait fait dire à Marisa qu'il avait besoin d'un remontant. Elle y avait ajouté un peu du laudanum qu'ils gardaient toujours en réserve.

Elle lui apporta le breuvage elle-même. Quand elle fut certaine qu'il dormait, elle sella sa monture et s'enfuit. En galopant sur la piste sèche, elle éprouva un exaltant sentiment de liberté. Au retour, elle irait voir Sullivan. Sullivan. Même son nom lui semblait merveilleux.

Elle emprunta la piste qui conduisait au ranch Morrow, apercevant parfois d'autres cavaliers. La plupart lui étaient inconnus, et elle n'était guère rassurée : tout nouveau visage représentait désormais une menace.

L'après-midi touchait à sa fin quand elle franchit l'enceinte du ranch Morrow. La maison ressemblait beaucoup à celle de son père : ils les avaient construites ensemble.

Plusieurs chevaux étaient entravés à la barre devant la maison et, à son arrivée, un homme adossé à un montant disparut à l'intérieur. Avant même qu'elle soit descendue de selle, Gar Morrow apparut, suivi de l'homme en noir qu'elle avait vu au bal.

— Miss Newton, la salua Gar Morrow, visiblement surpris. Cette visite est…

— Inattendue ?

— Inattendue, approuva-t-il. Que me vaut l'honneur ?

— Je voudrais vous parler, annonça Marisa. Seule à seul.

Gar fronça les sourcils. Marisa avait vu autrefois une vieille photographie de son père avec Gar et Jake. Tous trois étaient alors de beaux jeunes hommes, mais Gar était sans aucun doute le plus séduisant, avec son sourire de jeune téméraire souligné par une énorme moustache. Même le pauvre cliché en noir et blanc n'avait pas pu faire disparaître l'étincelle dans son regard.

Mais à présent, ce visage était usé par le temps. Il était marqué par la même amertume que celui de son père, comme si la vie les avait déçus tous les deux. Seule restait la fierté.

Pendant un instant, elle crut qu'il allait refuser, mais il finit par lui offrir sa main pour l'aider à descendre de cheval.

— Attendez-moi ici, dit-il à l'homme en noir.

Une fois installés dans le salon confortable, il lui offrit un verre de sherry, qu'elle accepta. Visiblement, il était intrigué. Il avala une gorgée d'alcool avant d'entamer la conversation.

— Miss Marisa, je vous écoute.

— Je… j'espérais que vous pourriez me dire pourquoi… mon père et vous êtes ennemis.

— Il ne vous a rien dit ?

Elle fit non de la tête.

— Demandez-lui.

— Je l'ai déjà fait, expliqua-t-elle. Il ne veut pas en parler.

Le regard de Morrow s'adoucit.

— Vous ressemblez beaucoup à votre mère.

— Est-ce qu'elle a quelque chose à voir avec cela ?

Il soupira.

— Ce n'est pas juste que vous vous trouviez au milieu. Mais c'est à votre père de vous en parler.

— Vous étiez amis autrefois, essaya-t-elle à nouveau d'un ton désespéré.

Il se tourna vers le mur, de façon à lui cacher son visage.

— Les amis se font confiance, déclara-t-il, la voix dure. Malheureusement, votre père ne m'a pas fait confiance. C'est tout ce que je puis vous dire.

Il souffrait. C'était évident.

— Il n'y a rien que je puisse faire ? demanda Marisa.

— Plus maintenant. Ça a été trop loin.

— Mais d'autres personnes souffrent...

Cette fois-ci, ayant retrouvé son calme, il lui fit face.

— J'ai besoin d'eau pour mon bétail et rien ne m'empêchera de l'obtenir.

— Peut-être que si je savais, je pourrais intervenir et...

— Personne ne peut plus rien faire désormais.

— Vous avez tort. Il faut que vous ayez tort.

Il commença à tendre la main vers elle avant d'interrompre son geste.

— Vous lui ressemblez tellement. Elle voulait toujours faire la paix. Mais il veut la guerre. Que je sois damné si je me laisse ruiner par lui.

— Monsieur Morrow...

— Je suis désolé, Marisa.

Il hésita. Soudain, il parut harassé et vulnérable.

— J'ai essayé, Marisa, Dieu m'en est témoin. Encore et encore, j'ai tenté de le convaincre que rien...

Il s'arrêta, et elle comprit qu'il n'ajouterait pas un mot de plus. Elle en avait la nausée.

Elle n'avait pas envie de partir mais elle n'avait plus le choix.

— Merci de m'avoir reçue.

— Je n'ai rien contre vous. Dieu sait que je n'ai jamais voulu cette querelle entre nous. Mais ni lui ni moi ne reculerons. C'est lui qui a tort, bon sang !

Un frisson glacé parcourut le dos de Marisa. Elle se leva avec l'impression que l'hiver s'était soudain engouffré dans la pièce. Le tueur vêtu de noir l'aida à monter en selle. Il avait le bras fort et un regard de pierre.

Marisa lança sa monture au galop. Elle voulait Sullivan.

Elle voulait un peu de chaleur.

21

Dieu sait l'heure qu'il était quand Lobo se rendit enfin compte qu'il devait s'arrêter. Il avait coupé assez d'arbres pour construire trois barrages.

Il jeta sa hache à terre et plia les doigts en se traitant d'imbécile : ils étaient raides et meurtris, alors qu'il en avait plus que jamais besoin pour manier son arme.

Pourtant, il accueillait cette douleur avec joie. Elle lui était nécessaire pour oublier Velma Taylor.

Par moments, cet après-midi, il avait eu l'impression d'être à nouveau un enfant, avec une vie devant lui, un enfant qui rêvait.

Puis Canton était arrivé et le rêve avait été brisé. Il avait regardé Canton, et c'était comme s'il s'était regardé dans un miroir. Se tournant alors vers Velma, il avait vu sa peur et sa méfiance. Cela avait été pire que de recevoir une flèche dans le ventre.

Lobo examina l'amas d'arbres et de broussailles qui encombrait la rivière. Déjà, l'eau gonflait devant ce barrage de fortune. Newton ne tarderait pas à s'apercevoir que quelque chose n'allait pas.

Il remit difficilement ses gants. L'heure était venue de relever Brady. L'ex-shérif tenait bien mieux le coup que prévu, mais il avait quand même besoin de sommeil.

Lobo évita de passer près du ranch et gagna la colline directement. Il s'attendait plus ou moins à trouver Thomas endormi, mais il se trompait. Celui-ci était allongé à même la pente, la tête posée sur un bras, les paupières baissées. À la tension de son corps, Lobo sut qu'il ne dormait pas et qu'il surveillait la piste en contrebas.

— Construit un autre barrage ? demanda Thomas, laconique.

— Presque. Des visiteurs ?

— Non, même pas Doc Sullivan.

Une pause.

— Il vient souvent ?

Brady sentit la pointe de jalousie.

— Velma et lui sont amis.

Lobo fit la grimace et s'assit en tailleur, à la façon des Indiens.

— Ils... vont bien ensemble.

— Pas comme vous l'imaginez, répondit Brady, mi-troublé, mi-surpris.

C'était la première fois que Lobo s'adressait à lui sans l'insulter ou lui donner un ordre.

— Que voulez-vous dire ?

Brady hésita, puis céda :

— Doc Sullivan est fou de Miss Marisa, la fille d'Alex Newton. Ça fait des années que ça dure, mais il ne veut pas le reconnaître.

— Pourquoi ? s'enquit Lobo, en se demandant pour quelle raison il posait des questions aussi idiotes.

— C'est un peu comme vous. Il est fier. Autant que vous. Il a des accès de fièvre, parfois. La malaria. Il croit donc qu'il ne sera pas un bon mari.

— Je ne suis pas malade.

Brady haussa un sourcil broussailleux mais ne répondit pas. Il lui tendit la boîte de remèdes de Velma.

— Je vous ai apporté ça. Continuez à vous massacrer les mains, et il faudra bientôt vous chercher un nouveau métier.

— Et ça vous embêterait, hein ? se moqua Lobo.

— Je me fiche de ce que vous ferez quand tout ceci sera terminé, répondit Brady. Mais pour l'instant, Velma a besoin de vous.

Lobo lui adressa un regard acéré avant d'ouvrir la boîte. Thomas avait raison. Il enleva ses gants et examina ses mains. Elles n'étaient pas belles à voir, couvertes d'ampoules éclatées, en sang. Il se massa avec de l'onguent, et repensa à sa tendresse quand elle l'avait soigné. Bon Dieu, il n'arriverait donc pas à se la sortir de la tête !

Il rendit la boîte à Thomas, remarquant que les mains de l'ex-shérif étaient plus assurées. Il portait une arme à la ceinture.

— Je veux voir comment vous dégainez, dit-il soudain.

Brady tressaillit.

— Thomas, reprit Lobo d'une voix sourde et autoritaire, je dois savoir.

La requête était raisonnable, se dit Brady. Il fallait qu'ils le sachent tous les deux. Ils se levèrent en même temps, se tenant à peine à un mètre l'un de l'autre, les jambes bien écartées.

La main de Lobo planait au-dessus de son arme.

— Maintenant, dit-il soudain.

La main droite de Brady trouva son Colt et le tira d'un geste vif. Il ne heurta pas son étui comme lorsqu'il s'était entraîné ces derniers jours, et sa main ne tremblait pas. L'arme de Lobo aussi était sortie, elle l'était même bien avant la sienne, mais Brady savait qu'il ne s'était pas si mal débrouillé.

Il leva les yeux vers le visage de Lobo et y discerna l'ombre d'un sourire. Brady sourit à son tour en rengainant son arme.

— Vous n'avez pas trop perdu, fit Lobo.

— J'en ai perdu le goût, répliqua Brady.

La conversation prenait un tour déplaisant mais il savait que c'était important. Ils risquaient de se battre ensemble, et Lobo avait le droit de savoir à quoi s'attendre.

— Vous voulez m'en parler ?

— J'ai tué un homme désarmé.

Lobo le fixa droit dans les yeux.

— Connaissant votre réputation, vous deviez avoir de bonnes raisons.

— Ouais, c'est ce que je croyais, mais ce jour-là, je me suis rendu compte que je ne valais pas mieux que lui. Il n'y avait plus aucune différence entre lui et moi.

— Certains serpents, il vaut mieux les tuer.

— Un défenseur de la loi ne peut pas penser ainsi.

— La plupart des défenseurs de la loi que je connais se fichent pas mal de savoir si un homme a commis un crime ou non. Ils le veulent parce qu'il est recherché ou pourrait l'être et que la prime est bonne.

Brady se détourna.

— Je n'opérais pas de cette façon.

— On vous disait très fort.

— On vous disait très rapide.

— Mais pas aussi fort ?

On sentait l'ironie dans cette question.

— Je vous aurais chassé de la ville.

— Vous auriez essayé.

Brady ricana sans humour.

— Oui, j'aurais essayé.

— Et maintenant ?

Brady réfléchit et répondit honnêtement :

— Je suis sacrément content que vous soyez là.

— Ça vous flanque des boutons de l'avouer, hein ?

Encore une fois, Brady se dit qu'il devait la vérité à Lobo.

— Hier ou avant-hier, peut-être. Plus aujourd'hui.

— Je n'ai pas changé, Thomas.

— C'est peut-être moi.

— Et si quelqu'un vous propose une bouteille ?

— Vous ne faites jamais de cadeau, pas vrai ?

Lobo se balança d'une jambe sur l'autre.

— Vous aurez besoin de moi. J'aurai peut-être besoin de vous.

— D'accord. Je ne sais pas ce que je ferais si on m'offrait à boire. Ça vous va ?

— Ça me va.

— Bon, je vais essayer de dormir un peu. Je ne suis pas un de ces satanés Indiens qui n'ont jamais besoin de sommeil.

Lobo ne releva pas l'insulte. Il avait délibérément provoqué Brady.

— On s'y remet à l'aube. Soyez prêt. Vous enverrez Chad me relever.

Brady s'en alla.

Lobo était content de rester seul avec la nuit. C'était la seule chose qu'il comprenait.

Sullivan n'était pas à son cabinet quand Marisa y arriva. Il y avait un billet sur la porte. *Je suis chez les Appleton. J'ignore quand je rentrerai.*

Elle pouvait l'attendre un peu, il ne faisait pas encore nuit et son père serait furieux de toute manière. Quelques minutes de plus ou de moins n'y changeraient rien.

La porte était ouverte. Elle entra. Le bureau était simplement meublé et elle se demanda à quoi ressemblait sa chambre. Elle savait qu'elle avait tort, mais elle ne put s'en empêcher.

Quand elle ouvrit la porte, une odeur de savon lui chatouilla les narines.

La pièce était remarquablement propre et rangée. Il n'y avait d'ailleurs pas de quoi mettre du désordre, sinon avec les livres qui recouvraient un mur du sol au plafond. Le lit était fait. Sur la petite table de nuit, à côté d'un livre, une lampe à pétrole. Il y avait une autre table au milieu de la pièce, couverte d'autres livres. Elle se dirigea vers la table de nuit et s'empara de celui qui s'y trouvait : un recueil de poèmes de Walt Whitman. Elle l'ouvrit à la page marquée par un bout de papier et lut le titre du poème : *Oh, Capitaine ! Mon Capitaine*.

Elle commença à lire et se sentit aussitôt envahie d'une indicible tristesse.

— Il était infirmier durant la guerre de Sécession.

Elle faillit en lâcher le livre et se retourna, rouge comme une pivoine. Il était là, dans l'embrasure de la porte, et elle ne vit dans son regard qu'un tendre amusement, comme s'il comprenait pourquoi elle avait osé fouiller dans ses affaires.

— Qui ça ? demanda-t-elle, essayant de prendre un ton dégagé malgré son embarras.

— Walt Whitman.

— Vous… vous avez fait la guerre ?

— Oui.

— Comme docteur ?

— Et comme soldat.

— C'était terrible ?

— Pire que tout ce qu'on peut imaginer.

— C'est là que... vous avez attrapé la malaria ?

— Non. C'était avant, en Louisiane. Je suis né là-bas.

Marisa se rendit subitement compte qu'elle en savait peu sur lui. Il était arrivé à Newton peu après la fin de la guerre et n'était pas très bavard sur son passé. Les gens de la région, trop contents de récupérer un vrai docteur, essayaient de ne pas se montrer indiscrets.

— Vous étiez avec le Sud ?

La plupart des gens du Colorado avaient pris le parti des Nordistes.

Il hocha la tête.

Elle montra le livre.

— Velma avait l'habitude de lire ce poème en classe. Il parle d'Abraham Lincoln.

— Oui, dit-il avec douceur.

— Mais...

— Il y avait des gens bien des deux côtés, Marisa.

— La plupart de ceux que j'ai connus haïssaient les Sudistes.

— J'en ai peur.

— C'est pour cela...

— Je ne parle pas de la guerre parce que je n'aime pas y penser. Mon père a été tué à Shiloh et ma mère, ma sœur et ma... fiancée ont été tuées sur un bateau bombardé par les troupes de l'Union. Après la guerre, à mon retour, on m'a expliqué que la terre qui appartenait à ma famille depuis des générations avait été confisquée. J'aurais sans doute pu protester, mais après la mort de tous ceux que j'aimais cela n'avait plus guère de sens. J'en avais assez de la haine et des tueries, et je pensais que le climat du Colorado me conviendrait mieux. Voilà, à présent, vous savez tout, curieuse petite Marisa.

— Votre fiancée ? demanda-t-elle malgré elle.

Il hocha la tête.

— C'était il y a très longtemps, Marisa.

— Comment s'appelait-elle ?

— Julie, répondit-il avec tendresse.

Marisa eut soudain mal partout.

— C'est... à cause d'elle que vous ne vous êtes jamais marié ?

— Non.

Il hésita avant de poursuivre :

— Nous étions fiancés avant que je ne contracte la malaria, avant que je ne suive mes études de médecine. Les attaques ont empiré durant la guerre. Je voulais rompre nos fiançailles mais... elle est morte avant.

— Vous l'aimiez ?

C'était une question insensée, Marisa le savait, et elle aurait voulu la retirer.

Sullivan la considérait d'un air pensif.

— Oui. Nous avions grandi ensemble. Nous avions beaucoup de choses en commun.

Marisa tressaillit. Elle n'avait pas besoin d'un expert pour savoir qu'elle n'avait pas grand-chose en commun avec Sullivan. Mais, plus que pour elle-même, elle était triste pour lui : il avait tout perdu.

— Ne me regardez pas comme ça, Marisa. Ma vie actuelle est bien remplie.

— Mais pas heureuse, n'est-ce pas ?

— Alors, disons très heureuse.

— Vous mentez.

Moqueur, il afficha un air consterné.

— Tiens donc ? Et, d'après vous, Miss Marisa, que me faudrait-il pour être heureux ?

— Moi.

Voilà. C'était dit. Et elle en était contente.

L'amusement disparut des yeux de Sullivan, remplacé par quelque chose de plus profond.

— Et comment un vieil homme comme moi pourrait-il vous rendre heureuse ?

— Vous n'êtes pas vieux.

— Assez pour être votre père.

— Seulement si vous aviez été un garçon très précoce.

Il rit.

— Aussi précoce que vous, sans doute ?

Il n'y avait aucune ironie dans ces mots, seulement une appréciation étonnée.

— Je sais ce que je veux.

— En êtes-vous sûre, Marisa ? Ou bien est-ce simplement un défi que vous vous êtes lancé ?

— Je ne le pense pas, répondit-elle, honnête.

Il la scrutait avec intensité.

— Vous êtes une jeune femme remarquable, Marisa.

— Assez remarquable pour qu'on l'embrasse ?

— Oh oui, je pense, répondit-il joyeusement.

Il riait encore en se penchant vers elle.

Il avait voulu que ce baiser soit léger comme un souffle de vent pour chasser le souvenir du précédent, mais c'était un espoir ridicule. À peine fut-elle dans ses bras, à peine eut-il goûté l'exquise saveur de ses lèvres que toutes ses bonnes résolutions s'envolèrent. Il se sentait jeune à nouveau, jeune et plein d'espoir. Et cela, grâce à elle.

Depuis des années, il se réfugiait dans son métier et dans ses livres, se refusant ce genre de plaisir. Il avait décidé de ne pas se marier, de ne pas infliger à une femme son malheur, qui frappait sans prévenir. Et la seule solution était de ne plus jamais tomber amoureux.

Mais l'amour est pire que la malaria : il frappe en aveugle, et ses crises sont permanentes. Depuis qu'il connaissait Marisa Newton, il n'avait cessé d'être de plus en plus amoureux d'elle. Et c'est avec désespoir qu'il avait senti cet amour partagé.

Pourtant, il était toujours persuadé que rien de bon n'en sortirait. Marisa méritait mieux qu'un homme malade. Comment oserait-il la regarder en face après une crise ? Après qu'elle aurait pris soin de lui de la façon la plus intime ? Il lui arrivait même d'être violent au cours de ses attaques, de se débattre, en proie à d'horribles cauchemars dus à la guerre. Un jour où Velma s'était occupée de lui, il avait repris conscience pour apercevoir les bleus sur ses bras et son visage. Il ne se l'était jamais pardonné.

Mais, à présent, il ne sentait plus que sa douceur, sa passion, son désir. Sous ses lèvres, celles de Marisa s'ouvrirent comme une fleur au printemps. Il la serra dans ses bras avec une passion inouïe.

Ce fut la violence de son désir qui lui fit reprendre ses esprits. Il retrouva cette maîtrise de soi, acquise au fil des années. Il se raidit, ses bras retombèrent.

— Ne me quitte pas, murmura-t-elle, étonnée et perdue.

— Je n'en ai pas envie mais si je ne le fais pas, nous risquons de faire quelque chose que nous regretterons.

— Tu m'aimes, l'accusa-t-elle.

— C'est possible.

— Je t'aime.

— Peut-être.

— Alors pourquoi...

— Tu es peut-être persuadée de m'aimer maintenant, jolie Marisa. Qu'en sera-t-il quand tu devras t'occuper de moi comme une mère de son bébé ?

— Je t'aimerai plus encore.

— Parce que tu auras pitié de moi.

— Non ! Personne ne peut avoir pitié de toi, affirma-t-elle avec ferveur.

Mais il était incapable de la croire. Il essaya autre chose pour la décourager.

— Adorable Marisa, crois-tu vraiment pouvoir être une femme de médecin ?

— Je serai ce que je choisirai d'être.

— Pas de grand ranch ? Pas d'écurie remplie de chevaux ?

Il savait à quel point elle aimait monter, et se moquait gentiment d'elle. Marisa sentit sa colère s'enfler.

— Tu ne penses pas beaucoup de bien de moi, n'est-ce pas ?

La moquerie disparut aussitôt.

— Oh, si, Marisa. Sinon, je t'épouserais sur-le-champ.

Cela la fit sourire.

— Tu le ferais ?

Il hocha la tête.

— Alors, il ne me reste plus qu'à détruire cette bonne opinion que tu as de moi.

Elle lui adressa un sourire malicieux et fit demi-tour.

— Marisa !

— Salut, Sullivan !

La porte claqua derrière elle. Sullivan se traita de tous les noms et se précipita à la fenêtre. Il la vit s'éloigner au galop. Un bout de son cœur partait avec elle.

Dès qu'elle fut sortie de la ville, Marisa ralentit sa monture. Elle n'était pas pressée d'arriver chez elle pour affronter la colère de son père.

Plus que tout, elle avait besoin de parler à quelqu'un. À propos de son père, de Gar Morrow. À propos de Sullivan. Tout naturellement, elle prit la route du ranch de Velma.

Elle y arriva à la nuit tombée. Une lumière brillait encore dans la cuisine. Marisa n'était pas encore descendue de selle que la porte s'ouvrit à toute volée. Velma parut, à la fois déçue et ravie.

— Oh, Marisa, je suis contente de te voir !

Marisa la rejoignit.

— Je me demandais si on ne pourrait pas marcher un peu en bavardant ?

Velma en avait autant besoin qu'elle.

— Bien sûr, dit-elle en refermant la porte.

Elles se dirigèrent lentement vers la grange que Marisa découvrit avec stupéfaction. Depuis samedi, les travaux avaient énormément avancé.

— Lobo, expliqua Velma. Lobo et Brady.

Elle avait décidé depuis son départ de l'appeler ainsi. De façon, peut-être, à mieux l'accepter.

— Comment est-il ? s'enquit Marisa, soudain curieuse.

Velma sourit doucement.

— Il est comme le vent. Doux, parfois. Violent et imprévisible à d'autres moments.

— Doux ?

Marisa n'oublierait jamais le visage dur et le regard glacial qu'elle avait affrontés ce matin-là, quand elle avait tenté de lui parler.

Velma sourit. Décidément, personne ne voyait Lobo comme elle.

— Eh oui, fit-elle, mutine.

— Je n'arrive pas à le croire.

Mais un regard à Velma convainquit Marisa.

— Tu penses qu'il restera ?

— Non, mais j'accepte ce qu'il me donne, même si cela ne doit pas durer.

Marisa l'examina attentivement. Velma amoureuse ? D'un tueur à gages ? C'était impossible.

— Tu aimes Lobo ?

Bonne question. Aimait-elle Lobo autant que Jess ? La réponse lui vint sans qu'elle la cherche.

— Oui.

— Même si…

— Même si.

Fascinée, stupéfaite, Marisa ne put que s'exclamer :

— Mais c'est un tueur !

— Il est bien plus que cela, Marisa. Je n'ai jamais connu quelqu'un d'aussi doux envers les chevaux, et les enfants l'adorent. Même Brady a changé depuis qu'il est ici.

— C'est un tueur, répéta Marisa.

Cette fois-ci, Velma ne répondit pas. On le lui avait souvent répété, elle avait été témoin de cette scène, cet après-midi, mais elle ne l'avait jamais vu… en action.

— Que vas-tu faire ?

— L'aimer jusqu'à ce qu'il parte, dit Velma. S'il me le permet, ajouta-t-elle, incertaine.

— Et après ?

Velma lui lança un regard impuissant.

— Je continuerai à l'aimer, je suppose.

Marisa ne put s'empêcher de soupirer.

— Et moi qui venais te demander un conseil !

Immédiatement, Velma s'inquiéta pour son amie.

— Que se passe-t-il ?

— Sullivan.

Velma secoua la tête.

— Toujours aussi obstiné ?

— Je viens juste de me jeter à ses pieds.

— Et qu'a-t-il fait ?

— Il m'a dit que j'étais trop bien pour qu'il m'épouse.

Velma sourit.

— C'est vraiment ce qu'il a dit ?

— Il m'a dit que s'il ne pensait pas autant de bien de moi, il m'épouserait.

— Quel idiot !

— Ce n'est pas un idiot ! s'indigna Marisa.

— Non, bien sûr que non. Il est simplement aussi têtu qu'un autre monsieur que je connais. Ce doit être une caractéristique des hommes.

— Toi aussi, tu es une sacrée tête de mule, fit Marisa en pouffant.

Elles se regardèrent avant d'éclater de rire.

— Que puis-je faire ? demanda finalement Marisa.

— Sois patiente. J'ai vu comment il te regarde. Je crois qu'inconsciemment il attend que tu grandisses un peu et que tu saches exactement ce que tu veux.

— Je sais ce que je veux.

Redevenue sérieuse, Velma examina Marisa avec attention.

— Es-tu sûre ? Absolument sûre de toi ? Être femme de médecin n'est pas facile.

Marisa s'immobilisa.

— Pas plus que d'être la fille d'Alex Newton. Je hais cette ville en ce moment... ces étrangers à la mine patibulaire. Je hais ce qui est en train de nous arriver, à nous tous et à mon père.

Velma fit la grimace devant tant de véhémence.

— Veux-tu venir t'installer avec nous ? Il n'y a pas énormément de place et ça peut devenir dangereux, mais...

Marisa posa la main sur le bras de Velma.

— Merci, mais cela ne ferait que te rendre les choses encore plus difficiles.

— Je vois mal comment cela pourrait être pire.

— Chez moi, je peux essayer de ramener mon père à la raison.

— Mais tu viens de dire...

— Je sais, Velma. Il est comme fou. Plus rien ne compte pour lui que de te prendre le ranch et de ruiner M. Morrow. Mais je suis la seule qui puisse essayer.

Velma la prit dans ses bras.

— Tu es une vraie amie, Marisa.

— J'essaierai de te prévenir si mon père tente quelque chose. Je ne le laisserai pas vous faire du mal, à toi ou aux enfants.

— Nous avons Lobo maintenant.

— Tu ne crois pas qu'il peut être l'étincelle qui déclenche l'incendie ?

— Il ne bougera pas le premier, Marisa. Il est ici uniquement pour les enfants. Il… semble beaucoup tenir à les protéger.

— Eux et toi.

Velma ne répondit pas, mais elle rougit.

— Je ferais mieux de rentrer, reprit Marisa. Merci de m'avoir écoutée.

— Sullivan rendra les armes.

— Et ton Lobo ?

Velma secoua lentement la tête.

— Non, je ne pense pas.

— Eh bien, déclara Marisa de façon inattendue car elle n'avait jamais été très pieuse, je prierai pour nous deux.

— Sois prudente.

Alors Marisa la serra dans ses bras. C'était la première fois qu'elle faisait ce geste avec une femme. Avant Velma, elle n'avait jamais eu d'amie.

— C'est promis, répondit-elle.

Elle s'en fut très vite, pour que Velma ne voie pas ses lèvres trembler.

22

Chad apparut sur la colline à l'instant où le soleil franchissait l'horizon. Les yeux encore lourds de sommeil, il n'en semblait pas moins heureux.

— Brady m'a dit de venir monter la garde.

Lobo l'examina et, à nouveau, pensa à son frère. Ces derniers temps, ces éclairs de souvenirs étaient plus fréquents, comme si une barrière avait été rompue.

— Il n'y a personne à qui je ferais plus confiance, marmonna Lobo, aussitôt récompensé par un sourire éclatant.

Écœuré par sa faiblesse passagère, il sauta en selle. Deux ou trois heures de sommeil, c'était tout ce dont il avait besoin.

Il ne voulait pas retourner au ranch, mais il devait en être suffisamment proche si quoi que ce soit arrivait. Il se dirigea vers la rivière, vers l'endroit où Velma et lui avaient fait l'amour. L'herbe y était encore tassée, et cette vision lui fit mal.

La fin était proche – il le sentait instinctivement. Après, il partirait.

Et cette certitude était atroce.

Mais il n'avait pas le choix. Son nom et sa réputation ne feraient que leur attirer des ennuis. Velma et les enfants ne seraient jamais en sécurité. D'ailleurs, elle ne voudrait plus de lui, après ce qui s'était passé hier soir. Il ferma les yeux et proféra un juron obscène.

Brady attendait Lobo dans la grange. Comme celui-ci ne se montrait pas, il prit la décision de travailler seul au barrage. En arrivant à la rivière, il aperçut un peu plus loin l'homme allongé. Il ne le dérangea pas.

Il ouvrit de grands yeux en constatant le travail gigantesque abattu par Lobo après son départ. Seul un filet d'eau traversait le barrage. D'ici à la fin de la journée, Newton n'aurait plus de quoi abreuver son bétail. Les choses devenaient sérieuses. Brady se mit au travail, comblant les broussailles avec de la boue et des pierres. Quand il eut terminé, deux heures plus tard, il se lava dans la rivière et alla réveiller Lobo.

Il le fit avec précaution. Il était dangereux de réveiller un homme comme lui. Il s'approcha donc à pied, tenant son cheval par la bride et faisant le plus de bruit possible. Comme il l'espérait, Lobo l'attendait, assis.

— Ça va mieux ? s'enquit Brady.

Lobo grogna.

— J'ai fini le barrage. Et maintenant ?

— On va essayer d'irriguer le jardin.

— Comment ?

— En creusant un canal jusqu'ici. On fera sauter la rive, en espérant que la force du courant amènera l'eau jusqu'au jardin.

— Ça fait une sacrée distance.

— Ouais.

— Qui va creuser ?

Lobo haussa un sourcil.

— Je suis sûr que vous vous débrouillerez très bien.

— Pas aussi bien que vous.

Soudain, Lobo sourit. Brady en resta ébahi. C'était un sourire vrai, sans arrière-pensée. Il commençait à comprendre l'attirance de Velma pour cet homme, et cela le terrifia.

— J'ai une idée, annonça Lobo, une lueur dans les yeux. On va décider ça au tir.

— Vous savez que vous êtes plus rapide…

— Non, pas à la rapidité. À la précision. Il paraît que vous étiez bon.

— Autrefois, peut-être.

— Vous avez peur de tenter votre chance ? le provoqua Lobo.

Brady haussa les épaules.

— Pourquoi pas ?

— Choisissez la cible.

Brady jeta un regard circulaire. Il repéra un pin tendre qui absorberait les balles sans ricochets. Il ramassa un peu de boue sur la rive et traça deux lignes en travers du tronc, à une dizaine de centimètres l'une de l'autre. L'arbre n'avait pas plus de quinze centimètres de large.

Lobo hocha la tête en signe d'approbation. Brady se demanda alors s'il ne s'agissait pas encore d'un test.

— Vous d'abord, annonça Lobo.

C'était un ordre, et Brady se raidit. Mais il était bien décidé à ne pas se laisser impressionner. Il sortit lentement son arme de son holster. Sa main était glacée et moite mais elle ne tremblait pas, Dieu merci. Il pointa le Colt vers la cible. Son index trembla légèrement quand il se posa sur la détente. Brady hésita, sentant la présence de Lobo derrière lui.

Il respira un bon coup et visa avec soin. Il pressa la détente avec confiance. La détonation retentit, et il vit la balle déchiqueter l'arbre entre les deux lignes. Il éprouva un sentiment de victoire doux-amer.

— Pas mal.

Brady crut percevoir de la satisfaction dans la voix de Lobo sans en être certain. On n'était jamais sûr de rien avec lui.

Il recula en rengainant son arme, tandis que Lobo allait jusqu'à l'arbre.

— Plein centre, annonça-t-il.

Il se retourna vers Brady, les lèvres étirées en un étrange sourire. Une fois de plus, l'ancien shérif ne sut que penser. Lobo était imprévisible. Il échappait à toute définition. Même en cet instant, Brady ne savait s'il s'agissait uniquement d'un jeu, ou bien si Lobo le forçait à affronter ses propres démons.

— À votre tour, dit-il.

Lobo l'avait rejoint. Il se retourna, dégaina et tira dans le même mouvement, sans paraître viser. Des éclats de bois volèrent entre les deux lignes de boue.

Les deux hommes allèrent comparer les marques. Elles se trouvaient exactement côte à côte, à un centimètre l'une de l'autre.

— Match nul, décida Lobo.

Brady approuva.

— Bon, on dirait bien qu'on va devoir s'y coller tous les deux, déclara Lobo.

Brady ne put s'empêcher de sourire. Pas plus qu'il ne pouvait s'empêcher d'éprouver un respect grandissant pour cet homme. Il l'observa. Il y avait comme une lueur de victoire dans ses yeux, comme s'il venait de remporter un concours et non de se condamner à une journée de pioche et de pelle.

— Vous en faites pas, vous vous débrouillerez très bien, fit Brady, entrant dans son jeu.

Ils échangèrent un regard complice mais cela ne dura pas. Immédiatement après, Lobo se retrancha derrière son masque impénétrable, dans cette solitude dont il avait besoin. Brady en éprouva un choc qui le surprit.

— Allons-y, dit-il. Velma a dû partir maintenant.

Ils retournèrent au ranch sans échanger un mot.

Incapable de se concentrer sur la classe, Velma quitta l'école en début d'après-midi. Le ranch n'était plus très loin quand elle remarqua le cavalier qui les suivait. Soudain, elle le reconnut et la peur la saisit : c'était l'homme qui dirigeait la bande venue incendier la grange. Il n'était pas seul, deux de ses acolytes l'accompagnaient. Ils galopaient à leur poursuite d'un air particulièrement sinistre.

Elle cingla les chevaux avec ses rênes en hurlant aux jumeaux :

— Tenez-vous !

Les deux gamins sautèrent à l'arrière, et s'agrippèrent aux montants du chariot qui bondissait sur la piste. À chaque trou, à chaque pierre, il s'envolait mais Velma n'osait ralentir. Elle savait que si les trois hommes les rattrapaient, leur sort serait bien pire.

Un coup de feu retentit, affolant les chevaux. Elle perdit tout contrôle. Les rênes ne servaient plus à rien, pas plus que le mors, qu'elle tira en vain. D'un instant à l'autre, le chariot allait se renverser, les écrasant, les enfants et elle.

Le paysage défilait à une vitesse hallucinante, dans un tourbillon de couleurs. La terreur l'envahissait. Elle ne voulait pas mourir, pas maintenant qu'elle venait à peine de découvrir la richesse de la vie, la joie de l'amour. Elle s'arc-bouta encore une fois sur les rênes, mais les chevaux avaient le mors aux dents et elle n'avait plus la force de les retenir.

Velma entendit de nouvelles détonations et sentit un cavalier venir à sa hauteur. Elle regretta de ne pas avoir un fouet ou un pistolet. Luttant contre les chevaux emballés, elle vit du coin de l'œil l'homme gagner du terrain, couché sur l'encolure de son cheval pie.

Le cœur au bord de l'explosion, elle le vit se préparer à sauter. Il se dressa à moitié sur le dos nu de sa monture. Il resta une fraction de seconde en équilibre, avant de bondir sur le siège du chariot en folie. Il lui arracha les rênes. Malgré sa frayeur, Velma ne put s'empêcher de remarquer la tension extrême de ses muscles sous sa chemise, l'équilibre et la puissance de ses jambes, le magnétisme de sa voix qui calmait les chevaux. Ceux-ci ralentirent progressivement.

Velma se souvint alors comment Chad avait parlé de « l'étranger » qui avait bondi de son cheval sur le dos de Jupiter. Elle ne l'avait pas cru, et même maintenant, elle s'imaginait presque avoir rêvé. Une telle habileté semblait surhumaine. Elle avait failli mourir durant ce bref et si long instant où il avait paru suspendu dans l'air.

Un autre cavalier les rejoignit. Brady.

— Tout va bien, Velma ? demanda-t-il.

— Comment avez-vous su... ?

Ses lèvres tremblaient encore, et elle bredouillait un peu.

— Lobo semble posséder un sixième sens quand il s'agit de toi, expliqua Brady. On était en train de creuser le canal quand, soudain, il a tout lâché pour aller te chercher.

— D'où venaient ces hommes ?

— Ils sont partis dès qu'ils nous ont vus. En direction du ranch Newton.

— Ils ont eu peur de toi et de... Lobo, dit-elle doucement.

Il sursauta en l'entendant prononcer ce nom. Les chevaux avançaient au pas, à présent, la robe fumante de sueur, l'écume à la bouche.

Elle soutint son regard. Jamais le bleu-vert de ses yeux ne lui avait paru aussi sombre. Elle posa la main sur son bras. Il tressaillit, mais ne s'écarta pas.

— Plus de voyages seule, ordonna-t-il.

— Elle n'était pas seule, protesta un des jumeaux.

Velma vit Lobo peser sa réponse, au lieu d'éclater de rire comme l'auraient fait la plupart des hommes.

— Non, dit-il finalement, et elle avait beaucoup de chance d'avoir des compagnons aussi valeureux, mais je pense qu'elle a aussi besoin de quelqu'un comme Brady, qui sait tirer.

Par ces quelques mots, il avait considérablement rehaussé le prestige de Brady aux yeux des garçons. Velma vit l'ancien shérif fixer Lobo brièvement avant de détourner le regard. Soudain, son cœur s'arrêta. Elle venait de comprendre ce que faisait Lobo : il préparait son départ. Et, pour ce faire, il offrait à Brady le plus beau cadeau qui soit : le respect.

Jusqu'au ranch, les jumeaux menèrent la conversation.

— Je n'avais pas peur, disait Jeremy.

— Si, tu avais peur, je t'ai entendu crier.

— Tu criais plus fort.

— C'est pas vrai.

— Si, c'est vrai.

Velma adressa un regard d'excuse à Lobo, qui haussa les épaules.

— Merci, dit-elle. Décidément, je n'arrête pas de vous remercier.

Elle n'arrivait plus à le tutoyer.

— Je préférerais que vous vous en passiez.

— Comment avez-vous su que nous avions besoin d'aide ?

Il resta silencieux. Il n'en savait rien. Il piochait avec Brady quand, tout à coup, il avait éprouvé une peur panique. Il n'avait rien ressenti de tel depuis son enfance, et il avait soudain compris pourquoi cette terreur était aussi intense : il avait peur pour quelqu'un d'autre.

Sans un mot, il avait aussitôt lâché sa pioche et couru jusqu'au corral. Sans prendre le temps de seller son cheval, il avait galopé jusqu'à la piste, sachant que Brady le suivrait. Il avait senti ce que Lobo n'avait pas dit. Ils travaillaient ainsi, à présent, liés par une compréhension muette.

Il n'avait pas tardé à apercevoir le chariot bondissant follement sur la piste, suivi par les trois hommes qui tiraient. Ils avaient pris la fuite en le voyant. Il n'avait pu se lancer à leur poursuite, car il fallait arrêter le chariot d'abord.

Mais il avait reconnu l'un des trois. Keller. Celui qui était venu pour brûler la grange. Quant aux deux autres, il les reconnaîtrait s'il les voyait. Lobo n'oubliait jamais un homme qui se mettait en travers de sa route. Surtout pas Keller.

Quand ils arrivèrent à la colline, Chad se dressa pour les saluer. La maison, la cour, tout semblait paisible. Même le poulailler était anormalement calme.

Velma poussa une exclamation de surprise en découvrant le fossé qui partait du jardin en direction de la rivière. Elle se tourna vers Lobo.

— Ça va marcher ?

— Je crois qu'il est assez profond. L'eau se masse déjà derrière le barrage. Nous allons faire sauter la rive cet après-midi. La force de l'explosion devrait permettre à l'eau d'arriver jusqu'ici.

— À la dynamite ?

Il hocha la tête.

Elle hésita.

— Cela risque d'être dangereux, n'est-ce pas ?

— Pas si on sait ce qu'on fait.

Elle n'insista pas.

— Je pourrai regarder ?

Il haussa les épaules et il répondit d'une voix enrouée, comme si les mots avaient du mal à sortir.

— Je ne peux pas vous en empêcher.

Quand le chariot s'arrêta, les jumeaux bondirent pour s'occuper des chevaux.

— Faites-les marcher un peu avant de les étriller vigoureusement, leur dit Lobo.

Les deux garçons hochèrent la tête à l'unisson. Ils étaient prêts à marcher sur la tête s'il le leur demandait. Lobo sauta à terre avant de se retourner pour aider Velma. Elle se leva. Il la saisit par la taille avec une telle délicatesse que si elle n'avait senti la chaleur de ses paumes sur ses hanches, elle aurait pu croire qu'il ne la touchait pas. Pourtant, elle s'envola littéralement dans les airs avant d'atterrir en douceur devant lui.

Elle chercha son regard mais il partait déjà, disparaissant dans la grange. Se sentant abandonnée, elle chercha du soutien autour d'elle. Brady l'observait. Quand il croisa son regard, l'ancien shérif sourit d'un air timide, comme s'il partageait son secret. Elle tenta de lui rendre son sourire tout en l'étudiant.

Il n'était plus braqué contre Lobo. Il se tenait plus droit, et son regard avait retrouvé sa clarté. Il portait à nouveau son arme à la ceinture. Elle se demanda s'il avait tiré, tout à l'heure, sur la piste.

Soudain, Estelle apparut sous la véranda. Un sourire timide sur les lèvres, elle contemplait Brady. Velma ne l'avait jamais vue aussi jolie. Sa chevelure blonde avait été brossée, et sa mince silhouette avait quelque chose de plus ferme dans le maintien. La douceur de son expression était délicate.

Brady avait senti sa présence. Il se tourna lentement vers elle et ouvrit des yeux admiratifs.

Quelque chose passa brièvement entre eux, que Velma n'aurait pas senti si elle ne les avait si bien connus : quelque chose d'indéfinissable et de très intense, qui rapprochait ces deux êtres qui avaient tant souffert. Un espoir insensé la saisit. Et si Estelle et Brady... ?

Lobo ressortit de la grange, un paquet à la main. La dynamite, sûrement, se dit Velma. Il fit un signe de tête à l'intention de Brady, avant de sauter sur son cheval.

Brady l'imita. Velma s'approcha de Lobo.

— Je peux monter avec vous ?

Il ne réagit pas tout de suite, puis il donna la dynamite à Brady avant de lui tendre la main sans un mot. Dès qu'elle fut installée devant lui, il lança le cheval pie au galop.

Un flot de sensations traversa Velma. C'était la première fois qu'elle était si proche de lui depuis... Non, elle ne voulait pas y penser ! Elle bannit toute émotion, refusa d'écouter son corps si merveilleusement niché contre le sien.

Ils suivaient le fossé. Il faisait bien soixante-dix centimètres de profondeur, et s'étalait sur près de cinq cents mètres. Elle se demanda comment Brady et Lobo avaient pu accomplir un tel travail en une seule matinée.

Ils arrivèrent à la rivière. Le barrage fonctionnait : l'eau remplissait à présent tout le lit de la rivière.

Cela faisait plusieurs mois qu'elle n'avait pas atteint un tel niveau.

— Ça marche, annonça Lobo en sautant à terre. Newton ne va pas tarder à avoir des problèmes et nous, de la visite.

— Qu'allez-vous faire ?

— Voir si tout ça sert à quelque chose ou pas.

Il savait ce que le jardin signifiait pour elle et les enfants. Avec une bonne récolte, ils pourraient passer l'hiver et le printemps prochains. Ils pourraient ainsi économiser l'argent du maigre salaire de Velma pour acheter une vache, et peut-être un veau : le début d'un troupeau. Le début d'une relative sécurité. Il voulait la leur offrir. Il le voulait terriblement.

— Si vous connaissez des prières, reprit-il, c'est le moment de les dire.

Les deux hommes se remirent à creuser. Elle les observa. Lobo donnait les ordres mais écoutait les suggestions de Brady. Ils prolongèrent le fossé au plus près de la rivière, puis Lobo enfouit plusieurs bâtons de dynamite dans l'étroite bande de rive restant entre les deux.

— Reculez, ordonna-t-il. Derrière les arbres.

— Mais vous...

— J'aurai largement le temps si je n'ai pas à m'occuper de vous deux.

Brady entraîna Velma à l'abri.

Son cœur s'arrêta de battre quand elle le vit allumer la mèche. Il bondit hors du fossé, et les rejoignit d'un pas vif mais sans courir.

Plusieurs secondes s'écoulèrent. Lobo s'agita à côté. Rien ne se produisait. Il s'apprêtait à y retourner quand l'explosion déchira le ciel, projetant de la poussière et des rochers dans toutes les directions.

23

Ils l'entendirent avant de la voir : l'eau coulait.

Du coin de l'œil, Velma surveillait Lobo tandis qu'ils approchaient du fossé. Il souriait. Il avait eu peur que le sol trop sec n'absorbe l'eau, mais un flot épais serpentait maintenant en direction du ranch.

— Tu as réussi, dit Velma, les yeux brillants.

Dans son euphorie, elle l'avait tutoyé.

Lobo se tourna vers Brady.

— Nous avons réussi, corrigea-t-il.

Velma suivit son regard.

— Merci, dit-elle à Brady qui semblait profondément satisfait. Merci à vous deux.

Exultante, elle serra la main de Lobo. Il n'y tint plus. Il la prit dans ses bras et l'embrassa.

Depuis hier, il vivait un enfer. Quelques minutes plus tôt encore, durant leur chevauchée, il avait senti son corps si vivant, si doux contre le sien. À présent, il ne pouvait plus résister.

Ils s'embrassaient avec une joie, une passion merveilleuses, oubliant le monde qui les entourait, oubliant même Brady qui les regardait.

Éblouie, heureuse, Velma ferma les yeux. Elle se pressait contre ce corps désormais familier et si magnétiquement attirant. Elle avait l'impression de fondre, de se dissoudre en lui. Les larmes lui montèrent aux yeux, gonflant sous ses paupières comme l'eau derrière le barrage. Finalement, elle le regarda. Il ne souriait pas. Non, c'était autre chose. Il semblait transformé. Une expression radieuse illuminait ses traits, exprimant une joie d'une pureté absolue, un bonheur total. Incapable de s'arracher à un tel spectacle, elle resta là, immobile, se rassasiant de son bonheur, de son corps vibrant, consciente qu'elle éprouvait un désir équivalent.

Il y eut une petite toux discrète derrière eux et elle sentit Lobo se raidir. Se rappelant brusquement la présence de Brady, ils relâchèrent leur étreinte et se retournèrent vers lui.

Même s'il ne semblait pas désapprouver, Brady arborait un air sombre.

— Je crois que nous devrions nous préparer à la visite d'Alex. Certains de ses hommes ont dû entendre l'explosion.

La lumière s'éteignit dans les yeux de Lobo. Velma eut l'impression qu'une éclipse venait de cacher le soleil. Lobo acquiesça.

— Ils vont très vite trouver le barrage. Depuis ce matin, ils n'ont presque plus d'eau. Ramenez Velma au ranch. Je resterai ici pour m'assurer que personne ne touche au barrage, en tout cas pas avant que l'eau n'ait irrigué le jardin pendant plusieurs heures. Si vous avez des visiteurs indésirables, tirez deux coups rapprochés. J'en ferai autant.

Brady était d'accord.

Lobo lâcha enfin la main de Velma.

— Pars avec lui.

— Mais...

— Non, Velma. Pour ça, c'est moi qui commande.

La détermination glacée était revenue. Il avait retrouvé son air implacable. Elle effleura de la main ses lèvres à présent si dures.

— Tu feras attention ?

— Je fais toujours attention, répliqua-t-il avec, cette fois, une ineffable tendresse dans la voix.

Brady était déjà en selle et elle le rejoignit. Mais elle ne quittait pas Lobo des yeux, tandis qu'ils s'éloignaient.

Adossé à un arbre, il semblait parfaitement tranquille, mais l'intensité de son regard turquoise démentait cette nonchalance. La peur la saisit. La peur de ne plus jamais le revoir. Il parut le sentir car, soudain, il lui adressa un petit geste rassurant.

Finalement, elle le perdit de vue. Elle s'accrocha à la taille de Brady.

— Tout ira bien.

La voix de Brady lui parut étrange. Après ce baiser, il devait comprendre la force de ce qui l'unissait à cet homme qu'il avait méprisé.

Velma n'éprouvait aucune honte. Elle n'avait jamais pensé se donner, offrir son corps en dehors du mariage. Pourtant, rien au cours de sa vie ne lui avait paru plus juste que son union avec Lobo.

— Tu n'approuves pas ? demanda-t-elle.

Elle le tutoyait, lui aussi, comme si le danger imminent les rapprochait tous. Ils longeaient le fossé où l'eau coulait en gargouillant, telle une langue brillante dans la terre aride.

— Je crois bien qu'elle va arriver jusqu'au jardin, répondit-il.

Velma ne se laissa pas manœuvrer.

— Tu n'es pas d'accord, n'est-ce pas ?

Il se retourna pour la dévisager.

— Ce n'est pas à moi d'approuver ou de désapprouver. Je n'en ai pas le droit.

— Tu es mon ami. Tu as tous les droits.

— Ne me pose pas de questions impossibles, Velma.

— Tu as changé d'opinion sur lui.

Ce n'était pas une question mais une constatation.

— Peut-être.

— Brady ! fit-elle, exaspérée.

Il resta silencieux. Il ne savait que répondre. Il avait changé d'opinion sur Lobo, mais le bonhomme était synonyme d'ennuis et le serait toujours. Il n'imaginait pas comment il serait possible à Lobo de rester, et il avait désespérément peur de voir le cœur de Velma se briser. Il connaissait trop bien la douleur de perdre ceux qui vous sont chers.

Brady éprouvait une peine qui le surprenait. Il avait de la peine non seulement pour Velma, mais aussi pour le *pistolero*. Il avait vu comment il avait embrassé Velma, et ne doutait plus que Lobo l'aimait à la folie.

Ils arrivaient à la maison. Brady poussa un soupir de soulagement mais, en aidant Velma à descendre de cheval, il vit son air buté, l'expression têtue et obstinée avec laquelle elle le fixait et qu'il ne connaissait que trop bien.

Elle aurait besoin de quelqu'un après le départ de Lobo, s'ils survivaient à ce qui allait se passer. Voilà, c'était aussi simple que cela : Brady venait de retrouver une raison de vivre.

Velma. Chad. Les jumeaux. Sallie Sue. Estelle. La jolie Estelle, qui reprenait goût à la vie. Et Lobo. Bon sang, il se souciait même du sort de Lobo ! Voilà la découverte la plus étonnante.

Velma continuait de le dévisager. Il aurait voulu mentir, lui dire qu'il approuvait, qu'elle avait changé Lobo comme il l'avait changée, et qu'ils vivraient heureux longtemps ensemble. Mais il en était incapable.

Pas à elle. Lobo, le loup solitaire, ne pourrait pas survivre dans le monde civilisé de Velma George Taylor.

Il repensa alors à sa femme, à l'amour qu'ils avaient partagé. Qu'est-ce qui valait mieux ? N'avoir jamais connu cet amour, ou bien l'avoir connu puis perdu ?

Non, se dit-il, en proie à une immense peine, non. Jamais, il ne rendrait une seule des secondes qu'il avait passées avec elle, même en sachant...

Il baissa les yeux vers Velma.

— Prends, dit-il alors avec une ferveur inattendue. Prends chaque instant qu'il te donnera et chéris-le.

Herb Edwards, le contremaître de Newton, discutait avec celui-ci de la baisse inquiétante de la rivière, quand Keller frappa à la porte.

Herb n'aimait pas Keller. En fait, il n'aimait rien de ce qui se passait ces derniers temps. Herb Edwards était un bon cow-boy. Il n'aimait ni les armes à feu, ni ceux qui s'en servaient. Il aimait encore moins les hommes que son patron venait d'embaucher. Ils n'en faisaient qu'à leur tête. Ils ne savaient pas s'occuper du bétail, disparaissant quand on avait le plus besoin d'eux, par exemple pour rattraper une bête perdue ou bien conduire les plus faibles du troupeau jusqu'à la rivière.

Les nouveaux venus étaient arrogants et dangereux. Il avait été soulagé quand le dénommé Lobo avait disparu, mais cinq autres avaient aussitôt pris sa place. Cinq individus qui ne valaient même pas qu'on leur crache dessus.

Keller était le pire du lot. C'était sans doute pour, cette raison qu'il était leur chef, même après avoir perdu la face au ranch de Velma Taylor. Herb n'y était pas, mais il l'avait entendu dire par les cow-boys qui avaient accompagné Keller. Herb sentait que Keller n'en resterait pas là. Son « honneur » était en jeu, même s'il n'était pas assez brave pour affronter Lobo d'homme à homme.

Alex jeta un regard impatient à Keller.

— Qu'y a-t-il ?

— Un de mes hommes a entendu une explosion chez Miss Taylor. Je me demandais si ça n'avait pas quelque chose à voir avec le fait que la rivière est asséchée.

— Allez voir, dit Alex.

— Vous m'avez interdit d'aller chez cette femme sans votre permission, remarqua Keller, sarcastique.

Alex se souleva à moitié hors de sa chaise.

— Vous l'avez.

— Monsieur Newton… commença Herb.

— Ne me dites pas d'attendre, Herb. Cette maudite rivière n'a jamais été asséchée. Pas de violence, poursuivit Alex à l'intention de Keller. Pas tant que je ne le dirai pas.

— Et si on nous tire dessus ?

— Dans ce cas, dans ce cas *seulement*, répliquez.

Herb serra les poings. C'était tout ce que Keller attendait.

— Monsieur Newton, j'irai, moi aussi.

— Je croyais que vous ne vouliez rien avoir à faire avec ça ?

C'était la vérité, mais il avait peur de ce qui risquait d'arriver.

Alex étudia les deux hommes. Keller, la main sur son arme, l'air toujours aussi dédaigneux, et Herb qui semblait tendu. Cela faisait plus de dix ans qu'il était à son service. Il avait confiance en lui, et connaissait son aversion pour les hommes comme

Keller et Lobo. Il hocha la tête, lui donnant finalement son approbation.

Les deux hommes s'en furent. Alex serra les roues de son fauteuil roulant. Il haïssait cette impotence qui l'avait frappé à la mort de sa femme, depuis qu'il était revenu chez lui sans prévenir, par un bel après-midi d'automne, pour s'apercevoir que Mary ne l'attendait pas, pour entendre la gouvernante lui révéler où elle se trouvait.

Il avait été en pleine forme toute la journée. Avec Jake et Gar, ils avaient réuni leurs troupeaux. Jake et lui, accompagnés par des cow-boys des trois ranches, revenaient de Denver où ils avaient livré une bonne centaine de têtes aux mines d'or et d'argent. À une cinquantaine de kilomètres de Newton, Alex avait décidé de partir devant. Mary et leur petite fille de trois ans, Marisa, lui manquaient. Il avait été absent pendant près de quatre semaines, et il n'aimait pas les abandonner trop longtemps.

Une heure plus tard, il avait senti la fumée. Quittant la piste, il avait découvert une petite ferme incendiée... et trois cadavres, ceux d'un homme, d'une femme et d'un jeune garçon, tous tués par des flèches.

Les attaques d'Indiens renégats étaient rares dans la région. Quand ils étaient arrivés dans le Colorado, avec Jake et Gar, ils avaient tout fait pour vivre en paix avec les tribus largement décimées du voisinage.

Soudain inquiet, il était reparti au galop. Ayant besoin d'un maximum d'hommes pour conduire le bétail jusqu'à Denver, il en avait laissé très peu au ranch. Gar, qui devait les accompagner, avait finalement décidé de rester pour veiller sur leurs trois ranches, mais il habitait à plusieurs kilomètres.

En arrivant en vue de son ranch, apparemment intact, Alex avait poussé un soupir de soulagement. Retrouvant sa joie, il éperonna sa monture pour arriver au plus vite chez lui.

Il sauta de selle en appelant Mary à grands cris, mais seule Teresa, la gouvernante, apparut.

— Où est Mary ?

— Elle n'est pas là, *senor*, répondit Teresa, gênée.

Alex fronça les sourcils.

— Où est-elle ?

— Chez... le *senor* Morrow, je crois.

Cette réponse le surprit. Il savait que Mary aimait beaucoup Jake et Gar. Celui-ci lui avait même fait la cour avant qu'elle ne fixe son choix sur lui, mais il ignorait qu'elle lui rendait visite. Soudain, il repensa aux Indiens renégats.

— Quelqu'un l'a accompagnée ?

— Non, *senor*. Personne ne l'accompagne jamais.

Il lui fallut quelques secondes pour comprendre ce dernier mot.

— Jamais ?

Teresa se mordit les lèvres comme si elle venait de dire quelque chose qu'elle n'aurait pas dû. Elle fit mine de se retirer.

— Teresa !

— *Senor ?*

— Qu'est-ce que ça veut dire, jamais ? Combien de fois est-elle allée chez lui ?

— Pas très souvent, *senor*.

Le ventre noué, Alex se pencha vers la gouvernante.

— Comment sais-tu qu'elle est allée chez lui ?

— Je les ai entendus parler, *señor*, quand il est venu la voir.

Le cœur d'Alex s'arrêta. Mary et Gar. Il pouvait comprendre que Gar vienne ici s'assurer que tout allait bien, mais il ne voyait pas pourquoi Mary allait chez Gar. Il était célibataire, et chaque fois qu'Alex lui conseillait de se marier, il répondait que cela ne l'intéressait pas, qu'il n'existait qu'une seule Mary sur terre et qu'elle était avec Alex.

— Pourquoi, Teresa ? Sais-tu pourquoi ?

Elle rougit. Elle savait quelque chose, c'était évident. Alex se raidit. Gar et Mary avaient toujours été très proches. Ils bavardaient souvent d'un ton léger et complice. Dans ces moments-là, Alex, qui n'avait jamais été très doué pour la conversation, les écoutait avec plaisir. À présent, cette complicité entre eux le rendait fou de jalousie. Pourquoi Gar n'était-il pas venu à Denver, comme prévu ? Pourquoi Mary était-elle allée chez lui ?

— Pourquoi, Teresa ?

— Je ne sais pas, *senor*. Je les ai juste entendus dire...

— Dire quoi ?

— La *senora* disait qu'elle attendait ce moment depuis longtemps, et que maintenant que vous étiez parti...

— Je t'écoute, Teresa.

— ... c'était l'occasion ou jamais.

Il eut envie de hurler. Mary et Gar. Mary et Gar. Non ! Pas sa femme et son meilleur ami. Pas Mary.

Il fit volte-face, incapable de se refréner. Il devait les confondre, leur faire avouer la vérité. Teresa avait peut-être mal compris.

Il bondit sur son cheval fourbu par le long voyage et le mena, sans pitié, à un train d'enfer.

À mi-chemin du ranch de Gar, il repéra le buggy qu'il avait offert à Mary. Il était immobilisé un peu à l'écart de la piste. Le cheval blanc avait disparu. Il ralentit l'allure, sa rage cédant la place à une terreur comme il n'en avait jamais connu.

Elle gisait en travers du siège, ses longs cheveux sombres flottant sur le cuir fin, le sang perlant à la commissure de ses lèvres. Il descendit de selle et la rejoignit lentement. Il savait déjà qu'elle était morte.

Une flèche avait transpercé ce sein qu'il avait chéri et caressé. Une autre avait cloué son bras au siège. Il effleura sa chevelure de satin, sa peau douce. Délicatement, tendrement, il lui ferma les yeux.

Alex se pétrifia. Sa vie venait de tomber en ruine. Il n'aurait même pas le réconfort des souvenirs : ceux-là lui avaient été enlevés quelques minutes plus tôt, chez lui.

Gar. C'était lui le responsable. Gar, son ami. Gar, à qui il aurait confié sa propre vie, à qui il avait confié sa femme, et qui venait de les lui arracher toutes les deux. Elle ne serait pas morte s'il ne l'avait pas séduite, si elle ne s'était pas rendue chez lui sans escorte.

Fou de rage et de douleur, il s'était rué chez Gar et avait hurlé son nom. Celui-ci était sorti, le sourire aux lèvres, jusqu'à ce qu'il découvre l'expression d'Alex. Sans prévenir, Alex avait dégainé et tiré. La balle avait atteint Gar au côté avant qu'un de ses hommes ait pu lui lancer son Colt pour se défendre. Alex le visait à nouveau. Gar avait fait feu à son tour. Une douleur abominable avait alors saisi Alex, avant qu'il ne sombre dans un trou noir...

Seize ans avaient passé. Seize années de solitude et d'amertume provoquées par la trahison de ceux qui lui étaient le plus chers. Seize années de douleurs constantes causées par la balle de Morrow. Il l'avait privé de sa femme et de l'usage de ses jambes.

Alex ravala sa bile. Il avait attendu tout ce temps à cause de Jake, le seul en qui il avait encore confiance. Jake lui avait sauvé la vie autrefois et lui avait demandé, au nom de cette dette, de ne pas chercher à se venger de Gar Morrow.

Jake avait même tenté de lui faire rencontrer Morrow, mais Alex avait toujours refusé : Mary était morte par sa faute. Mary l'avait trahi par sa faute. Et plus les années passaient, plus il devenait riche et plus il élaborait sa vengeance. Faire tuer Morrow était trop simple. Il voulait le détruire, détruire tout ce pour quoi il avait travaillé toute sa vie, comme lui-même avait perdu tout ce à quoi il tenait.

Lobo était prêt quand Keller et les six autres arrivèrent.

Il savait qu'ils suivraient la rivière et il les attendait, sa carabine à répétition à la main, caché derrière les arbres, totalement invisible.

Keller chevauchait en tête. Il se mit à jurer en découvrant le barrage, et ordonna immédiatement à trois de ses hommes de le détruire.

Lobo attendit que les trois hommes aient enlevé leurs ceintures pour ne pas mouiller leurs armes, et se soient engagés dans l'eau.

Il sortit alors de son abri.

— Je ne ferais pas ça si j'étais vous, dit-il, le canon de son arme braqué droit sur le cœur de Keller.

Celui-ci pâlit.

— Lobo !

— Enlève ta ceinture et lance-la avec ton fusil sur la rive. L'un après l'autre.

— C'est toi qui as fait ça ? fit Keller en montrant le barrage.

Il gagnait du temps. C'était la deuxième fois qu'un homme seul le désarmait avec une facilité aussi dérisoire.

Lobo lui adressa un sourire carnassier.

— Du beau travail, hein ? Maintenant, fais ce que j'ai dit, ou je peux t'assurer que tu ne tiendras plus jamais une arme.

Les traits crispés par la fureur, Keller lui obéit.

Lobo se tourna vers le voisin de Keller.

— À toi. Sois prudent, très prudent.

Ensuite, ce fut le tour des deux autres. Les trois hommes dans la rivière ne bronchaient pas.

Lobo se tourna vers l'un d'entre eux, son arme toujours pointée vers Keller.

— Toi. Va ramasser tout ça, et jette-le dans la rivière.

Keller en bafouilla.

— Non... ça va les abîmer.

— Sans blague ? Tu n'as pas été invité à venir sur cette propriété, Keller. Estime-toi heureux que je ne vous enlève que vos armes.

— Tu n'as pas le droit de...

— Ce fusil dit que j'ai tous les droits, répliqua froidement Lobo en le braquant vers l'homme dans la rivière. Allez !

L'homme n'attendit pas de se le faire répéter. Il s'extirpa de la rivière et, une à une, y jeta les armes.

Quand il eut terminé, Lobo lui fit signe, ainsi qu'aux autres, de remonter en selle.

— La prochaine fois que je vous trouve sur les terres de Miss Taylor, vous perdrez aussi vos chevaux, et peut-être quelque chose de plus important. Maintenant, fichez le camp d'ici.

Keller était blême de rage.

— Tu ne t'en tireras pas comme ça, Lobo. Vous n'avez pas le droit de construire un barrage.

— Dis à Newton que la rivière ne lui appartient pas. S'il veut de l'eau, il devra offrir quelque chose en échange.

— Que voulez-vous ?

La question, posée avec calme, venait d'un autre homme qui ne ressemblait guère à Keller. Lobo tourna son attention vers lui.

— Il ne s'agit pas de ce que je *veux*. Mais de ce que j'obtiendrai. Miss Taylor peut faire ce qu'elle veut de sa portion de rivière. Elle veut la partager avec tous ceux qui en ont besoin. *Tous*. Dites ça à votre patron. Répétez-lui exactement ça. Pas d'eau pour Morrow, pas d'eau pour Newton. C'est aussi simple que ça.

— Tu ne t'en tireras pas comme ça, répéta Keller.

Lobo le considéra d'un air las et méprisant.

— Tu crois pouvoir m'en empêcher ? Tu veux tenter ta chance ? Maintenant ?

— Je n'ai même pas d'arme, bon sang.

— Eh non, tu n'en as pas ! Dommage, il faudra attendre la prochaine fois. Maintenant, fichez le camp avant que je ne décide de vous confisquer vos chevaux en plus. Oh, et dites à Newton que ces arbres sont parfaits pour tendre des embuscades. Quiconque essaiera de toucher au barrage récoltera une balle.

— Et tu comptes nous arrêter tout seul, Lobo ? ricana Keller.

Lobo le contempla longuement.

— Tu crois ce que tu veux.

Keller tressaillit. Lobo aurait-il trouvé de l'aide ?

— Je te tuerai, Lobo.

— Ceux qui ont essayé sont tous au cimetière, répliqua Lobo en abaissant sa carabine.

Par ce geste, il leur indiquait qu'ils ne constituaient plus une menace pour lui. Mais aucun des sept hommes ne s'y trompa : ils ne tentèrent rien, n'esquissèrent pas le moindre geste. Depuis l'autre nuit, ils connaissaient sa rapidité...

Keller fit faire volte-face à sa monture, sa main se crispant rageusement sur son étui vide. Soudain, Lobo tira en l'air, affolant les chevaux. L'un des cavaliers faillit être éjecté de sa selle. Ils partirent tous, à l'exception de Keller qui retenait sa monture.

— Je te tuerai, répéta-t-il.

Lobo lui tourna le dos, affichant ouvertement son mépris. Lobo souhaitait que Keller tente quelque chose. Il le souhaitait de tout son cœur, car il n'avait pas oublié que l'homme avait failli tuer Velma et les jumeaux.

Mais il n'y eut aucun bruit derrière lui. Finalement, il se retourna. Keller était toujours là, indécis.

— Une chose encore, Keller. Si tu t'en prends une fois encore à Miss Velma ou à l'un des gosses, je ne te laisserai pas la moindre chance. Je te traquerai à mort.

Chacun de ces mots était comme un poignard de glace.

Keller se décomposa, pétrifié sur sa selle.

Lobo disparut parmi les arbres.

24

Velma et Brady entendirent la détonation et attendirent en vain le deuxième coup de feu. Elle se tourna avec angoisse vers Brady.

Il la rassura :

— Il a dit deux coups.

— Mais...

— Tu as confiance en lui ou pas ?

— Oui.

— As-tu confiance en moi ?

Il avait besoin de le savoir.

— Oui, répondit-elle aussitôt, sincère.

— Alors, attends.

Ils sortirent sous la véranda où Estelle, les jumeaux et Sallie Sue les rejoignirent. Chad montait la garde près de la piste. Les quelques minutes qui suivirent furent les plus longues de la vie de Velma. Elle imaginait Lobo, gisant dans son sang, agonisant, seul. Plus rien n'avait d'importance : ni le ranch, ni Jake, ni le jardin. Seule comptait la vie de Lobo.

Le cœur battant au ralenti, le souffle oppressé, elle attendait. Brady se tenait près d'elle, la main sur son Colt. Estelle était pâle comme un linge, et Sallie Sue se cachait dans ses jupes. Même les jumeaux restaient silencieux, guettant la ligne des arbres.

Enfin, un cavalier apparut, approchant lentement. Le cheval pie, la silhouette haute et fière ne laissaient aucun doute sur son identité. Velma faillit s'évanouir de soulagement. Elle sentit la main de Brady presser la sienne pour la réconforter. Lui aussi était rassuré.

Elle dut user de toute sa volonté pour ne pas laisser exploser sa joie, pour ne pas courir vers lui et se jeter dans ses bras.

Quand il s'arrêta, elle fut surprise par le nombre de pistolets et de fusils attachés à sa selle. Son pantalon était trempé.

Il sauta à terre et, d'un coup de couteau, trancha la corde qui retenait les armes. Elles tombèrent avec fracas.

— La récolte a été bonne, remarqua sèchement Brady.

Lobo hocha la tête en se tournant vers les jumeaux.

— Vous pouvez amener tout ça dans la grange ? Brady et moi, on les nettoiera plus tard.

Velma nota la stupéfaction de Brady en s'entendant appeler par son prénom. C'était la première fois que Lobo l'utilisait, et cela marquait un changement définitif dans leur relation.

Les jumeaux rayonnaient de fierté.

— J'ai enlevé les munitions, dit-il alors à l'intention de Velma.

Il aurait pu se passer de cette précision : elle savait déjà qu'il ne mettrait jamais la vie des enfants en danger.

— Comment tu as fait, Jess ? demanda Jeremy.

— Des gars ont eu l'imprudence de laisser tomber tout ça dans la rivière, lui confia Lobo d'un air de conspirateur.

— Sacré nom d'un poulet poilu ! fit Jeremy, utilisant le juron favori de Chad. Ils devaient bien être une douzaine.

— Presque, confirma Lobo. Vous voulez bien vous en occuper ?

Jeremy et Jimmy acquiescèrent à l'unisson. Ils ramassèrent prudemment les pistolets et les fusils, et disparurent dans la grange.

— Je mangerais bien quelque chose, poursuivit Lobo en lançant un regard entendu à Estelle et à Sallie Sue.

Rayonnantes elles aussi, elles se précipitèrent dans la maison. Soudain, Brady se mit à sourire.

— On ne vous a jamais dit que vous saviez vous y prendre avec les gosses ?

Lobo parut déconcerté, et même un peu perdu.

Cette réaction amusa Velma. Il se voyait sans doute mieux dans le rôle du croque-mitaine que dans celui du Père Noël.

Apparemment, il venait de désarmer avec une facilité dérisoire une bande de tueurs, et voilà que deux gamins de huit ans l'attendrissaient. Velma avait envie de l'embrasser.

— Vous leur plaisez beaucoup, le consola-t-elle.

Il grimaça. Cette remarque ne le rassurait nullement.

Brady les ramena à la réalité.

— Que s'est-il passé ?

Lobo le leur expliqua brièvement avant d'ajouter :

— Vous connaissez Newton mieux que moi. Viendra-t-il lui-même, ou bien se contentera-t-il d'envoyer ses hommes ?

Brady le dévisagea calmement.

— Il viendra. Avec ses hommes. Vous l'avez défié. Il n'a jamais reculé devant personne. Et le barrage ?

— Je pense qu'il ne craint rien pour le moment. Je leur ai dit que quelqu'un les attendrait en embuscade dans les fourrés.

Brady sourit. L'audace de Lobo ne connaissait aucune limite.

— Ils savent que nous ne sommes que tous les deux.

— N'en soyez pas aussi sûr, fit Lobo, laconique. Ils s'imaginent peut-être que nous avons trouvé de l'aide, que Canton est avec nous. Ce n'est pas un secret que Morrow a proposé ses services à Velma.

Celle-ci roula des yeux effarés.

— Vous leur avez dit… ?

— Je n'ai rien dit de tel, mais je ne leur ai pas dit le contraire, répondit Lobo d'un ton innocent.

L'étonnement de Brady se mua en admiration. S'attaquer à un seul homme était une chose, mais affronter deux tueurs tels que Lobo et Canton en était une autre, qui aurait fait réfléchir n'importe qui.

— Je mange un morceau et je vais remplacer Chad, annonça Brady en regardant le soleil qui était déjà assez bas dans le ciel.

Lobo approuva, même si la confiance grandissante qu'il accordait à l'ancien shérif le surprenait encore un peu. Il n'éprouvait plus aucun mépris à son encontre. Il savait ce qu'il avait enduré, et à quel point il essayait de s'en sortir. Chaque pas était terriblement difficile, mais il ne renonçait pas.

— Et la rivière ? s'enquit Brady.

Lobo sut immédiatement de quoi il voulait parler. Il n'y avait que deux voies d'accès au ranch : la piste et la rivière.

— Ils croient que quelqu'un les y attend. Ils viendront par la piste.

Brady hocha la tête.

— Deux coups de feu, dit-il.

— Deux, approuva Lobo.

Les deux hommes échangèrent un regard avant de se séparer, l'un rentrant dans la maison, l'autre se dirigeant vers la grange. Surprise par leur complicité, Velma hésita avant de se lancer à la poursuite de Lobo.

Les jumeaux avaient soigneusement rangé les armes dans un coin. Lobo leur demanda d'aller chercher des chiffons pour les nettoyer.

Velma s'arrêta sur le seuil.

— Qu'allez-vous en faire ?

— Les nettoyer et les recharger. En cacher certaines ici et d'autres dans la maison, au cas où nous en aurions besoin.

— Vous croyez vraiment qu'Alex va nous attaquer ?

— Je n'en sais rien. Mais s'il est aussi borné qu'on le dit, il n'a plus le choix.

Il l'étudia avant de poursuivre :

— Vous êtes sûre de vouloir continuer ? Je peux aller lui dire que vous êtes prête à vendre ou que vous ne laisserez pas Morrow utiliser votre eau.

— J'ai donné ma parole à Jake.

— Je doute qu'il ait bien su ce qu'il vous demandait.

— Je crois qu'il savait... que personne en ville n'oserait se dresser contre Alex.

— Ce combat n'est pas le vôtre.

— Il l'est à présent. C'est ma terre.

Il soupira.

— Au moins, prenez les gosses et allez vous installer en ville.

Elle hésita en contemplant le ciel déjà sombre.

— Je les enverrai avec Estelle, demain matin. Il y a une petite maison près de l'école.

— Et vous ?

— Je reste. Je ne vais pas vous laisser, Brady et vous, vous battre pour moi. Je pourrai lui parler, insista-t-elle en le voyant se raidir. J'en suis certaine. Si Alex vient...

— Et s'il ne vient pas ? S'il envoie simplement des hommes brûler votre ranch ?

— Je le reconstruirai.

— Combien de fois ?

— Autant qu'il le faudra.

— C'est rien qu'un bout de terre.

Elle secoua la tête.

— Non. C'est bien plus que cela. C'est… chez moi, déclara-t-elle. Je n'avais jamais eu de maison, avant. Dans l'internat où enseignait mon père, nous dormions à côté d'un dortoir et mangions à la cantine. Nous n'avions rien à nous de… permanent. Voilà la seule maison que j'aie jamais eue. Et c'est la même chose pour Estelle et Chad…

— Votre mère ?

Il avait posé cette question surprenante avec une étrange douceur.

— Elle est morte en me mettant au monde.

— Voilà pourquoi vous avez adopté votre propre famille, dit-il.

Elle n'y avait jamais pensé ainsi. Elle avait simplement essayé d'aider. Mais peut-être que Lobo avait raison.

Les jumeaux revinrent avec les chiffons. Il alluma une lampe à pétrole et quand il posa son regard sur elle, ses yeux avaient retrouvé leur indifférence habituelle.

— Vous dînerez avec nous ce soir, n'est-ce pas ? demanda-t-elle en essayant de prendre un ton dégagé.

Il hésita une fraction de seconde avant d'acquiescer d'un bref signe du menton.

Brady ne cessait de surveiller Estelle du coin de l'œil, tandis qu'elle lui servait le ragoût qu'elle avait préparé. Du diable s'il savait ce qui avait changé en elle, mais le résultat était là.

Elle se retourna pour le regarder, et il sut ce que c'était : la vie. Il y avait à nouveau de la vie et de l'espoir en elle... et peut-être même une certaine impatience.

— J'ai vu... l'eau, fit-elle, hésitante. On aurait dit un miracle.

— C'est Lobo qu'il faut remercier, dit-il. Je n'y avais même pas pensé.

— Mais vous avez travaillé si dur.

— Lui aussi.

— Vous l'avez fait tous les deux.

La peur et l'hésitation qu'il avait toujours perçues dans sa voix avaient disparu.

Brady ne sut que répondre. Ce compliment le mettait mal à l'aise, il ne pensait pas le mériter. Il s'était tellement apitoyé sur lui-même qu'il n'avait pas songé à cette solution si évidente : irriguer le jardin.

Il releva les yeux vers elle. Si quelqu'un avait le droit de s'apitoyer sur son sort, c'était bien Estelle. Velma lui avait raconté son histoire et, d'une certaine manière, elle s'en était beaucoup mieux sortie que lui.

L'admiration le submergea, mais aussi une émotion beaucoup plus forte. Soudain, il eut envie de la toucher mais il avait trop peur. Il avait vu comme elle évitait les hommes, comme elle se cachait dès qu'un inconnu venait les voir. Sauf Lobo, et cela le laissait perplexe. Brady éprouva alors un sentiment qui ressemblait fort à de la jalousie.

Confus, il termina son ragoût à toute vitesse, marmonna un remerciement inintelligible et partit relever Chad.

Marisa entendait son père rugir comme un taureau furieux.

— Un barrage ? Bon Dieu, elle n'a pas le droit !

Elle se glissa au bas de l'escalier pour écouter à la porte de son bureau. Les autres voix appartenaient à cet homme qu'elle n'aimait pas et à Herb Edwards.

Elle perçut des bribes de conversation où il était question de Lobo, de Canton, d'embuscades.

— Ah, je vais lui apprendre qui est le maître ici ! (Son père.)

— Je veux Lobo. (Keller.)

— Construire un barrage n'est pas légal. Nous devrions contacter le shérif. (La voix de la raison : Edwards.)

— C'est un incapable.

— La seule façon, c'est de tuer Lobo et de mettre le feu partout une bonne fois pour toutes.

— Je ne veux pas que la femme ou les enfants soient blessés, marmonna son père.

— Ils ne le seront pas, assura Keller.

— Bon sang, vous ne pouvez pas le garantir, protesta Edwards.

— Je veux qu'ils partent, rugit à nouveau son père.

— Je les ferai partir, affirma Keller. Donnez-moi simplement assez d'hommes.

Il y eut un silence.

— Edwards, rassemblez tous les hommes. Nous partirons demain à l'aube.

— Vous aussi, monsieur Newton ?

— Je lui parlerai. Si ça ne suffit pas, alors...

La menace plana sur la pièce. Marisa en eut la nausée. Elle remonta silencieusement dans sa chambre et se fit excuser pour le dîner, prétextant une subite migraine.

Elle avait des choses à faire.

Elle attendit son heure presque toute la nuit, surveillant la cour où régnait une activité inhabituelle. De nouveaux cow-boys ne cessaient d'arriver. Un peu plus tôt, elle avait déniché de vieux vêtements au grenier : un pantalon qu'elle ne mettait plus depuis que son père avait décidé qu'elle devait porter des jupes, une veste et un chapeau. Elle se changea et dissimula sa chevelure sous le chapeau. Elle espérait bien que, de nuit et ainsi vêtue, on la prendrait pour un homme.

Elle dut encore patienter. Finalement, le calme se fit dans la cour. Alors, elle se glissa sans bruit dans l'escalier et sortit. Quelques chevaux sellés étaient attachés à la barre devant la maison.

Un homme apparut à l'autre bout de la cour. Elle ne le connaissait pas. Gardant le bord de son chapeau rabattu, elle le salua d'un signe négligent de la main. L'homme, indifférent, lui rendit son salut et disparut dans les écuries. Elle perçut les échos d'une discussion et le cliquetis d'armes qu'on nettoyait. C'était maintenant ou jamais. Elle dénoua la bride d'un des chevaux et sauta en selle.

Dès qu'elle fut hors de l'enceinte du ranch, elle lança son cheval au galop. À l'est, le ciel rosissait déjà. Moins d'une heure avant l'aube...

Lobo terminait à peine sa part de ragoût quand Sallie Sue quitta sa chaise pour lui grimper sur les genoux. Elle posa sa petite tête blonde sur sa poitrine, glissa sa jolie menotte dans sa grande main avec un air satisfait avant de demander :

— Une hi'toire.

Les jumeaux approuvèrent aussitôt. Velma lança un regard impuissant à Lobo.

— Jess... Lobo ?

Jamais il n'aurait cru que le bonheur puisse être aussi douloureux. Elle accédait à sa requête : elle l'appelait par son nom. Or, maintenant, il se demandait si cela en valait la peine. Au cours de ces derniers jours, il s'était aperçu qu'il avait aimé être Jess. Jess le fermier, Jess le rancher, Jess le protecteur.

Non, se dit-il. *Ne te torture pas avec quelque chose qui ne sera jamais*.

Il esquissa un geste pour éloigner Sallie Sue.

— Non, protesta celle-ci.

Il céda. C'était si agréable de la tenir dans ses bras. D'accord, quelques minutes et pas plus. Il leva les yeux vers Velma qui attendait toujours sa réponse. Il hocha la tête.

— Ulysse, dit Jeremy. Il vient d'échapper au monstre qui n'a qu'un œil.

Gênée, Velma se tourna vers Lobo.

— Ulysse, expliqua-t-elle, est le héros d'un très vieux livre, *L'Odyssée*, écrit il y a des centaines d'années. Il a dû errer pendant vingt ans.

— Il a tué plein de gens, claironna Jeremy.

— Il a battu les Troyens, renchérit Jimmy.

— Et il était plus malin que les monstres !

— Comme vous !

Lobo n'était pas certain d'apprécier la comparaison. Il ne savait rien des Troyens, des monstres ou de *L'Odyssée*.

Velma interrompit ses pensées.

— Bon, commença-t-elle d'une voix douce et captivante, Ulysse fait voile vers son île, mais il doit maintenant affronter les Sirènes.

— Qui sont les Sirènes ? demanda Jimmy.

— Des femmes irrésistibles qui attirent les marins imprudents avec des chants magnifiques, et qui les précipitent vers leur mort.

— Pff, des filles ! fit Jeremy, méprisant. Je préfère les monstres.

— C'étaient des filles très spéciales avec des pouvoirs magiques, dit Velma, regagnant leur attention.

Elle sourit subitement à Lobo.

— Ulysse était très, très prudent et très astucieux. Ayant entendu parler des chants qui menaient les marins à leur perte, il ordonna à ses hommes de se boucher les oreilles.

« Mais il voulait entendre ce chant des Sirènes, dont on disait qu'il n'y en avait pas de plus beau. Il se fit donc attacher au mât. Et quand il l'entendit, il fut émerveillé, bouleversé par sa déchirante beauté. Il hurla qu'on le libère, qu'on le laisse partir avec les Sirènes. Il lutta, lutta pour arracher ses liens, mais en vain, et le bateau put passer.

Lobo, une main posée sur l'épaule de Sallie Sue, commençait à éprouver une certaine sympathie pour cet Ulysse. Seigneur, lui aussi venait d'entendre le chant d'une sirène ! Il continua à écouter la voix mélodieuse de Velma, qui poursuivit son histoire jusqu'à ce que Sallie Sue s'endorme contre lui. La chaleur d'une petite fille, la douceur de la voix de Velma, les cris de gamins excités : c'était cela son chant des Sirènes.

Mais, à la différence d'Ulysse, rien ne le retenait solidement.

25

L'aube effleurait de sa main blanche les montagnes au loin.

Lobo avait dormi quelques heures, avant de remplacer Brady sur la colline. Il avait toujours aimé ce moment de la journée, silencieux, pâle et pur.

Mais à présent, une prémonition lui nouait le ventre. Il en était certain : la bagarre finale était pour aujourd'hui.

Ordinairement, cela ne l'aurait guère affecté. Les combats faisaient partie de son travail. De sa vie. Il n'avait jamais éprouvé l'excitation que tant d'autres tueurs ressentaient. Il avait vu cette fascination dans leurs yeux, comme un accès de fièvre, une transe. Pourtant, ces moments où la vie et la mort étaient en balance, il ne les avait jamais savourés à l'avance. Il les acceptait mais ne les recherchait pas. En fait, la seule chose qu'il appréciait, c'était sa liberté.

Mais aujourd'hui, cette liberté ne lui procurait plus autant de plaisir. Il aurait toute la liberté du monde demain… s'il survivait. Mais elle ne signifierait plus rien.

Lobo se concentra à nouveau sur la piste et aperçut un cavalier. Il arma son fusil tout en essayant de reconnaître cette lointaine silhouette dans le petit jour.

Ce n'était pas le toubib. Sullivan Barkley était plus grand. Qui d'autre pouvait venir ici, seul, de si bon matin ?

Plus le cavalier approchait, plus la surprise de Lobo grandissait. Le corps était mince, le chapeau cachait le visage. Il visa soigneusement. Son index s'enroula autour de la détente. Il jaugea la distance et tira. Une motte de terre se souleva, juste sous les sabots du cheval.

La bête rua mais l'inconnu, habile cavalier, parvint à maîtriser sa monture.

Lobo se dressa, le fusil en évidence.

— Montez jusqu'ici. Doucement, ordonna-t-il.

Le cavalier obéit. Lobo le suivit du regard attentivement.

— Descendez, dit-il quand l'homme et l'animal ne furent plus qu'à une dizaine de mètres.

Il y avait quelque chose de bizarre chez cet intrus qui descendit de selle avec une grâce surprenante. Lobo remarqua la main fine qui s'éleva vers le chapeau pour l'enlever. Une masse de cheveux sombres ondoya.

— Bon Dieu ! La gosse de Newton ! Mais qu'est-ce que vous fabriquez ici ?

Il y avait de la peur dans ses grands yeux bruns et ses mains tremblaient, mais la bouche restait ferme et déterminée. Lobo ne put s'empêcher de l'admirer.

— Je suis venue vous avertir.

Il laissa retomber la pointe de son fusil vers le sol.

— Et pourquoi feriez-vous une chose pareille, Miss *Newton ?*

Elle ne répondit pas, se contentant de lui lancer un regard enflammé.

— Ce n'est pas une heure pour les petites filles, ironisa-t-il.

Marisa se souvint soudain de leur première conversation, et une lueur mutine passa dans ses yeux.

— Je sais. Vous les mangez au petit déjeuner.

Il parut surpris, puis ses lèvres s'étirèrent lentement en un sourire.

— Vous avez de la chance, j'ai déjà mangé.

Elle le fixa longuement, saisissant pour la première fois ce que Velma voyait en lui. Quand il se détendait, il y avait quelque chose d'incroyablement séduisant en lui. Il semblait plus jeune, plus beau et... très attirant. Mais il reprit très vite son air dur.

— Je vous ai demandé de quoi vous vouliez avertir Velma.

Elle se raidit.

— Je dois lui parler, c'est tout.

— Pourquoi ?

— Ça ne vous regarde pas.

Elle avait peur, c'était évident, mais elle ne voulait pas céder.

— Vous pourriez n'être qu'une diversion, Miss Newton, répondit-il en l'examinant avec attention.

— Mon père n'a pas besoin d'une diversion. Il sera ici avec ses hommes juste après l'aube.

— Combien ?

— Cinquante, peut-être plus. Ils ont rassemblé des cow-boys toute la nuit.

— Pourquoi me dites-vous ça ?

Elle resta muette, trop consciente d'être en train de trahir son père.

— Parce que... il a tort.

Lobo se souvint de leur première rencontre, quand elle lui avait demandé de partir. À l'époque, il l'avait prise pour une gamine essayant de jouer à des jeux d'adulte. À présent, il l'admirait. Ce ne devait pas être facile pour elle d'agir ainsi.

— Vous avez délivré votre message. Vous pouvez rentrer.

— Non, dit-elle.

— Non ? fit-il en fronçant les sourcils, ce qui, généralement, suffisait à désarçonner n'importe qui.

Elle se mordit la lèvre mais ne recula pas. Décidément, elle avait du cran.

— Non, je veux voir Velma.

— Pourquoi ?

— Allez-vous essayer de m'en empêcher ?

— Essayer ?

— Faut-il que vous répétiez tout ce que je dis ?

Il la considéra avec amusement.

— Vous feriez mieux de rentrer chez vous.

— Je veux rester avec Velma. Si je suis ici, peut-être que Papa ne fera rien.

— Peut-être ?

— Je n'en sais rien, avoua-t-elle avec sincérité. J'ai l'impression de ne plus le connaître.

Lobo se tourna vers la piste. Si les hommes de Newton venaient, il n'avait aucune raison d'attendre ici. Mieux valait leur préparer une petite réception au ranch.

Il hocha sèchement la tête.

— Je vous accompagne, dit-il.

Il était peut-être encore temps de les faire partir : elle, Velma, Estelle, les enfants, tous sauf Brady. À eux deux, ils protégeraient le ranch bien mieux s'ils n'avaient pas à se soucier des autres. Encore fallait-il convaincre Velma...

Ils accomplirent le reste du trajet au trot, sans échanger une parole. Une torsade de fumée s'élevait déjà de la cheminée, et le ranch semblait paisible et hospitalier. Il se demanda si ce serait toujours le cas dans quelques heures. Si ce que disait la fille Newton était vrai, ils devraient affronter cinquante hommes. Cinquante… Pour la plupart des cow-boys n'ayant pas particulièrement envie de se battre, surtout contre une femme et des enfants.

Keller et les siens représentaient le vrai problème. Celui-là, comme Lobo avait déjà pu le constater, était un homme sans scrupules, et le plus difficile consisterait à séparer les cow-boys des tueurs.

Le soleil venait de basculer par-dessus l'horizon quand ils arrivèrent au ranch. Velma sortit les accueillir.

En la découvrant, ainsi baignée de lumière dorée, les yeux si bleus et si purs, Lobo eut l'impression que ses entrailles se déchiraient. Il leur restait si peu de temps. Si peu…

Elle fit quelques pas à leur rencontre alors que Brady sortait de la grange.

— Marisa ?

Velma était perplexe et angoissée. Il était bien tôt pour une visite.

Lobo et Marisa descendirent de selle.

— Les hommes de mon père vont venir ce matin. Une cinquantaine, peut-être plus, annonça la jeune fille. Il a dit… qu'il était prêt à tout. Je suis venue vous avertir.

Velma se mordit les lèvres.

— J'espérais…

— Je sais. Moi aussi…

— Merci, Marisa, dit Velma avec douceur.

Marisa hésita.

— Qu'allez-vous faire ?

— Rester, affirma Velma. Je ne vais pas les laisser brûler ma maison.

— Tu ne peux pas. Mon père… Ils sont capables du pire.

Lobo intervint :

— Je resterai. Velma, emmenez les enfants en ville.

Brady vint se planter à côté de lui.

— Je reste moi aussi.

Velma les dévisagea l'un après l'autre.

— Je ne vous laisserai pas vous battre à ma place.

— Si vous ne pensez pas à vous, pensez aux enfants, gronda Lobo.

— Alex ne touchera pas aux enfants.

Exaspéré, Lobo s'emporta.

— Mais, bon sang, vous n'avez pas entendu ce qu'elle vient de dire ?

Velma parut indécise.

— Chad pourrait les emmener.

— Et s'ils tombent sur les hommes de Newton, comme l'autre jour ?

Elle tressaillit en se rappelant la fuite éperdue, le chariot bringuebalant.

— Je ne partirai pas, dit-elle avec obstination. Marisa, si elle le veut bien...

Chacun se tourna vers la jeune femme qui hocha lentement la tête. Elle avait eu l'intention de rester, mais peut-être qu'elle pourrait trouver de l'aide en ville. Sullivan aurait sûrement une idée.

On attela rapidement les chevaux au chariot et, malgré leurs protestations, les jumeaux, Sallie Sue et Chad montèrent aux côtés de Marisa. Lobo attacha sa jument derrière le chariot. Estelle, quant à elle, refusa de partir.

— J'aiderai à recharger les armes, annonça-t-elle avec une détermination qui les surprit tous.

Ils suivirent des yeux le chariot qui s'éloignait rapidement, puis Lobo se tourna vers Brady.

— Préparons-nous.

Il avait déjà un plan, qu'il exposa à l'ancien shérif.

Quand les hommes de Newton approcheraient du ranch, Lobo ferait exploser une des charges dissimulées dans le sol. Il espérait que cela suffirait à faire renoncer certains des cow-boys. Sinon, Brady, caché dans la grange, ferait sauter une deuxième charge pendant que Lobo se chargerait d'une troisième. Avec un peu de chance, les autres croiraient qu'ils étaient plus de deux pour défendre le ranch.

Une fois élaborée cette tactique, Lobo et Brady se partagèrent les armes récoltées la veille, s'assurant que chacune était bien chargée. Estelle suivit Brady dans le grenier à foin de la grange, Velma et Lobo rentrèrent dans la maison. Les deux femmes savaient se servir d'une arme : c'était essentiel dans une région qui foisonnait de serpents, de loups et autres prédateurs. Mais ni l'une ni l'autre n'avait jamais tenu un homme en joue.

Lobo prit son poste à la fenêtre. La campagne était déserte. Il se tourna vers Velma qui se tenait à ses côtés. Il éprouva alors une curieuse impression, comme si elle faisait partie de lui. Quoi qu'il advienne, le souvenir de sa présence ici, de ses yeux si clairs, de ses lèvres tremblantes, de son menton ferme et décidé, resterait toujours gravé en lui. Du bout des doigts, il lui frôla la joue, suivant les contours de son visage pour l'imprimer au plus profond de son âme.

À son tour, elle lui prit la main, la pressant tendrement contre son visage. Le souffle court, le cœur battant à se rompre, il se pencha vers elle et l'embrassa doucement, douloureusement. Le temps s'arrêta.

Velma sentit les larmes monter. C'était un baiser d'adieu. Elle le sentait. Il lui disait au revoir. Elle croisa son regard et sut que, cette fois-ci, c'était pour de bon.

Les yeux de turquoise étaient voilés, pas par ce rideau de glace qu'elle avait pris l'habitude d'y trouver, mais par quelque chose d'incertain et de brillant comme un miroir brisé. Un miroir de larmes.

Il s'écarta lentement, difficilement, comme un vieil homme, et reprit son poste à la fenêtre.

En proie à une tristesse déchirante, Velma se redressa et se posta à ses côtés.

L'attente commença.

Les hommes d'Alex Newton l'avaient hissé sur un chariot. Cela faisait bien longtemps qu'il ne s'était pas aventuré hors de son ranch, mais il voulait faire une dernière offre à Velma Taylor. Et il voulait être là au cas où Gar Morrow se montrerait.

Il n'avait pas dormi de la nuit, ne cessant de repenser à Mary, à Mary et à Gar, et à ce jour où il avait tout perdu. Le moment était venu : aujourd'hui, Gar Morrow allait payer.

Il songea à sa fille qui devait dormir à l'étage. Elle était la seule bonne chose de ces dernières années, mais même elle ne le comprenait pas. En partie, il le savait, parce qu'il ne lui avait jamais révélé la vérité. Il n'avait pas voulu qu'elle porte le fardeau de l'inconduite de sa mère.

Il regarda autour de lui ses hommes qui montaient en selle. Il aurait donné n'importe quoi pour être assis sur un cheval, lui aussi, comme autrefois. Avec Jake et Gar, ils avaient conduit ensemble leurs troupeaux, combattu les Indiens et les voleurs de bétail, construit leurs ranches. Ils étaient partis de rien, Jake, Gar, Mary et lui. La douleur, l'intolérable douleur ne l'avait jamais quitté.

Il leva la main pour donner le signal du départ.

Marisa conduisit le chariot directement chez Sullivan. La ville se réveillait à peine, mais elle lui parut anormalement calme.

Elle frappa avec impatience à la porte du cabinet. Un grognement endormi lui répondit, puis Sullivan apparut. Il ne portait qu'un pantalon. Des cernes soulignaient ses yeux : il avait dû répondre à une urgence dans la nuit. Mais son regard retrouva toute sa lucidité dès qu'il l'aperçut.

— Marisa ?

— Mon père et ses hommes sont en route pour le ranch de Velma. J'ai les enfants avec moi.

— Velma ?

— Elle a refusé de venir. Elle ne voulait pas abandonner Brady et Lobo.

— Brady ?

— Il est… différent, expliqua Marisa. Il est redevenu comme avant. Je ne sais pas pourquoi, mais je crois que ce *pistolero* lui fait confiance.

— Deux hommes contre combien ?

Les pupilles de Marisa se dilatèrent.

— Une cinquantaine, environ. Il en est arrivé toute la nuit.

— Brady et Lobo n'ont pas une chance. Attendez-moi.

Il disparut dans la maison pour réapparaître très vite, boutonnant sa chemise.

— Nous laisserons les enfants à Mme MacIntyre.

— Et après ?

— Cette fois, c'est moi qui vais réunir le conseil, fit Sullivan qui réfléchissait à toute allure.

Marisa le regarda avec impatience. Elle voulait retourner chez Velma. En sa présence, son père battrait peut-être en retraite. Elle n'en était même pas certaine.

— Je les emmène, dit-elle. Faites ce que vous avez à faire.

Il lui lança un regard soupçonneux.

— Vous viendrez me rejoindre à l'église ?

Elle hésita à peine avant d'acquiescer. Elle mentait pour une bonne cause, se justifia-t-elle.

Mme MacIntyre accepta avec joie d'accueillir les enfants, mais elle perdit très vite sa bonne humeur en apprenant les raisons de cette démarche.

— Sullivan essaye d'obtenir de l'aide, annonça Marisa, tandis que la cloche de l'église se mettait à sonner à toute volée.

— Je vous assure que M. MacIntyre ira à cette réunion, annonça sa femme, et qu'il fera son devoir.

Impatiente de partir, Marisa la gratifia d'un sourire reconnaissant.

— Je dois voir des gens, dit-elle au cas où Sullivan s'inquiéterait de son absence.

— Je prendrai soin des enfants, la rassura Mme MacIntyre.

Marisa avait déjà franchi la porte. Elle sauta sur sa jument et partit au galop. Quelques instants plus tard, Mme MacIntyre, après avoir envoyé son mari à la réunion, se tourna vers Chad.

— Veille sur les petits. Je n'en ai pas pour longtemps, déclara-t-elle.

Il était temps, venait-elle de décider, qu'on dise leurs quatre vérités aux hommes de cette ville.

Chad, l'air innocent, opina, mais sa cervelle tournait à toute allure. Il ne pouvait pas laisser Lobo, Brady et Velma seuls. Le ranch était sa maison à lui aussi. Il devait se battre comme un homme.

Dès que Mme MacIntyre eut disparu, il se tourna vers les jumeaux.

— Je rentre. Vous deux, ne bougez pas et occupez-vous de Sallie Sue.

Jeremy secoua la tête.

— On veut rentrer nous aussi.

— Pas question.

— Si tu nous prends pas avec toi, on dira que tu es parti.

— Moi aussi, couina Sallie Sue.

— Mille poulets poilus !

— On a le droit autant que toi, assena Jeremy d'une voix sentencieuse.

— Moi aussi, fit Sallie Sue.

Ils perdaient du temps, se dit Chad. Il savait que Jimmy et Jeremy le dénonceraient et qu'on le rattraperait. Et Sallie Sue ? Personne n'oserait la toucher et, de toute manière, il n'était pas question de la laisser seule. Il céda.

— D'accord. Mais vous ferez exactement ce que je vous dirai.

Les jumeaux hochèrent vigoureusement la tête, aussitôt imités par Sallie Sue, qui ne comprenait pas vraiment ce qui se passait mais qui sentait que c'était la chose à faire.

Chad jeta un coup d'œil par la fenêtre. La rue était pleine de gens qui se dirigeaient vers l'église à l'appel de la cloche. Il attendit quelques minutes, qu'ils aient disparu. Prenant Sallie Sue dans ses bras, il se rua dehors, les jumeaux sur ses talons. Le chariot était encore attelé. Il lança les chevaux en avant.

Personne ne les arrêta. N'ayant guère l'habitude de conduire l'attelage, Chad se débrouillait tant bien que mal en priant le Ciel pour que rien ne soit arrivé au ranch.

L'église était seulement à moitié remplie quand la réunion débuta. Chacun était inquiet, se demandant pour quelle raison on faisait sonner le tocsin de si bon matin.

Comme toujours, une prière précéda les débats. Mais le révérend, averti par Sullivan, l'écourta. Sullivan prit enfin la parole en se demandant pourquoi Marisa n'était pas encore revenue.

— Velma Taylor a des ennuis.

— Comme d'habitude, fit une voix au fond.

— C'est sérieux, cette fois-ci, ajouta Sullivan.

— Comme d'habitude, pas vrai ?

Sullivan lança un regard noir à celui qui venait de l'interrompre deux fois : le tenancier du saloon qui regrettait la perte de Chad, un employé qui ne lui coûtait pas cher.

— Marisa Newton dit que son père va attaquer le ranch Taylor ce matin.

— Comment ça se fait qu'elle vous l'ait dit à vous ? grogna le shérif, mécontent d'être toujours le dernier averti.

— Peu importe, fit Sullivan avec impatience. Par contre, ce qui compte, c'est que nous fassions quelque chose.

— Que pouvons-nous faire ? Nous ne sommes que des commerçants et des fermiers, dit M. MacIntyre.

— Si nous y allons tous ensemble, expliqua Sullivan, si nous montrons à Newton que nous sommes unis et que nous ne tolérerons pas ça dans notre communauté, il entendra peut-être raison.

— Le vieil Alex en a toujours fait qu'à sa tête, dit le forgeron, on l' sait tous. Mais Sully a p't-êt' raison. Il est p't-êt' temps d' faire que'qu' chose pour arrêter c' bordel. 'Mande pardon aux dames.

— Et si ces gars décident de rester, c'est notre ruine. R'gardez c' qui s'est passé à Abilene. Y a plus une femme ni un enfant là-bas.

— Mais on n'est pas des tueurs. Et Alex et Gar ont embauché les meilleurs. On n'a qu'à les laisser s'entre-tuer. Bon débarras !

— Et vous pensez à Miss Velma ? intervint alors Mme MacIntyre qui rongeait son frein.

— C'est ben à cause d'elle que ça arrive, fit le barman. D'ailleurs, elle a c' type, ce Lobo – un sacré tueur – avec elle.

Un murmure parcourut l'assistance.

— Qu'est-ce que vous dites de ça, Doc ?

Sullivan maudit Lobo intérieurement.

— Ils sont deux, avec Brady Thomas, contre une armée. Ils n'ont pas une chance. Et Velma non plus. Vous savez tous qu'elle ne cédera jamais devant Alex.

— Que ferons-nous sans Miss Velma ? gémit une femme. Vous avez oublié tout ce qu'elle nous a apporté ? Rappelez-vous Abner Goodbody et Sam Morgan. J' sais pas pour vous, mais je veux que mon petit Ethan ait de l'éducation. Il est différent depuis que Miss Velma est là.

— Et mon Harry aussi, fit une autre femme en écho. Il a pas huit ans et il nous lit déjà la Bible.

Betty MacIntyre hocha farouchement la tête, aussitôt imitée par les autres femmes.

La mère d'Ethan se leva à nouveau, une femme solide, d'une trentaine d'années.

— Vous, les hommes, vous avez peut-être la trouille, mais pas moi. Je vais aller là-bas lui donner un coup de main.

Une autre femme se dressa.

— J' suis avec toi, Opal. Je tire aussi bien que mon mari.

Moins d'une minute plus tard, toutes les femmes présentes à la réunion sortaient de l'église d'un pas farouche, laissant leurs hommes interloqués se dévisager avant de se lancer au trot derrière elles.

Sur le podium, aux côtés d'un Sullivan ahuri, le maire vit sa paisible et douce Susan prendre la tête de la cohorte. Machinalement, il baissa son marteau pour signifier la fin d'une séance déjà terminée, avant de courir après sa guerrière de femme.

Une heure avait passé et Lobo n'avait pas bronché d'un pouce. Il semblait parfaitement détendu. Velma ne s'y trompait pas. C'était quand il était ainsi qu'il était le plus dangereux.

Elle ne pouvait détacher son regard de sa haute silhouette, de ce corps qu'elle connaissait à présent si intimement. Elle connaissait sa gentillesse, sa chaleur et sa passion. À présent, il n'était plus que violence.

Elle aurait voulu dire quelque chose, le supplier de rester... après. Elle savait que sa victoire contre ceux qui arrivaient signifiait une grande défaite pour elle. Elle songeait à la vie au ranch sans lui. En si peu de temps, il avait transformé tant de choses ici !

Elle se força à le quitter des yeux et regarda par la fenêtre. Jupiter et les autres animaux étaient dans le corral. Lobo n'avait pas voulu qu'ils restent dans la grange, au cas où elle serait incendiée.

Même les poulets, y compris Brunhilde, la poule préférée de Sallie Sue, trottaient en liberté dans la cour.

Inconsciemment, Velma s'était rapprochée de Lobo. Comme malgré eux, ils se tournèrent lentement l'un vers l'autre. Il se raidit légèrement mais ses yeux la caressaient. Elle posa la main sur son bras et le miracle eut lieu. Il ne s'écarta pas.

Leurs regards se croisèrent. Pendant un instant, et pour la première fois, elle regretta de lire aussi bien dans ses yeux, d'y voir le désir, la peur pour elle, l'angoisse de la perdre.

Soudain, elle fut dans ses bras. Il posa ses lèvres sur les siennes. Elle chercha, avec chaque atome de son corps, à lui donner tout ce dont elle était capable. Elle l'attira contre elle, lui offrant un monde de rires, de soleil et de joie. Il frémit. Alors ils entendirent le cri.

Il l'écarta sans un mot, s'emparant de son fusil.

Un énorme nuage de poussière approchait à toute allure sur la piste.

26

— Dieu tout-puissant ! fit Brady. C'est une véritable armée !

Il était à plat ventre dans le grenier à foin, avec Estelle à ses côtés. Pour la première fois de sa vie, elle ne trouvait pas désagréable la proximité d'un homme.

Elle plissait les yeux pour mieux voir. La poussière masquait les cavaliers. Mais il n'y avait pas de doute, une horde approchait. Elle laissa échapper un petit cri.

Pour la réconforter, Brady posa la main sur son épaule.

— Lobo sait ce qu'il fait.

— Vous aussi, dit-elle.

Il eut l'impression de grandir de vingt centimètres. Il regarda ses mains, elles étaient aussi sûres qu'autrefois.

— S'ils commencent à tirer, cachez-vous au fond.

— Non, dit-elle avec calme. Je reste avec vous.

Il aurait voulu l'en empêcher, mais il savait que cela ne servirait à rien. Estelle était aussi têtue que Velma, et bien plus solide que les gens ne croyaient. Il le fallait, pour avoir survécu à ce qu'elle avait subi.

Il lui adressa soudain un sourire consentant et plein de chaleur et vit Estelle se transformer : elle rayonnait littéralement. Il esquissa un geste vers elle…

Il entendit alors le bruit des roues d'un chariot. Il se tourna vers la piste pour apercevoir la massive silhouette d'Alex Newton, assis à côté du cocher. Brady examina rapidement les hommes qui l'entouraient, identifiant Keller et ceux qui l'avaient accompagné l'autre nuit. C'étaient ceux-là qu'il fallait surveiller.

Soudain, un coup de feu claqua depuis la maison, et une explosion se produisit au-delà de la barrière. La poussière et des cailloux volèrent. Affolés, les chevaux se cabrèrent. Deux cavaliers furent désarçonnés. La troupe s'arrêta et quelques hommes battirent même en retraite. Brady visa un ruban rouge.

— Pas plus loin, hurla Lobo depuis la maison.

Brady espérait que ses mains ne le trahiraient pas. C'était à son tour d'ouvrir le feu si Newton faisait mine d'avancer.

— Lobo ?

Le cri venait du chariot.

— Que voulez-vous, Newton ? répondit Lobo.

— Je veux parler à Velma.

— Elle ne veut pas vous parler.

— Je lui donnerai ce qu'elle veut pour le ranch.

— Désolé.

— Lobo, soyez maudit !

— Fichez le camp d'ici, Newton, et ne revenez pas !

— Ben voyons ! hurla Newton en levant la main pour faire signe à ses hommes d'avancer.

Brady distinguait à peine le chiffon rouge. Un homme se trouvait tout près de là. Assez proche pour être touché ? Ses mains tremblaient un peu, et il murmura une brève prière. Il sentit la main d'Estelle sur son épaule et la force afflua en lui, jusque dans ses doigts. Il pressa la détente et il y eut une autre explosion. D'autres cavaliers tombèrent, tandis que certains tournaient casaque et s'enfuyaient.

Il fallut quelques minutes avant que la panique et la confusion ne s'apaisent. Puis Alex rugit de nouveau.

— Ceci n'est pas nécessaire, Velma. Je ne veux pas qu'il y ait de blessés. Et je sais que vous non plus. Mais cette terre doit me revenir. Dites-moi votre prix.

Un autre coup de feu fut tiré de la maison, suivi d'une nouvelle explosion qui fit trembler le sol. Les chevaux de l'attelage ruèrent en tous sens et il fallut les efforts frénétiques du cocher pour les contrôler.

Newton leva à nouveau la main, et certains de ceux qui restaient encore avec lui dégainèrent leurs armes. Une volée de balles s'abattit sur la grange et la maison, tandis que Brady couvrait Estelle de son corps et que Lobo faisait de même avec Velma.

Canton sellait son cheval quand un cavalier arriva au galop dans la cour du ranch de Gar Morrow. N'ayant pas grand-chose à faire, Canton passait son temps à explorer les environs, à surveiller le bétail assoiffé de M. Morrow. Il ne pourrait plus tenir très longtemps. Et cette idée lui donnait du plaisir. Il en avait plus qu'assez de ne rien faire.

Il repensait parfois à Lobo. L'idée que son concurrent défendait une maîtresse d'école l'amusait. Lobo n'avait jamais eu aucune faiblesse, ni aucune attache, ce qui le rendait d'autant plus dangereux.

Il se souvenait de la colère dans ses yeux quand il avait fait allusion à une relation entre lui et Velma Taylor. Et la rougeur sur les joues de la femme ne lui avait pas non plus échappé... pas plus que la poussière et les brindilles sur leurs vêtements. Par rapport au bal, Velma Taylor lui avait paru métamorphosée ce jour-là. La jeune dame un peu pincée était devenue une femme radieuse, d'une beauté stupéfiante.

Il enviait presque Lobo.

Mais l'arrivée de l'homme le divertit de ses pensées. Il courait déjà prévenir Morrow. Canton l'appela.

— Newton attaque le ranch Taylor, fit l'homme à bout de souffle tandis que Morrow sortait sous le porche. Je l'ai entendu en ville.

— Seigneur ! s'exclama Morrow. Je ne pensais pas...

Mais Canton ne l'écoutait déjà plus. Voilà pourquoi il avait été embauché, et il était impatient de gagner sa paie. D'ailleurs, cela devait être intéressant de travailler aux côtés de Lobo. Il entendit Morrow donner l'ordre à ses hommes de se préparer. Lui, il galopait déjà.

Tandis que Chad fouettait frénétiquement ses chevaux, une étrange parade quittait la ville. Menée par le buggy du maire, August Stillwater, on y trouvait pêle-mêle le corbillard, le chariot des mineurs, une vieille diligence et d'autres attelages tout aussi hétéroclites. Certains étaient occupés par des familles entières, dans d'autres ne se trouvaient qu'une femme ou deux. Plusieurs hommes chevauchaient à leurs côtés. Il y avait même un gamin sur une mule. Sullivan était à cheval. Il cherchait partout Marisa, sans la trouver. Il se doutait qu'elle était retournée chez Velma. Pourtant, il hésitait à quitter le convoi pour se lancer à sa poursuite. Le maire était trop versatile et tout dépendait de leur union : le sort de Velma et des siens, l'avenir de cette ville, la paix dans cette région. Et peut-être même son propre destin. Leur vie future. À Marisa et à lui.

Il en était à présent convaincu : il avait besoin d'elle. Plus que jamais.

Sois prudente, Marisa, supplia-t-il silencieusement. *Sois prudente jusqu'à ce que j'arrive.*

Marisa était presque rendue au ranch quand retentit la première explosion. Son cheval rua et glissa avant de s'effondrer. Marisa proféra quelques jurons bien sentis, qu'elle avait entendus dans la bouche des cow-boys de son père. Elle n'avait pas de mal. Elle se redressa en même temps que l'animal dont elle inspecta les pattes.

Elles n'étaient pas brisées, Dieu soit loué, mais le cheval boitait et il n'était pas question de le monter sous peine de provoquer des blessures plus sérieuses. Elle sortit son fusil de son étui et se mit à marcher, se rendant compte qu'elle n'arriverait jamais à temps au ranch. Une autre explosion retentit. Elle se mit à courir.

Quelques instants plus tard, elle entendit un vacarme derrière elle. Elle se retourna et ce qu'elle vit lui donna envie de hurler.

C'était le chariot de Velma. Chad le conduisait, et trois petites têtes apeurées étaient visibles derrière son siège.

Elle commençait à agiter les bras quand la troisième explosion se produisit, suivie de peu par une fusillade.

Les chevaux prirent peur. Chad ne les maîtrisait plus. Elle courut au-devant de l'attelage en agitant frénétiquement les bras. Les chevaux ne ralentirent pas. Durant une fraction de seconde, elle crut sa dernière heure arrivée. Elle cria. Le chariot s'arrêta enfin et elle vit le malheureux Chad, haletant, tirer encore sur les rênes de toutes ses forces.

— Qu'est-ce que vous fabriquez ici ? demanda-t-elle.

— On veut pas abandonner Velma, annonça-t-il avec fermeté, même s'il était encore tout retourné. C'est notre maison à nous aussi.

Marisa réfléchit rapidement. Si elle y allait, elle pouvait encore empêcher son père de commettre l'irréparable. Mais les enfants...

Chad lut dans ses pensées.

— Vous pouvez venir avec nous, mais vous ne nous laisserez pas ici.

Elle hésita un instant, indécise, puis finalement grimpa aux côtés de Chad.

— Laisse-moi les rênes.

Chad eut un geste rebelle.

— J'ai plus d'expérience que toi, ajouta-t-elle.

Le garçon réfléchit. Elle avait raison. Il avait déjà eu bien du mal à arriver jusqu'ici. Il lui tendit les rênes avec un certain soulagement.

Marisa cingla les flancs des chevaux. La fusillade continuait. Elle devait l'arrêter. Il le fallait.

Elle cria un encouragement aux chevaux qui partirent au galop.

— Tenez-vous, lança-t-elle aux enfants.

Ils franchirent la colline à une vitesse effarante, et elle découvrit alors une véritable armée assiégeant le ranch. Elle fouetta à nouveau les chevaux, les yeux fixés sur la piste devant eux, ignorant les cow-boys qui lui criaient de s'arrêter. L'un d'entre eux parvint même à sauter de sa monture sur le chariot, mais elle le déséquilibra d'un coup de cravache qui l'envoya rouler dans la poussière. Elle continua à crier des encouragements aux chevaux en passant devant le chariot où se tenait son père ébahi. Elle franchit la barrière, ne ralentissant qu'à l'approche de la maison pour s'immobiliser dans un nuage de poussière devant la véranda.

— Rentrez ! hurla-t-elle aux enfants. Tous dans la maison !

Chad hésita.

— Et toi ?

— Je vous suis, dit-elle, le regard braqué vers son père, là-bas.

Les coups de feu étaient sporadiques à présent. Chacun semblait se demander ce qui se passait.

— Marisa ! rugit Alex.

Elle se tourna vers Chad :

— Emmène les petits.

Les jumeaux sautèrent du chariot et Chad aida Sallie Sue. Ils grimpaient les marches quand une détonation retentit, déclenchant des piaillements et des froissements d'ailes dans la cour.

Sallie Sue s'arrêta et se retourna, ses grands yeux bleus fixés sur la poule qui venait d'être touchée. Elle se mit à courir vers sa chère Brunhilde, aussitôt poursuivie par Chad. Lobo jaillit de la maison, Velma sur ses talons.

Soudain, un million d'images se précipitèrent devant les yeux de Marisa, si nombreuses qu'elle fut incapable d'en suivre une seule. Sur la colline, apparaissait un étrange défilé. La fusillade reprenait. Des coups de feu étaient tirés dans toutes les directions, faisant jaillir des gerbes de poussière, des échardes de bois dans la maison. Des hurlements et des cris de toutes sortes retentissaient.

Marisa hurla en voyant Sallie Sue tomber. Elle bondit du siège et atteignait presque la petite fille quand une douleur atroce lui déchira la jambe. Elle tomba à genoux. Elle vit alors Lobo se jeter sur l'enfant, puis tressaillir violemment à deux reprises avant qu'un flot de sang ne jaillisse de son corps.

Elle baissa les yeux vers le sol, et vit sous elle aussi une petite mare rouge.

Puis la douleur se transforma en un brouillard noir.

Keller attendait cet instant depuis sa deuxième et humiliante confrontation avec Lobo. Jamais il n'avait connu une telle honte. Ce sentiment, étranger jusqu'alors, confinait chez lui à la folie. Les explosions qui avaient failli le jeter à bas de son cheval n'avaient en rien atténué sa rage.

Ils n'étaient que deux contre cinquante. Il n'était pas question pour Keller de laisser Lobo gagner cette fois-ci. Et voilà que cette maudite Newton surgissait de nulle part, et que son sénile de père ordonnait de cesser le feu.

Mais rien ne pouvait plus arrêter Keller. Il s'était mis à massacrer les animaux en espérant que Lobo répondrait et que la fusillade reprendrait. Il avait commencé par les poulets. Puis il y avait eu la petite fille…

Il n'avait pas tiré sur la gamine, mais visé légèrement devant elle pour attirer Lobo dehors. Seulement son cheval avait fait un écart, et il avait vu la petite fille tomber.

Quand Lobo était apparu, il l'avait visé et raté. La fille Newton s'était alors interposée, mais ça ne l'avait pas empêché de tirer. Lobo ne lui échapperait pas. Son arme aboya et, cette fois-ci, Lobo s'effondra, recouvrant la petite fille de son corps. Keller avait encore pressé la détente une fois, deux fois, observant le corps de Lobo tressauter puis s'immobiliser.

Une sensation exaltante s'empara de lui. Il jeta un coup d'œil circulaire pour s'assurer que tout le monde l'avait vu abattre le fameux Lobo, quand son sang se glaça : devant lui, se tenait un homme entièrement vêtu de noir.

Keller leva son fusil, mais n'en crut pas ses yeux : la main de l'homme vola jusqu'à son holster à une rapidité invraisemblable et, avant que Keller n'ait eu le temps de presser la détente de son arme, un terrible coup de marteau lui frappait le cœur. Il tomba. Dans sa chute, sa dernière pensée fut qu'il était l'homme qui avait eu Lobo.

J'ai tué Lobo.

Insensible à la confusion qui régnait autour d'elle, Velma s'agenouilla auprès de Lobo et de Sallie Sue. Il avait roulé sur le côté et gisait dans une mare de sang, les bras toujours enroulés autour de l'enfant, comme s'il voulait encore la protéger. Velma sentit alors qu'on bougeait autour d'elle, et crut qu'ils venaient achever leur sale besogne. Elle tenta de leur faire un rempart de son corps.

La rage et la colère n'étaient rien en comparaison de la douleur qui la dévorait. Sallie Sue semblait si frêle, si innocente, si incroyablement précieuse dans les bras de ce tueur notoire. Velma vit le sang couler de sa petite épaule quand Sallie tendit la main vers son protecteur.

— Zess ! cria-t-elle, le visage ruisselant de larmes.

Elle savait que Lobo lui avait sauvé la vie.

Lobo ne broncha pas et elle s'accrocha à lui, bredouillant des paroles incompréhensibles en sanglotant.

Velma essaya de la prendre, mais l'enfant ne voulait pas le lâcher. Alors, elle se serra contre elle, guettant frénétiquement le moindre signe de vie sur le visage de Lobo. En vain. Il était totalement immobile, comme apaisé, les paupières closes sur ses merveilleux yeux bleu-vert.

Velma n'avait pas conscience de pleurer, pourtant les larmes inondaient son visage.

— Non !

Ce cri de douleur imposa le silence dans la confusion qui régnait tout autour. Les habitants de Newton s'immobilisèrent devant les barrières du ranch, paralysés par la scène : Marisa qui se tordait de douleur, l'enfant tremblante et ensanglantée, l'homme qui gisait sans vie, et Velma qui s'accrochait à l'un et à l'autre.

Ce fut Sullivan qui rompit l'hébétude générale. Il traversa la cour en courant, sans se soucier des hommes en armes, sans se soucier des protestations outragées qui s'élevaient, se concentrant uniquement sur les corps à terre.

Velma eut à peine conscience de sa présence quand il l'écarta doucement de Sallie.

— Lobo... Jess, murmura-t-elle d'une voix hachée, lui caressant le visage, quémandant une réponse, même le plus petit geste, le plus léger souffle.

Trois balles l'avaient touché, à l'épaule, à la poitrine et la dernière dans la main droite qui n'était plus qu'un amas de chair et d'os brisés. Elle se pencha au-dessus de lui, posa ses lèvres sur les siennes. Alors, seulement, elle perçut un faible halètement : il cherchait de l'air. Elle serra de toutes ses forces sa main valide contre son sein, comme si elle pouvait ainsi lui donner sa vie.

Où était Sullivan ? Elle se retourna, et le vit accroupi aux côtés de Marisa. Mme MacIntyre berçait Sallie Sue qui pleurait toujours, mais dont l'épaule était bandée. Quelques secondes plus tard, Sullivan revint vers Lobo.

— Sallie Sue et Marisa s'en sortiront, annonça-t-il doucement. La blessure de Sallie est superficielle. Marisa doit avoir mal, l'os est touché.

Tout en parlant, il examinait rapidement et soigneusement Lobo. Fascinée, Velma suivait chacun de ses gestes, guettait son visage qui se faisait de plus en plus grave.

— Sullivan ?

— C'est moche, Velma, mais je ferai tout ce que je peux.

Le monde chavira devant ses yeux. Elle regarda autour d'elle, comme pour s'assurer qu'elle n'avait pas rêvé. Elle vit des hommes descendre Alex Newton de son attelage et le déposer dans son fauteuil roulant. Elle vit tous les habitants de Newton massés devant les barrières. Elle vit Canton, toujours vêtu de noir, rengainer son arme et marcher jusqu'à un corps immobile. Elle vit Estelle et Brady à ses côtés. Brady qui semblait défier quiconque d'approcher, son fusil à la main...

Toutes ces images flottaient devant ses yeux au moment où son esprit enregistrait enfin que toute la violence avait cessé. À présent, ce qui comptait, c'était de garder Lobo en vie. Elle s'agenouilla auprès de lui, murmurant des mots d'amour, des mots suppliants.

Sullivan lui enlevait sa chemise.

— Je ne te laisserai pas mourir, fit Velma avec ferveur. Jamais.

Au loin, elle entendit la voix d'Alex :

— Sullivan ! Ma fille !

Le médecin n'interrompit pas ses soins, leva à peine les yeux.

— Ma fille a besoin de vous !

— Cet homme a encore plus besoin de moi, dit-il, et Velma sentit le terrible choix auquel Sullivan était confronté.

Les mains d'Alex se crispèrent sur les roues de son fauteuil. Il faisait un effort pour se contrôler.

— Comment va-t-elle ?

Cette fois-ci, Sullivan le dévisagea.

— Une balle a frappé l'os. Elle souffre mais ne court aucun danger immédiat. (Il s'affaira à nouveau sur Lobo.) Et pas grâce à vous.

Lobo ouvrit lentement les yeux mais aucun son ne franchit ses lèvres, pas le moindre gémissement, alors que Sullivan savait qu'il devait souffrir le martyre. Il avait plusieurs côtes fracassées ; son souffle rauque indiquait qu'un poumon avait été touché. Sa main était horrible à voir. Sullivan se dit qu'il ne pourrait sans doute plus jamais se servir d'une arme avec.

Mais le plus gros problème, dans l'immédiat, était la perte de sang. Sullivan faisait ce qu'il pouvait pour arrêter le flot, tout en priant pour qu'il n'y ait pas d'hémorragie interne. Lobo ne broncha pas pendant que Sullivan le soignait, mais il se tourna d'un air interrogateur vers Sallie Sue.

— Elle va bien, dit Sullivan. Marisa aussi.

— Velma ?

On aurait dit qu'il avait rassemblé toutes ses forces pour prononcer ce simple mot.

— Cela dépend de vous, répondit Sullivan, avant de se retourner vers Brady et MacIntyre.

— Portez-le à l'intérieur.

Tandis qu'ils emportaient Lobo, il se rendit auprès de Sallie, qu'Estelle serrait tendrement dans ses bras.

— Zess ? demanda la petite fille.

Le cœur de Sullivan se serra devant tant d'inquiétude dans ce petit visage. Elle était merveilleuse, et il ne put s'empêcher d'envier l'adoration qu'elle vouait à Lobo. Mais maintenant, il la comprenait. Comme tout le monde, il avait vu Lobo risquer sa vie pour l'enfant et peut-être même la perdre. Soudain, il se sentit effroyablement impuissant. *Seigneur*, pria-t-il, *aidez-moi à accomplir ce miracle.*

— Je la ramène à l'intérieur, annonça Estelle, avec une tendresse et une assurance qu'il ne lui connaissait pas.

Sullivan lui sourit, avant d'aller retrouver Marisa qu'il prit dans ses bras.

— Non, dit Newton. Je la ramène chez nous.

Sullivan l'ignora, portant Marisa vers la maison.

— Pas question. J'ai deux autres patients ici, et elle a besoin de soins.

Il y avait une dureté dans sa voix que nul n'avait entendue avant. Même Alex céda, baissant les yeux.

Il retrouva néanmoins assez de vigueur pour demander :

— Vous croyez que Velma me laissera la voir ?

Sullivan lui jeta un regard noir.

— *Moi*, je ne vous le permettrais pas, mais *elle*, sans doute.

Il pénétra dans la maison. Lobo était allongé sur le lit d'un des jumeaux. Velma était à ses côtés, serrant toujours sa main.

Elle ne remarquait pas la présence de tous ces gens qui passaient devant la porte sans oser entrer, trop respectueux de son chagrin et peut-être un peu honteux de n'être pas intervenus plus tôt. Elle ne pensait qu'à Lobo. Combien de fois avait-il risqué sa vie pour eux ? Et maintenant, il allait peut-être mourir.

Elle entendit soudain le frottement des roues sur le parquet. Alex Newton venait d'entrer et s'adressait à sa fille.

— Je suis désolé, Marisa. Vraiment désolé.

— C'est fini, maintenant ? demanda-t-elle d'une voix étranglée.

— C'est fini, Marisa. Fini...

Velma ravala un sanglot en contemplant Lobo : ses lèvres tremblaient de façon incontrôlable, de faibles hoquets lui soulevaient la poitrine tandis qu'il cherchait de l'air. C'était terminé ! Mais à quel prix ?

Elle vit alors ses larmes se mêler à son sang, ce sang qu'il avait versé pour elle.

Et elle comprit ce que le mot agonie voulait dire.

Malgré une pluie battante, toute la ville assista aux funérailles, cinq jours plus tard.

Un voyageur, qui avait dû attendre plus de trois heures pour faire quelques achats chez John MacIntyre, demanda pourquoi tous les magasins étaient fermés.

— Un enterrement, répondit brièvement le commerçant.

— Il fallait que ce soit quelqu'un de bigrement important pour qu'on ferme même le saloon.

— C'est pas tous les jours qu'on enterre un célèbre *pistolero*.

L'intérêt de l'homme s'éveilla subitement.

— Qui donc ?

— Lobo. Il a été mêlé à une guerre locale. Il a reçu trois balles dans le dos. Il est mort il y a deux jours.

— Lobo, répéta l'étranger avec stupeur. Qui l'a eu ? MacIntyre soupira.

— Un certain Keller. Lui aussi, on a dû l'enterrer. Canton l'a tué aussitôt après.

— Sacré nom d'une pipe ! Canton était là aussi ? Pfuit ! Ça devait être quelque chose.

— Eh bien, ils sont tous partis maintenant, répondit MacIntyre. Les choses redeviennent normales ici. Comme avant. Et ça devrait continuer, puisqu'on a enfin un bon shérif.

Le voyageur voulait tous les détails. Ce récit lui vaudrait une certaine popularité dans la ville suivante où il ferait halte.

— Qui est-ce ?

— Brady Thomas. Il a été malade, mais il est parfaitement remis maintenant. Je crois même qu'il a dans l'idée de se remarier.

L'homme se massa le menton.

— J'crois que je le connais... C'est pas lui qui a attrapé toute la bande Lassiter, il y a deux ou trois ans ?

MacIntyre hocha la tête.

— Eh ben, si je m'attendais à ça ! Je crois que je vais aller jeter un coup d'œil à la tombe de ce Lobo. Quelle histoire !

John MacIntyre haussa les épaules.

— Comme vous dites.

L'homme paya ses maigres achats et enfila son manteau de pluie pour se rendre au cimetière.

Il trouva deux tombes fraîchement creusées, avec deux croix de bois toutes simples. Sur l'une était inscrit *Keller*, sur l'autre, *Lobo*. Au pied de cette dernière, on avait déposé plusieurs bouquets de fleurs, et le voyageur se demanda vaguement qui pouvait pleurer un tueur. Il haussa les épaules et reprit sa route. Bah, cette histoire lui vaudrait bien quelques repas gratuits devant un feu de camp, ou quelques verres dans un saloon.

27

Les funérailles étaient terminées. Sullivan raccompagna Velma. Brady chevauchait silencieusement à côté du buggy.

Elle était assise droite, les épaules en arrière, les yeux à peine embués. Toute la ville l'avait accompagnée dans son dernier adieu au *pistolero*. Elle était reconnaissante à tous ces gens qui l'avaient assurée de leur soutien, et qui avaient clairement fait comprendre à Alex Newton que la maîtresse d'école était désormais sous leur protection.

Non que cela fût nécessaire. Alex était un homme transformé. Sa propre haine avait failli lui enlever Marisa. Il était resté auprès de sa fille, chez Velma, toute la journée suivant la fusillade, ne partant finalement que le lendemain matin. Marisa se remettait bien, mais ne pouvait encore être transportée. La balle avait brisé un os, et le trajet sur la piste défoncée n'était pas recommandé.

Alex était revenu plus tard ce jour-là, pour annoncer qu'il avait renvoyé tous ses hommes de main. Il ne s'opposait plus à ce que Gar Morrow utilise lui aussi la rivière. Velma espérait, tout comme Marisa, que les deux hommes allaient se réconcilier enfin, mais l'heure n'était pas encore venue : ils étaient tous deux trop fiers et trop méfiants pour cela.

Quant à Brady, au milieu de la confusion, il avait très vite pris les choses en main. Il avait servi de médiateur entre Alex et la population, avant d'ordonner à Canton de quitter la ville. Après avoir renoncé à assumer ses responsabilités, le shérif avait décidé de quitter ses fonctions et August Stillwater avait proposé à Brady de le remplacer, après une période d'essai naturellement. Au bout de deux jours de réflexion, Brady avait répondu au maire qu'il acceptait, mais à une condition : que la ville n'élève aucune objection contre sa nouvelle fiancée, Estelle.

Après les événements dramatiques qu'ils venaient de vivre, les citoyens de Newton ne trouvèrent rien à redire à cette condition. Les actes avaient soudain pris plus de valeur que les apparences.

Ainsi, pensait tristement Velma, tout s'arrangeait au mieux pour pratiquement tout le monde. Même Marisa et Sullivan étaient parvenus à se comprendre.

Elle avait, malgré elle, surpris leur conversation le jour où Marisa avait quitté le ranch. Marisa fixait le médecin avec dureté.

— Tu dois avoir honte de moi, dit-elle. Je suis là, immobilisée sur ce lit, et te voilà obligé de me soigner.

Il avait paru confus.

— Bien sûr que non, avait-il répondu en posant gentiment la main sur son bras. Je voudrais…

Il s'interrompit brusquement.

— Que voudrais-tu ?

— Je voudrais te soigner toute ma vie.

— Ce n'est donc pas si terrible ?

— Bien sûr que non !

— Tu as donc une bien mauvaise opinion de moi.

— Comment peux-tu penser une chose pareille ? Tu es la plus brave, la plus loyale, la....

— Mais tu penses que je ne suis pas assez forte, ou que je ne t'aime pas assez pour prendre soin de toi les quelques fois où tu auras une crise.

— Marisa...

— C'est ce que tu crois, n'est-ce pas ?

— Bien sûr que non.

— Et tu ne m'aimes pas, n'est-ce pas ?

— Je t'aime, protesta-t-il.

— Bien, dit-elle, alors, c'est réglé.

Velma avait dû ravaler un fou rire en s'éloignant de la porte.

Et c'était effectivement réglé. Marisa et Sullivan avaient annoncé leur mariage pour le mois suivant.

Tout s'arrangeait au mieux pour tout le monde, sauf pour elle.

Velma serra les poings en arrivant au ranch. Un cheval inconnu stationnait devant la maison. Elle se demanda vaguement à qui il appartenait. Puis elle se souvint !

Estelle vint à leur rencontre, avec un merveilleux sourire aux lèvres destiné à Brady.

— Comment vont nos malades ? demanda Sullivan.

— Sallie Sue est adorable. Mais l'autre est insupportable. Un ours en cage.

Brady s'était raidi en reconnaissant le cheval.

— Canton ?

Estelle hocha la tête.

— Par l'enfer ! Je lui avais dit de quitter la ville.

— Il dit que c'est ce qu'il compte faire, dit Estelle.

— Il va tout gâcher.

— Je ne crois pas, affirma Estelle d'une voix apaisante. Il dit qu'on l'a envoyé chercher.

Brady se tourna aussitôt vers Velma qui opina d'un air gêné. Il fit la moue.

— Pourquoi ?

— Je ne sais pas, mais il tenait tellement à le voir...

Brady roula des yeux exaspérés et gravit les trois marches.

La porte de la chambre des jumeaux était ouverte. La voix de Canton s'éleva.

— Si on m'avait dit qu'un jour je travaillerais pour toi... Mais tu peux compter sur moi. Hé, hé, ça ne fera pas de mal à ma réputation : j'ai tué l'homme qui a tué Lobo.

Un grognement lui répondit.

— Mais Lobo me manquera. J'avais toujours pensé qu'un jour on se retrouverait face à face. On ne saura jamais qui était le plus rapide.

Il y eut un autre grognement, plus fort.

Canton émergea de la chambre, s'immobilisant en apercevant Brady. Il leva les mains en signe d'apaisement.

— Je pars, shérif, fit-il en souriant.

— Canton... ?

— Vous n'avez aucun souci à vous faire, shérif, ajouta celui-ci. Je suis ravi que Lobo soit mort et enterré. Vous comprenez, cela fait un concurrent de moins sur le marché.

Il s'inclina brièvement en direction de chaque femme, et s'en alla.

Velma fut la première à réagir. Elle pénétra dans la chambre. Jess était assis, contemplant avec dégoût sa main bandée.

— Toute la ville a assisté à l'enterrement de Lobo, annonça-t-elle.

Des yeux de glace se levèrent vers elle. Cette idée ne lui avait pas plu. Il l'avait même farouchement combattue. C'était comme s'il se tuait lui-même, comme s'il niait une partie de lui-même.

Sullivan l'avait finalement convaincu, en lui expliquant qu'il n'avait guère le choix.

— Votre main ne fonctionnera jamais plus comme avant. Avec du temps et des efforts, vous en recouvrerez l'usage, mais jamais votre dextérité ni votre rapidité.

Il avait fixé le docteur comme si, par ce regard, il pouvait effacer ces mots. Se battre était son unique talent.

— Vous ne tiendrez pas une semaine avec une main dans cet état, avait insisté Sullivan. Vous voulez mourir ? Allez-y, essayez.

Lobo savait qu'il avait raison. Une horrible sensation de vide s'était emparée de lui. Un temps, au cours de ces derniers jours, il avait espéré…

Bien sûr, il ne voyait toujours pas comment concilier sa réputation avec la sécurité de Velma. Mais il avait cru pouvoir y parvenir. C'était peut-être possible, car sa main droite était encore intacte. Il aurait pu protéger Velma. À présent, il ne pouvait plus protéger personne.

Sa capacité à se défendre, à se suffire à lui-même avait toujours été son seul moyen d'existence. Maintenant, il n'avait même plus cela. Il était moins qu'un homme. C'est pour cette raison que demain, dès qu'il aurait récupéré assez de forces, il s'en irait. Même s'il ne savait ni où aller ni quoi faire.

Mais avant de partir, il avait quelque chose à donner à Velma Taylor. Il avait trouvé un moyen de l'aider à accomplir son rêve. Elle pourrait peut-être enfin garder pour de bon cette maison à laquelle elle tenait tant, et Chad pourrait s'occuper d'un troupeau. Il avait de l'argent, mais maintenant qu'il était officiellement « mort », le problème était de le récupérer.

Il avait alors pensé à Canton. Il se fiait à son professionnalisme. Les amis de Velma auraient certainement essayé de le faire changer d'avis. Pas Canton. Celui-ci avait d'ailleurs immédiatement accepté de se charger du « travail ».

Ravalant sa fierté, il avait dicté à Canton son propre testament, antidaté de six jours, par lequel il léguait presque tout son argent à Velma, le reste allant à Canton en échange de ce service. Lobo avait paraphé le document de la signature qu'il utilisait à sa banque de Denver.

Ainsi, il laissait au moins ça à Velma. Il ne s'inquiétait guère à propos de Canton : celui-ci ne tenterait pas de la voler. Canton possédait un sens de l'honneur qui incluait une totale loyauté à l'égard de son employeur. Et Lobo était, même brièvement, son employeur.

À présent que ceci était réglé, Lobo pouvait s'en aller. Lui parti, Velma ne pourrait refuser l'argent.

Il souffrait encore le martyre et il se sentait aussi faible qu'un nouveau-né, mais il était prêt. Et le plus tôt serait le mieux. Avant que ces maudites idées ne reviennent le hanter. Ces idées de douceur, de… Non.

Il écouta donc avec mauvaise humeur Velma lui raconter ses funérailles. Rien dans cette histoire ne lui plaisait, même pas le fait que toute la ville se soit jointe à la conspiration du silence. Désormais, Lobo n'existait plus. Et lui n'était plus grand-chose.

Muet, il supporta que Sullivan le soigne et change ses pansements. Il sentit l'inquiétude et la peur de Velma quand elle quitta la chambre, et son cœur se serra d'amour. Mais il n'était plus bon à rien ; Lobo ou Jess, elle méritait mieux.

Il essaya de bouger ses doigts. Une douleur fulgurante le traversa, renforçant encore sa résolution.

Demain, se jura-t-il. Demain, il s'en irait.

Pour lui, pour Velma, il devait partir, même s'il n'existait pas sur terre de châtiment plus terrible.

Gar Morrow sentit les regards hostiles se poser sur lui quand il descendit de son chariot devant la maison d'Alex Newton. Il était venu seul. Il voulait en finir une bonne fois pour toutes.

La pluie continuait de tomber, martelant la toile cirée qui recouvrait un gros objet à l'arrière du chariot.

Il gravit le porche qui ressemblait tellement au sien, et éprouva un lancinant regret en songeant au passé et au présent. Jake, Alex et lui avaient partagé quelque chose de très rare. Il aurait peut-être dû essayer de tout expliquer à Alex plus tôt, mais sa fierté l'en avait empêché. Son meilleur ami avait cru à une trahison, lui avait tiré dessus sans prévenir, s'était détourné de lui pendant des années.

À cause d'eux, beaucoup d'autres avaient souffert. Une enfant. Une jeune femme. L'homme qui avait tenté de les protéger. À présent, Gar ne trouvait plus de justification à sa conduite. Il était aussi coupable qu'Alex. Son silence avait provoqué autant de dégâts que la haine d'Alex.

Il frappa à la porte et le contremaître d'Alex lui ouvrit.

— M. Newton vous attend, fit-il en s'assurant d'un regard rapide que Gar ne portait pas d'arme.

Ce rendez-vous avait été pris après les obsèques, auxquelles tous deux avaient assisté.

Alex était assis derrière son bureau, l'air peu accueillant, mais Gar ne s'en formalisa pas. Il se retourna vers le contremaître.

— Il y a une selle dans le chariot. Amenez-la, s'il vous plaît.

Quand Edwards eut disparu, les deux hommes se dévisagèrent en silence. Hormis aux funérailles, cela faisait des années qu'ils ne s'étaient pas vus. L'âge ne les avait pas gâtés : leurs traits étaient marqués par l'amertume et la solitude.

Le silence dura jusqu'au retour du contremaître portant une lourde selle.

— Ceci t'appartient, dit Morrow. Mary voulait t'en faire cadeau.

Alex en resta bouche bée.

— C'est pour cela qu'elle était venue chez moi ce jour-là, expliqua Morrow d'une voix sourde. C'était pour ton anniversaire. Un de mes hommes était très doué pour la sellerie. Elle voulait t'en faire la surprise. Elle y pensait depuis des mois.

Alex agrippa les bras de son fauteuil, essayant de se redresser, mais il retomba aussitôt.

— Un cadeau ?

Morrow poussa un profond soupir.

— Tu ne m'as jamais laissé le temps de t'expliquer. Tu as tiré... j'ai tiré.

Alex ferma les yeux, se rappelant cette journée, sa rage aveugle...

— Un cadeau ? répéta-t-il.

— Il n'y a jamais rien eu entre Mary et moi, même si j'avais espéré... avant que vous ne vous mariiez. Je l'aimais, mais tu étais mon ami et elle t'aimait tant. J'étais même heureux pour vous deux.

— Mais pourquoi... ? Toutes ces années...

— Tu nous as trahis tous les deux, ce jour-là, répondit lentement Gar. Moi, j'aurais peut-être pu te pardonner, mais Mary... Seigneur ! elle t'aimait et tu l'as déshonorée, tu l'as salie. J'imagine que je cherchais à te punir en te laissant continuer à croire...

Sa voix faiblit, puis mourut.

— Gar, s'écria Alex. J'étais fou ce jour-là. Et comme tu n'as rien nié...

— Je ne pensais pas avoir à le faire... ni pour moi, ni pour Mary. J'avais tort, reconnut Gar la gorge nouée. Heureusement qu'elle n'a pas vu ça, qu'elle n'a pas vu comment nous nous sommes conduits...

Alex s'enfouit le visage entre les mains.

— Elle t'aimait, Alex. Elle t'aimait plus que c'était Dieu possible. Elle voulait quelque chose de très beau pour toi.

Il hésita avant de poursuivre :

— Nous ne la méritions pas. Ni toi son amour, ni moi son amitié.

Gar Morrow contempla l'homme effondré devant lui, son ami, son rival, son ennemi, et il éprouva une infinie tristesse pour eux deux. Il s'en fut.

28

Le lendemain, il pleuvait toujours. Velma scruta le ciel gris. Elle aurait dû se réjouir : la pluie que chacun attendait tombait enfin. Mais elle en était incapable.

Elle avait vu le regard déterminé, implacable de Jess ce matin au petit déjeuner. Visiblement, il souffrait toujours comme un chien, mais rien ni personne n'aurait pu le faire tenir tranquille. Il marchait depuis deux jours, alors que Sullivan lui avait ordonné de garder le lit pendant un mois. Il avait mangé maladroitement avec sa main gauche. Une seule fois, il avait esquissé une grimace fugitive qui pouvait passer pour un sourire, quand Sallie Sue lui avait montré d'un air grave son bras en écharpe.

Velma savait qu'il tramait quelque chose et elle ne fut pas surprise, une heure plus tard, de le voir sortir de la grange. Elle courut jusqu'au corral et l'observa, impuissante, essayer en vain de soulever sa selle. Il était parvenu à mettre la couverture sur le dos de son cheval mais à présent, il se tenait là, défait, essoufflé, frustré devant sa selle qui gisait dans la boue.

— Sullivan vous a interdit de monter pour l'instant.

— C'est une vieille bonne femme, rétorqua Lobo. J'ai monté avec des blessures bien pires.

— Mais maintenant, vous n'y êtes plus obligé.

— Non ?

Il essaya à nouveau de soulever sa selle. Velma compta mentalement jusqu'à dix.

— Vous êtes la tête de mule la plus bornée, la plus déraisonnable...

La selle retomba et il poussa un juron. Il était hors d'haleine.

— J'imagine que vous n'allez pas m'aider...

— Non ! lui cria-t-elle au visage.

Lobo examina sa main avec un tel dégoût, une telle impuissance qu'elle eut envie de pleurer. Toute sa colère s'envola. Elle se mordit les lèvres jusqu'au sang.

— Je te demande pardon, déclara-t-elle, incapable de se retenir davantage.

Il fit volte-face pour la dévisager, ce qu'il évitait de faire depuis plusieurs jours.

— Pardon ? De quoi ?

— C'est de ma faute... ta main, tes blessures et maintenant... ton départ...

Elle se haïssait de pleurer ainsi. Elle se détourna pour lui cacher ses larmes. Il n'admettait pas la faiblesse. Ni chez lui, ni chez les autres.

Elle sentit alors sa main gauche sur sa joue.

— Arrête, dit-il, ne pleure pas pour moi.

Il se souvenait d'une autre fois où elle avait pleuré. C'était la première fois que quelqu'un pleurait pour lui. C'était aussi la première fois qu'il la voyait pleurer. Cela lui avait fait terriblement mal. Mais c'était encore pire maintenant.

— Je ne veux pas te perdre, dit-elle.

— Je ne suis qu'un mirage, dit-il avec une douceur maladroite.

De toutes ses forces, il voulait lui faire comprendre ce qu'il ressentait. Elle ne le voyait toujours pas tel qu'il était. Un jour, il la décevrait.

— Une image dans le ciel, poursuivit-il, quelque chose qui n'existe pas vraiment. Je ne suis pas comme ton Ulysse. Peu importe comment tu m'appelles, je suis encore Lobo... Je n'ai jamais su comment aimer. Je ne sais toujours pas.

— Tu sais mieux que personne, répondit-elle, car tu ne demandes rien en échangé.

— Non, répliqua-t-il rudement. Je sais ce que je suis, ce que je serai toujours.

Elle se haussa sur la pointe des pieds pour effleurer du bout des doigts son visage couvert d'une barbe de plusieurs jours. Incapable de se raser, il ressemblait plus que jamais à un desperado, à celui auquel il essayait si fort de s'identifier.

— Je t'aime, dit-elle. Tu n'es... ni un mirage, ni une légende. Tu ne pourrais l'être, malgré ton obstination et ton mauvais caractère et... et...

Lobo était incapable de s'écarter, perdu qu'il était dans l'immensité de ses yeux. Il avait besoin de la toucher... une dernière fois.

Il se pencha, frôlant des lèvres sa peau si douce.

— Et... quoi ?

Velma sentit l'espoir renaître en elle, comme une source d'eau vive.

— Ta tête de mule.

— De mule ?

On aurait dit qu'il l'encourageait. Sa voix était devenue étrangement sensuelle.

— Enfin, tu n'as peut-être pas tout à fait une tête de mule.

Sa bouche s'écrasa sur la sienne.

Le feu jaillit entre eux, comme toujours, mais cette fois leur désespoir lui donnait une intensité inégalée.

Il la possédait, l'aimait, la dévorait, la serrait contre lui de son bras valide jusqu'à ce qu'ils ne fassent qu'un à nouveau.

Tout en l'embrassant avec une passion sauvage, Velma priait. Elle priait pour que leur amour triomphe de ses réticences, pour qu'il comprenne enfin qu'il leur apportait à tous le bonheur, qu'il avait su faire naître le meilleur chez chacun d'entre eux, que, grâce à lui, ils avaient su prendre leurs responsabilités et rester fermes.

Tout comme lui.

Elle essayait de le lui dire avec ses lèvres, avec son corps. Mais à l'instant où elle crut avoir réussi, il s'écarta, les yeux sombres et voilés.

Il étudia les marques rouges que sa barbe avait laissées sur ses joues.

— Je te fais toujours mal, dit-il d'une voix sourde.

— Non.

— Je suis même incapable de me raser tout seul.

— Bientôt, tu pourras.

— Le toubib n'en est pas si sûr.

— Cette vieille bonne femme ? se moqua-t-elle, lui arrachant enfin un sourire.

— Ce n'est pas ce que je voulais dire.

— Tu oublies Chad, Sallie Sue, les jumeaux... Et même Estelle ? Ils t'aiment tous.

— Ils m'oublieront très vite.

— Ils ne t'oublieront jamais. Je ne t'oublierai jamais. Tu ne peux bouleverser ainsi nos vies et puis disparaître.

— Je représente un danger pour vous, surtout maintenant.

Accablé, il baissa les yeux vers sa main.

— Non, dit-elle, la gorge nouée.

Elle devait le convaincre.

Il regarda à nouveau sa selle.

— Plus je resterai, plus ce sera difficile, dit-il. Pour nous tous. Aide-moi.

Il la suppliait.

— Où iras-tu ?

Il haussa les épaules.

Le cœur en miettes, Velma fit une dernière tentative :

— Nous avons besoin de toi.

— Un infirme ?

— De toi. De ce que tu es.

— Je ne suis plus bon à rien.

— C'est faux, bon sang !

Choqué, il la dévisagea. Il ne l'avait jamais entendue proférer un juron, même aux pires moments.

Mais Velma continuait à parler :

— Personne n'avait pensé à ce barrage avant toi. Personne n'aurait pu terminer la grange aussi vite, personne n'aurait pu retenir une armée...

Il voulut l'interrompre, mais elle ne lui en laissa pas le temps.

— Ton Colt ne t'aurait servi à rien sans ton intelligence, continua-t-elle, au désespoir, pendant qu'il essayait encore de soulever sa selle. Et Brady et Estelle ?

— Qu'est-ce que j'ai à voir avec eux ?

Elle poussa un soupir exaspéré.

— Tu as quand même remarqué qu'ils avaient changé !

Il lui adressa un sourire teinté d'amertume.

— Brady changeait déjà. Alex n'a fait qu'accélerer les choses.

— Pas Alex. Toi.

— Ne répète jamais ça à Brady.

— Il serait le premier à l'admettre.

— Eh bien, il aurait tort. Personne ne change jamais vraiment. On quitte simplement la piste de temps en temps. Comme moi, ici. Le moment est venu de retourner sur ma piste.

— Mais quelle tête de mule !

— Tu l'as déjà dit, lui rappela-t-il.

— Parce que c'est vrai, répliqua-t-elle d'un ton qu'elle cherchait à rendre blessant.

Il serra les dents.

— Bon sang, Velma, tu t'en sortiras bien mieux sans moi. Vous avez peut-être enterré le nom, mais vous n'avez pas enterré l'homme.

— C'est *l'homme* que je veux, répondit-elle avec douceur.

— Même une tête de mule... ?

Soudain, elle rit à travers ses larmes.

— Bizarre, hein ? Mais c'est exactement ce que je veux... ce que nous voulons tous. Même en ville. Pourquoi crois-tu qu'ils soient tous venus aux funérailles ? Il n'en manquait pas un.

La selle retomba et il laissa échapper un juron.

— Ils ne pensaient pas que je resterais. C'était leur façon de se débarrasser de moi.

— Je crois que Brady a clairement annoncé que tu allais rester.

Une étrange expression passa sur le visage de Lobo. Jamais un shérif n'avait désiré sa présence, même doublé d'un ancien ivrogne.

— Je ne sais toujours pas lire, murmura-t-il, honteux.

— Tu apprendras, dit-elle en se contenant, car elle sentait la victoire.

— Je ne tiens pas en place...

— Plus pour longtemps.

— Je ne suis pas un fermier...

— Un rancher, peut-être ?

— Bon sang, Velma, ça ne marchera pas.

— Pourquoi ?

— Quelqu'un me reconnaîtra.

— Quoi ? Un paisible rancher avec une belle et grande famille, respecté de tous en ville. Et ce serait lui, Lobo ?

— Bientôt, les gens me haïront de nouveau. Demain. Après-demain.

— Tout le monde t'a vu te jeter en avant pour protéger Sallie Sue. Tout le monde a vu que tu cherchais à éviter que quiconque soit tué. Tout le monde sait ce que tu as fait pour Brady. Il y a même eu une réunion du conseil...

— Une quoi ?

— Une réunion du conseil des citoyens. C'est là qu'ils ont pris la décision d'enterrer Lobo.

— Le conseil des citoyens ! Au nom du Ciel...

— En général, ils se réunissaient à cause de moi, ajouta-t-elle avec cet air serein et espiègle à la fois qui le rendait fou. Il était temps qu'ils choisissent quelqu'un d'autre. Imagine un peu, à nous deux... on a de quoi les occuper vingt ans.

— Velma...

— Trente ans ?

— Velma...

— Et tu as promis à Chad de lui apprendre à dresser les chevaux.

— Velma...

— Et je crois bien que toi et moi, nous avons commencé quelque chose que nous n'avons pas terminé...

— Velma...

— Je t'aime, Jess.

— Velma...

— Et Sallie Sue et Chad et les jumeaux... ils t'adorent.

— Velma...

— Bien sûr, si tu veux une plus grande famille...

Il l'embrassa, car c'était le seul moyen de la faire taire. Cette fois, leur baiser se prolongea longtemps, très longtemps.

Soudain, il gloussa. Surprise, Velma s'écarta pour l'observer. Elle ne l'avait encore jamais entendu produire un tel son.

— Toute la ville ? demanda-t-il comme s'il venait juste de comprendre la signification de ces mots. Tu dis que toute la ville veut de moi ?

Elle le regarda avec ravissement. Il semblait si perturbé, si stupéfait à cette idée que toutes ses défenses s'effondrèrent d'un coup. Le masque du loup était tombé. Émerveillée, elle ferma les yeux.

— Peut-être… fit-il. Je pourrais peut-être essayer. D'ailleurs, c'est vrai que j'ai donné ma parole à Chad…

— Gar a dit qu'il nous donnerait quelques têtes de bétail… en échange de l'eau.

Lobo… Non, se dit-il subitement. Pour la première fois, il songeait à lui en tant que Jess. Il *était* Jess. Un tourbillon d'idées bouillonnait dans sa tête en songeant à ce qu'elle venait de dire. Son testament. Une drôle de surprise attendait encore Velma. Inutile d'en parler pour l'instant.

De son bras valide, il l'enlaça et la serra contre lui sans ressentir la moindre douleur. Il n'éprouvait qu'un bonheur intense.

Et un espoir insensé.

— Tu es complètement folle, murmura-t-il.

— C'est ce qu'on dit.

C'est tout ce qu'elle put répondre, avant qu'il ne l'embrasse encore.

AVENTURES & PASSIONS

3 mars

Mary Balogh

La saga des Westcott - Celui qui me respectera

Inédit

Lorsque Abigail Wescott découvre l'illégitimité de sa naissance, elle comprend que son avenir ne tiendra pas les promesses auxquelles elle rêvait. À cause de cette faute paternelle doit-elle renoncer à l'amour et être condamnée au célibat ? Quand elle rencontre Gil Bennington, d'origine modeste, qui s'est engagé dans l'armée et a gravi les échelons jusqu'à devenir lieutenant-colonel, elle est choquée par son cynisme à l'égard des femmes. Si, de prime abord, Abigail et Gil n'ont rien en commun, les circonstances les mèneront à comprendre que les premières impressions peuvent être trompeuses.

✦

Kate Bateman

Les célibataires de Bow Street - Les meilleurs ennemis

Inédit

Un voleur sévit dans les résidences chics de Mayfair. Celui que l'on surnomme L'Engoulevent ne s'intéresse qu'aux joyaux de la Couronne de France. Alexander Harland, comte de Melton, est secrètement mandaté par Bow Street pour enquêter et appréhender l'impudent cambrioleur. Sa piste le conduit rapidement à Mlle Emmy Danvers, une jeune fille de bonne famille qui n'est peut-être pas si respectable et si innocente que cela et qui lui inspire les pensées les plus inconvenantes.

Darlene Marshall

Tourmentes - Le forban au grand cœur

Inédit

Quand il ne sillonne pas les mers, le capitaine Robert St. Armand mène une joyeuse vie de célibataire. C'est dans une taverne de Saint-Martin que le débusque Lydia Burke, une jeune gouvernante accompagnée d'une gamine de huit ans qu'elle lui présente comme sa fille. Sa mère est morte, c'est donc à lui de s'en occuper désormais. Robert est paniqué. Il ne connaît rien aux enfants. Il ne pourra jamais s'en sortir seul. Qu'à cela ne tienne, il enlève la jeune fille à bord de son navire qui cingle bientôt vers l'Angleterre. La prude Lydia l'aidera de gré ou de force. Et, avec un peu de chance, il mettra à profit le temps de la traversée pour la séduire...

✦

Kinley MacGregor

Les MacAllister - Le champion du roi

Inédit

Afin de préserver des enjeux stratégiques, Henri Plantagenêt a la solution idéale : unir le comte de Blackmoor à Rowena de Vitry. Mais comment faire ? Le comte, surnommé Le faiseur de veuves, a guerroyé en Terre sainte et abhorre l'idée du mariage. Rowena est une poétesse qui déteste la violence. Jamais ces deux-là n'accepteront une alliance ! C'est compter sans le plan malicieux de la reine Aliénor qui entend les piéger pour mieux les réunir.

Heather McCollum

La jeune fille au loup

Inédit

1535. Au sortir d'une échauffourée avec les Anglais près de la frontière écossaise, Caden Macbain fait une rencontre inattendue dans la forêt : une femme accompagnée d'un énorme loup ! Guérisseuse, Meg Boswell est douée de pouvoirs extraordinaires. Vouée au bûcher par des fanatiques, elle fuit vers les Highlands pour se réfugier chez son oncle qui n'est autre que le voisin de Caden. Aussi, lorsqu'il, l'enlève pour servir ses intérêts, Caden ignore que cette étrange fille, dont la beauté ainsi que le courage l'impressionnent, va bouleverser le destin de son clan et assiéger son cœur.

✦

Loretta Chase

Le prince des débauchés

Bibliothèque idéale

« Un démon ! » C'est ainsi qu'on décrit le marquis de Dain. Enfant, il était chétif et laid. Son père, qui le détestait, voyait en lui l'œuvre du diable. Adolescent, il a fait les quatre cents coups avant de devenir celui qu'il est aujourd'hui : un libertin avide de sensations fortes. Et ce dépravé tenterait d'entraîner dans la débauche Bertie, le jeune frère de Jessica Trent ? Pas question ! Aussi résolue que son frère est faible, la jeune femme part en guerre contre le marquis et, à sa grande stupeur, est vite désarmée par son charme.

Patricia Rice

La garçonne en dentelle

Samantha rêve d'étrangler Stan Talbott ! Quelle malchance d'avoir parcouru les trois mille kilomètres qui séparent le Tennessee de la Californie pour tomber sur un tel rustre... Depuis l'arrivée de Samantha dans ce village, Stan ne cesse d'user de son pouvoir pour la chasser. Allant jusqu'à exiger qu'elle troque son habituel pantalon contre cette ridicule robe de taffetas et de dentelle. Comme si c'était la tenue la plus pratique pour une pionnière ! Pour avoir la paix, la jeune femme s'est pliée aux caprices de ce macho. Que veut-il de plus ?

3561

Composition
FACOMPO

Achevé d'imprimer en Italie
par GRAFICA VENETA
le 5 janvier 2021

Dépôt légal : février 2021
EAN 9782290252901
OTP L21EPSN002270N001

ÉDITIONS J'AI LU
87, quai Panhard-et-Levassor, 75013 Paris

Diffusion France et étranger : Flammarion